Los miedos
Eduardo Blanco Amor

Los miedos

Eduardo
Blanco Amor

Ediciones Destino
Colección
Destinolibro
Volumen 294

© Eduardo Blanco Amor
© Ediciones Destino, S.A.
Consell de Cent, 425. 08009 Barcelona
Primera edición: septiembre 1989
ISBN: 84-233-1781-1
Depósito legal: B. 26.797-1989
Impreso por Edigraf, S.A.
Tamarit, 130-132. 08015 Barcelona
Impreso en España - Printed in Spain

A Daniel Díaz Ochoa, quien me pidió que escribiese "una novela de chicos".

ADVERTENCIA

Entre los papeles, montones de ellos, que dejó Pedro Pablo de Valdouro, trágicamente desaparecido a los treinta y dos años de edad — se suicidó el mismo día que los cumplía — fue hallado el manuscrito, bastante confuso por cierto, del presente relato.

Ya sé que esto de encontrar y publicar los papeles de un *muerto* es recurso literario asaz subalterno y manido. Pero como yo no soy literato profesional y, además, como en este caso es verdad y tiene mucho que ver con lo que me propongo decir en la presente advertencia, no me queda más remedio que consignarlo aquí, ya en su comienzo.

Los amigos del fehaciente muerto — yo no lo conocí pero me consta su defunción — me entregaron, junto con otros, el tal manuscrito para que viese de ponerlo en condiciones de ser dado a la estampa.

Mi tarea se redujo, pues, a restaurar o a adivinar totalmente, lo que habría debajo de algunas tachaduras que no fueron sustituidas por las correspondientes enmiendas; también tuve que decidirme entre las varias soluciones que el escritor se proponía para rematar una frase; y, asimismo, me vi obligado a elegir entre los adjetivos (a veces, hasta media docena) que amontonaba para aclarar u oscurecer, un nombre, una cosa, un tipo o una situación.

Solía disponerlos de este modo extravagante y sistemático:

"Aquel atardecer . . . {
ensañado
suntuoso (va, suntuoso)
deprimente

(Termina la frase con sílaba en *al*. Puede ser: Aquel atardecer suntuoso y fatal (?)".

Pongo este ejemplo para que vean cómo se las gastaba el talentoso extinto.

Sin que yo trate de justificarlo, pues formulo aquí una descripción y no una opinión, se advierte que el autor de estos trabajos era demasiado propenso al escrúpulo estilístico, con marcada inclinación — según parece, de naturaleza — a la acumulación barroquizante.

También se nota — a pesar de que no me fue posible orientarme en la cronología de sus escritos — que luchaba contra esta cargante manía de *perfección* — en el fondo, era un "modernista" — castigando su prosa, en los que semejan ser los últimos, con tan despiadado rigor que venía a configurar una nueva manía.

De todas formas, el presente es no sólo el más exento de cargazón y prolijidad sino que tal vez peque por exceso de llaneza o de calculado descuido, como otro artificio más, aunque funcionando al revés.

Lo que no acaba de resultarme claro, es la razón, o razones, que habrán movido a sus amigos para encargarme de este menester tan fastidioso además de mal retribuido, como todo lo que encargan los ricos cuando cae fuera de lo que entienden — ¡y entienden de tan pocas cosas! —. Aunque quién sabe — y perdóneseme esta digresión en honor a su brevedad ya que no a su agudeza —, si el dinero de los ricos y más el de los enriquecidos, no se origina en esta indudable virtud de entender de muy pocas cosas...

Olvidaba decir que estos amigos del malogrado escritor son todos unos millonarios tremendos. Y si se ha producido la rareza de que me conozcan, es porque soy profesor, *in partibus*, de algunos de sus hijos, quienes por ser bastante distraídos a causa del dinero, cuando no tontos de nativa raíz, necesitan clases de repaso de lo poco que les enseñan en las universidades o de lo casi nada que *pescan* en los libros.

Estos ricos, también — permítaseme añadir —, y aún más si pertenecen a la neoclase industrial, creen, supongo que por su tendencia a las nivelaciones y valoraciones tecnológicas, que si un señor posee título para enseñar Letras, es porque las sabe. Y no sólo que las sabe para impartirlas didácticamente, sino para producirlas personalmente. A tanto equivaldría que supusiesen a los contables de sus empresas capaces de producir dinero con la simple maestría de su ciencia numeral. En fin, allá ellos.

No obstante debo declarar aquí — sin caer, como alguien dijo, en esa irritante forma de la vanidad que suele ser la modestia — que otros podrían haber cumplido mejor el encarguito; y que si me han elegido a mí es porque no tenían otro a mano; o también, porque habrán deducido, en vista de la remuneración de las clases, que les resultaría más barato. Vaya uno a saber...

* * *

Bien, sigamos con lo que importa.

Se percibe en el estilo y también en su letra — soy algo grafólogo, como casi todo el mundo — que el joven de Valdouro era persona de gran complejidad vital, y que su modalidad literaria guardaba estrecha relación, tan infrecuente en los escritores profesionales, con su ser enterizo.

Quizás esta evidente relación se originase en no haber sido el malogrado polígrafo — pues por tal hemos de tenerlo — lo que propiamente se llama un escritor profesional, ya que él mismo era millonario por cuantiosa herencia que aquí, en la Argentina, le dejaron unos tíos, o algo así. Y lo que diferencia, según se sabe, en el vasto campo de las Artes, a un profesional de un aficionado, es el grado de sinceridad que éste pone en ejercitarlas; o, como diríamos en el fastidioso lenguaje de cátedra, la relación vida-quehacer.

En este caso, me parece decisiva, y quién sabe no le venga de ahí al señor de Valdouro su inclinación a relatar en primera persona buscando una verosimilitud que parecía serle imprescindible para *sentirse* en lo que escribía. También es presumible que con ello tratase de *descargarse* de los diversos aspectos de su *yo* real, o *encarnarse* en posibles *yos*, a través de variantes seudoautobiográficas — caray con la palabreja — de su personalidad potencial, transferida a sus personajes de invención.

Por lo antedicho, el conocimiento personal me hubiera sido indispensable para poder garantizar, al menos en cierta medida, la legitimidad de estas restauraciones; y más aún, faltándome, como me falta, la autoridad del escritor profesional. Pero como, por lo visto, este mozo tan irremediablemente literato no tenía amigos escritores — tal vez por serlo él tan irremediablemente — ha de verse ahora sometido a la póstuma humillación de ser adivinado, interpretado y enmendado por un profesor de Literatura, ¡qué le hemos de hacer!

Yo, vuelvo a decirlo, trabajé a conciencia, lo mejor que supe y pude, a veces con exceso de tolerancia en su favor; o sea, sofrenando mis escrúpulos gramaticales y mi connatural respeto a las formas lógicas del lenguaje, que es lo más que un profesor puede hacer por un escritor de raza, y éste, sin duda, lo era. Lo era, pese a sus licencias morfológicas, y tal vez a causa de ellas, si es que las Musas me perdonan este dislate.

Procedí así, no por ningún género de personal complacencia con dichas transgresiones, sino por la creciente e involuntaria simpatía que me iba llegando de sus escritos a medida que penetraba en ellos; una de las escasas veces que esto me ocurre con escritores contemporáneos.

12

Y, asimismo, por la persuasión de que lo que dice *a su modo,* no podría decirse de otro, aunque pareciese más consecuente con lo que llamamos lenguaje *correcto,* sin saber bien qué queremos decir, como no sea aburrimiento. Precisamente, el hecho de que un escritor haya sido capaz de arrastrarme a esos desacatos, es lo que me hizo sentir que se trataba de un escritor *de raza,* sin saber tampoco qué es lo que quiero decir con denominación tan vaga y caprichosa.

* * *

Dejó más de treinta trabajos inéditos en prosa y — ¡cuándo no! — en verso. Estos últimos de valor dispar y extensión muy variada: cuadernos llenos de estrofas, sin relación entre sí; algunos versos con las rimas sin resolver, y otros con tres o cuatro, como para una fijación definitiva. También se hallaron unos pliegos garabateados con series de apuntes de grave — a veces, terrible — condición aforística, impropios de su edad y fortuna, aunque de algún modo justificados por la muerte que tuvo. Y finalmente, una "Reflexión sobre el asesinato", con partes crudamente apologéticas, aunque llenas de habilidosos sofismas, trazados, al parecer, con el más ardoroso y personal apasionamiento. Y entre lo más inacabado, aparecieron cuatro novelas o cosa semejante — algunas no habría modo de clasificarlas dentro del género, aun con mucha manga ancha —, y tres bocetos de *filosofía,* más válidos por el estilo que por el mérito o novedad de los conceptos; circunstancia que los acerca a mucha de la escritura filosófica actual... creo yo, pues ésa no es mi cuerda.

* * *

He ahí todo lo que tengo para decir en este *prólogo* que también me encomiendan, y malpagan, los millonarios. Por suerte, no lo verán hasta que sea irreparable.

En mi opinión, pudo haberse ahorrado, pues a decir verdad... Lo demás que tendría que decirse y que, aún escrito por mí, podría resultar provechoso, a saber: la for-

13

ma real o la presunta *realidad* de su vida; lo que se sabe de su rastro existencial, coherente o no desde una comunal justipreciación, eso es lo que sus amigos ignoran, lo que no han querido decirme o lo que no quieren que se publique, a pesar de que el joven de Valdouro no dejó en este país deudos o parientes que pudieran, hipócritamente o no, escandalizarse, de haber motivos para ello, y la inducción lleva a suponer que los hubo.

Porque, señores, yo pienso que cuando alguien es físicamente sano —era muy buen deportista—, hermoso —no hay más que ver sus retratos—, inteligente —ahí están sus escritos—, amado obstinadamente —basta con espigar en su epistolario—, y, además, rico, y se mata a los treinta años sin ninguna razón aparente, su vida —¡qué duda cabe!— tiene que haber sido por lo menos tan interesante como sus obras y tal vez la única base presumible de las obras mismas. Ni qué decir tiene, que éste sería su más alto valor testimonial para hallar los puntos de deslinde o juntura entre su realidad y la relatividad de sus ficciones.

¿En cuál de sus personajes está él? ¿En cuántas de estas vidas se fragmenta su ser auténtico, su ser rechazado o su ser idealizado?

He aquí lo que podría resultarnos interesante ya que, en cierto modo, un hombre es la medida de todos.

Lo demás, las divagaciones sobre el estilo, su apreciación desde una estimativa del momento, las posibles influencias voluntarias o de impregnación, etc., toda esa faramalla, mostrenca y ruidosa, la dejo intacta para los críticos, esos forzados —tan pocas veces esforzados— del jornal o de la colaboración, puesto que de ello "viven y se arrean", como decía la maestra Celestina.

Yo, bueno o malo —más bien malo— soy un profesor que conoce sus propias limitaciones, nada menos. Por otra parte, para la miseria que me van a pagar los ricos...

Buenos Aires, 1961

14

CAPÍTULO PRIMERO

Antes de cumplir los nueve años, la prima Rosa Andrea se había tirado desde una ventana de la casa de aperos a una era de losas; su hermano Diego, dos años mayor, había disparado una escopeta *de verdad,* con pólvora y municiones, y Roque, el de los parientes Lois, que por ahí se andaba pero que parecía de más edad por las cosas que hacía, se había dejado caer al pozo del jardín.

Todo esto ocurrió en las primeras vacaciones que estuvieron todos ellos juntos, durante todo el verano, o sea el año en que el tribunal me puso definitivamente bajo la custodia de la abuela.

Claro que la primita se había dejado caer sobre la paja de la trilla, y que Diego soltó el disparo mirando hacia otro lado mientras apretaba el gatillo; en cuanto a Roque Lois, se había echado al pozo, según luego se supo, cogido a la cuerda de la roldana, sabiendo que estaba casi cegado y que bajo el verdín apenas había un palmo de agua llovediza (aunque él juraba y perjuraba que creía que estaba lleno, que de otro modo no se hubiese tirado, pero el pariente Lois nunca se sabía cuándo decía la verdad).

El caso es que todos habían hecho lo suyo, éstas y otras cosas. Lo habían hecho para asustar, que era nuestra única manera de sentirnos importantes, casi diría de sentirnos vivir: la prima con su larga desaparición y cuando, al fin, la encontraron, con su desvanecimiento tan bien imitado que parecía de persona mayor; Diego con el disparón, como de trabuco, que lo sacudió todo, al mismísimo tiempo que entraba por la puerta de la casona el señor obispo, sudado y con cara de mal humor, llegando de la ciudad, en su anual visita conmovedora, para la fiesta — y la comida — patronal; y el estrafalario Lois, con sus berridos, al atardecer, como de animal degollado, desde aquella hondura, que llegaron por el aire hasta la saleta donde se rezaba el rosario — ¡todos los días, santo Dios! — llevado militarmente por la abuela Zoe.

La abuela tomaba tan a pecho la asistencia de todos al rosario — ¡aquel aburrimiento! — que después de un tiempo de hacernos ir también a los chicos, pescándonos uno a uno donde estuviésemos, terminó por renunciar, pues era más el tiempo que tardaba en juntarnos que el de los rezos; de tal modo renunció, que lo primero que hacía luego era cerciorarse de si había allí chiquillos que estorbasen (porque desde que nos prohibió ir, siempre trataba de colarse alguno) con su remejerse, su reírse por lo bajo y su roer cosas, generalmente castañas secas, que no nos gustaban pero que las llevábamos para eso.

Sí, yo era el único que no había hecho nada, ni en aquellas primeras vacaciones, en que habíamos estado todos juntos, ni en las otras que siguieron. Por lo cual Lois, que siempre las tenía conmigo, me llamaba "caganas" y "mantequitas" y algunas veces también "mantecoso". ¡Imbécil!, seguramente lo hacía por envidia, porque era más gordo que él.

Bueno, no había hecho nada para los demás, pero para mí, sí, había hecho bastantes cosas. No podían contarse porque no dieron resultado; es decir, no llegaron bien al final, de un modo que los demás se enterasen sin tener que contarlo yo, que eso no tenía mérito, pues también podían ser mentiras.

Las cosas fueron éstas: Me puse una cuerda al pescuezo, pero al dar la patada al banco para quedar colgado, el nudo corrió mal y sólo me hice una pequeña desolladura en la barbilla; pues el nudo, claro, pasaba por la barbilla. Otro día me puse a ver cuánto aguantaba sin respirar; yo sabía de algunos (me lo habían dicho en la escuela) que aguantaron hasta caerse.

Era en el gabinete de la tía María Cleofás, frente al espejo. Me fui poniendo encarnado, encarnado... y cuando empezaba a marearme, me puse a gritar ¡que me ahogo!, porque me pareció que ya nunca más podría volver a meter el aire en el pecho; pero como en ese momento no había nadie por allí, fue como si no gritase...

Otra vez comí fósforos de los de cabeza roja, pues los negros ya se sabe que no hacen nada. Sólo comí cinco, pero además del asco terrible, ya después del tercero, lo único que conseguí fue aquel sabor asqueroso que no me dejó cenar y el dolor de barriga que me vino luego.

Total, nada... y lo peor fue que, además de ser nada, tuve que inventar disculpas cobardes para la desolladura, para las náuseas y para la tía Cleofás a quien la criada Obdulia, aquella soplona, había ido a decir que me había visto estar en su gabinete "revolviendo".

¿Qué podía hacer yo? Resultaba claro, ya lo dije, que los chicos que nos reuníamos lo más del verano (yo el verano entero) en la finca de la abuela, no existíamos o existíamos mucho menos que en la ciudad. Para que se nos tomase en cuenta, salvo a las horas de tener que dormir sin sueño o de tragar todo lo que se les ocurría, aunque no tuviésemos hambre, no nos quedaba otro remedio que hacer cosas de susto, de preocupación, de miedo, y naturalmente no se pueden hacer cosas de miedo para los demás sin tener que apechugar con el miedo uno mismo. Si no hacíamos esto es como si no estuviésemos allí.

Los mayores iban y venían por la casona, por el jardín, por la viña, hablando sin parar unos con otros, como si les estuviese prohibido quedarse callados; o paseaban en coche, o a pie, cuando los paseos eran cortos, por la carretera nueva o por los montes y senderos, casi siempre sin ir a ninguna parte, nada más que por andar, que a mí aquello siempre me pareció una idiotez.

De pronto se paraban, con la vista fija a lo lejos, admirándose mucho de no se sabía qué, todos con las manos en visera sobre los ojos, aunque no hiciese sol. También daban cabezada de saludo, sonriendo, cuando pasaban otras personas importantes que veraneaban o vivían todo el año en fincas de la comarca. Las cabezadas eran más lentas y ostensibles con los que vivían en casas sillares y con escudo, como la nuestra, y menos acentuada para los que vivían en fincas de labranza. Asimismo, reparaba yo que con los primeros no se hablaba de cosechas (la abuela era muy entendida) y con los otros sí, vaya uno a saber por qué...

Cuando llegaba un visitante o un huésped nuevo, daban siempre los mismos paseos, repartían otras cabezadas y sonrisas con los que se cruzaban, y se admiraban del mismo modo mirando a lo lejos, como si cada vez fuese la primera que veían las mismas cosas.

Y no se diga cuando los paseos eran a sitios lejanos, como al tristísimo monasterio, vacío, plagado de hierbajos y lagartijas (a veces lagartos enormes, de dos rabos); al castillo, un montón de piedras sucias, o a los altos de Castrechoído desde donde "se veía el mar", pero tan de lejos que lo mismo podía ser el mar que otra cosa cualquiera. A mí siempre me parecía el cielo, un poco más abajo y algo más brillante, pero ellos aseguraban que era el mar, y como uno no podía decir nada... Y se ponían las manos en la frente, dando cabezadas unos hacia otros, como si el mar sólo ocurriese allí, en aquel instante, y sólo para ellos; como si fuese la cosa más difícil de encontrar y de ver. ¡Vaya un mar! Yo no lo había visto nunca, pero me parecía que no tenía que ser cosa de enseñarse así, casi como secreto para que los demás lo adivinasen. El primo Diego, que lo había visto, decía que no era.

—¿Ve usted aquello?

—No.

—Haga un esfuerzo... Allá, a la derecha, aquel resplandor...

—Ah, sí...

—¿Qué se le figura?

—No sé.

—¡Pues es el mar!

—¡Ah!

Y para tales hazañas había que ir en los viejos coches rechinantes, tragando polvo, quietos cada uno en su sitio, sin dejarnos siquiera encaramar al pescante, como cuando bajábamos, sin extraños, a la villa o en el largo viaje a A... a hacer compras con la abuela o con la tía María Cleofás, sentados junto al Rúas o al Barrigas, los cocheros, siempre tan alegres, con sus carotas llenas de risa y sus denuestos por lo bajo.

—Barrigas, que te voy oyendo...

—No sé qué me ha de oír, madama Zoe...

—¡Tengo dicho!

—¡Pero si no fue juramento...!

—Como si lo fuese, que no soy sorda.

—Pues las bestias no tiran con gloriaspatris...

Y efectivamente, los caballos sin el estímulo de las palabrotas sujetaban la andadura aunque hablase la tralla, ésa era la verdad.

* * *

Fue en uno de los primeros paseos de aquel año cuando me vino de repente la gana de adelantarme a los demás y hacer, allí mismo, algo serio, algo que le contasen a Loís no bien llegase, que sería dentro de muy poco. Allí mismo, con los mayores tan allí que ni moverse podía entre ellos; mejor dicho, ellas.

Iban con nosotros, en el coche de la abuela, las Presamarcos, o sea la condesa y su hija. Era una condesa tronada, todo el mundo lo sabía, sin un cuarto, pero que conservaba su palacio en la ciudad — ¡vaya un palacio!, un caserón destartalado, y gracias —; un coche con unos pencos huesudos que se caían y unos criados gruñones que no cobraban desde hacía no sé cuánto, y que no se le iban porque, como eran tan viejos no los quería nadie.

Pero el ser o no invitados por la condesa en sus días de recibo, era tanto como figurar o no en la sociedad de A... ¡Valiente sociedad! Yo creo que nosotros éramos los únicos que no reformábamos la ropa y que comíamos bien. (Eso aseguraban las criadas, que lo sabrían por el mercado, digo yo.) Y no sólo por lo que le rentaban las tierras a la abuela, que no era para tanto, pues despilfarraba mucho, sino gracias a los tíos Andrés y José María, y antes de ellos a mi abuelo. Todos habían muerto en las Américas (la abuela no había querido ir nunca) y dejaron allí unas empresas de no sé qué, que mandaban dinero cada seis meses, en monedas de oro, según se rumoreaba.

La condesa y la hija tenían verrugas color chocolate en los mismos sitios de la cara, lo que resultaba bastante cómico. Parecían de la misma edad, sólo que la hija parecía más disfrazada de vieja porque se pintaba, por cierto tan mal que la apodaban "la Valcárcel", que era un pintor de puertas de A...

La hija se llamaba Ilduara — ¡vaya un nombre! —, y era alta, seca de modales y hombruna, a pesar de ser gorda y muy blanca. A mí me resultaba simpática, a veces, porque no daba cabezadas, apenas saludaba y no miraba hipócritamente a lo lejos admirándose, ¡algo bueno había de tener...!

Esa tarde que digo iba muy fastidiada, no sé por qué, y todo se le volvía ponerse bien el sombrero, un montón de gasas con tres golondrinas, que el viento le torcía siempre hacia el mismo lado.

Doña Genoveva, la condesa, iba hablando, sin parar, con mi abuela. Lo hacía como siempre, en un tono superior y, a veces, como si la riñese.

—De eso ni palabra, Zoe. El tacto jamás ha sido tu fuerte.

—En cambio ha sido tu flaco.

—¡Más vale tener que desear! Lo que te digo es que, por todo lo que te he dicho, la gente terminará por apartarse de tu salón.

—Yo no tengo salón, no seas cursi...

—Tienes la mejor casa de A..., y el hecho de que la lleves mal...

—¿Qué tiene eso que ver con lo que tú llamas salón? ¿Qué es un salón? ¿Una sala grande con cosas inútiles o ese cotilleo de figurones y malas lenguas que tú armas los viernes... para darles chocolate con agua?

—¡Zoe!

—Y con bizcochos caseros, que apestan a rancio. ¿Por qué no le compras la mantequilla al Maragato, como toda persona que se estima? Por ahí debías empezar.

La condesa calló un momento como desorientada.

—No hay forma de hablar contigo. ¿Crees que es una gracia cultivar lo pintoresco?

—Yo cultivo maíz, Genoveva.

—Te estoy aconsejando.

—Echas agua a la mar.

—Aunque así sea, es de mi obligación. Ya sabes que te quiero bien.

—Pues quiéreme menos y rebaja los consejos.

—¡No hay quién te aguante!

—Vaya una novedad... ¡No me aguanto yo...!

Se cruzó con nosotros el párroco nuevo de Ribavales, joven, basto y guapote, montado en su gigantesco animal, muy de escopeta terciada a la bandolera, la correa nueva y amarilla, y una ristra de perdices, seis u ocho, colgadas del arzón. Se nos apareó un momento volviendo riendas, y la vieja Presamarcos le besó la mano.

—Excelente puntería, a lo que parece.

—No se hace mal, señora condesa. Buenas tardes, doña Zoe.

—Ya podías respetar la veda, Graciano.

—Soy amigo del sargento.

21

—Ayer oí cerca tus escopetazos.

—Sí, anduve por allá.

—No sé qué es *allá*, pero como en mis tierras no mandan sargentos, el Barrabás chico tiene orden de encaminarle una perdigonada al que cruce mis marcos. Y algo más, si lo pesca muros adentro.

—Usted siempre tan amable...

—Pon al galope, Barrigas, que se viene la noche.

—Ustedes sigan bien.

La Presamarcos se abanicaba con agitación. Ilduara no se había movido más que para saludar al cura con una inclinación de la pajarera.

—¡Deja tranquilo ese *pay-pay*, Genoveva! No hace tanto calor, además me marea.

—Careces de tacto social hasta el punto más lamentable...

—¿Pero es que ahora le llamas tacto a besarle la mano a ese lardoso?

—¡Qué escena, Dios mío, qué disgusto! De haber estado más cerca hubiese regresado a pie.

—No es tan lejos. — La condesa la miró duramente —. Además, no te preocupes. Me conoce bien el hijo del tío Carrizo... y no es cosa de haberlo tenido, como lo tuve, diez años papando latines y pan blanco en el seminario, para que venga ahora a destriparme las perdices... y en tiempo de veda, ¡no faltaría más!

—Zoe, pongamos las cosas en su punto de una vez para siempre; parece que la invitases a una con el solo objeto de humillarla a una.

Ilduara se volvió hacia ella por primera vez, como si no hubiera oído nada hasta ese momento.

—Bien mirado, yo no te invité, Genoveva.

—¡Para, Barrigas! — El cochero no hizo el menor caso, y la vieja, medio levantada del asiento, alborotó —: ¿Qué quieres sugerir?

La abuela comprendió que había ido demasiado lejos y recogió velas. En realidad siempre decía atrocidades sin darles importancia, como si estuviese desentendida de lo que se hablaba. Añadió con tono conciliador:

—Quiero decir que tú no necesitas ser invitada para ir y venir cuando se te antoje y estar todo el tiempo que te dé la gana. —Y cambiando de tono—: ¡Lo que pasa es que me sulfuras, Genoveva...! Siempre te sobran palabras. Pareces una gotera o un gozne oxidado...

—Pues déjame hablar de una vez.

—¡Si no hago otra cosa!, pero el escucharte ya no depende de mí.

—Acepto de buen grado tus explicaciones.

—Gracias.

Atravesábamos el extenso viñedo de los Montemayor, brioso y afelpado en sus brotes de junio, y la abuela iba mirando hacia su lado con mucho interés. De allí a poco la vieja volvió a la carga.

—Está bien tener carácter; ya se sabe, genio y figura... Claro, hay gente de gente y también gentuza, aunque lleven apellidos... Hay quien te encuentra muy original, ni que eso tuviera algo que ver con la buena crianza... Porque, hija, esos prontos que te dan... De mí sé decir... Sin ir más lejos, en mi último recibo, Carmela Alvariño, tuve que sacar la cara por ti, ¡qué violencia! Mis viernes, aunque modestos...

Hablaba con una creciente altanería en el tono que no condecía con las palabras. Ilduara se había clavado el abanico en la barbilla y se puso a mirarla fijamente, con la respiración muy visible en los altos del pecho, amontonada allí, supongo, por la agitación y el corsé.

—...y además habrás de concederme que, socialmente hablando... En fin, Zoe, mi impresión personal es que eres tolerada, pero querida, lo que se dice querida... ¿Pero me oyes o no?

—Sí, hablabas de Graciano, el del tío Carrizo. ¿Qué más?

—¡Oh!

Ilduara se aflojó de la tensión con una sonrisa repentina, brevísima, como de resorte, y dijo hacia su madre:

—¡Burra! — Luego se puso a mirar para su lado, canturreando por la nariz.

La estantigua metió la cabeza entre los hombros como si le hubiesen dado un cachiporrazo. La abuela seguía, ajena a todo, con su mirada inventarial sobre los viñedos, e Ilduara añadió, como hablando con alguien que fuese por la carretera:

—Vas a cumplir un siglo y no aprendiste a conocer el paño...

De repente se quedaron todas calladas, con lo que se hizo muy notorio el ruido de los cascos en el morrillo. Un poco después la condesa se puso a barbotear, muy apaciblemente, como si nada hubiera pasado, sobre los lugares que íbamos cruzando. Los señalaba con el regatón de la sombrilla y les llamaba "paisaje".

¡Ya estaba yo harto de tal palabra! En cuanto íbamos con invitados, a cada momento decían "paisaje". Hasta la abuela lo decía cuando estaba condescendiente. Lo decían como paladeándolo, como si fuese cosa de comer: paisaje por aquí, paisaje por allá, ¡qué tipos! Ahora, a lo que se veía, a nadie le importaba un rábano, y la vieja hablaba por hablar. Repetía las mismas pamplinas y lugares comunes de los otros: que si "los mil matices del verde", que si "los horizontes nebulosos", que si "el canto de la *cotovía*" (yo sabía que, en castellano, se llamaba calandria).

Ilduara, sin dejar de mirar hacia el otro lado y como empezando una conversación por el medio, se puso a decir:

—En esta vida todo son inverecundias, Genoveva —siempre llamaba a su madre por el nombre—, y agua pasada no mueve molino, que donde las dan las toman... ¡Ja, ja, pues buena es la niña...! ¿Qué me dices a esto? ¡Te estoy hablando, Zoe!

—¿De qué?

—Del nuevo dignidad de la catedral, del Penitenciario. A mí me carga el madrileño ése, con su acento de teatro; parece siempre el Tenorio.

—No reparé.

—Llámale hache...

Luego, silencio otra vez, y los cascos de los caballos sobre el morrillo, tlac, tlac, tlac, tlac, dándole sueño a uno. De vez en cuando un relincho de los parejeros y tlac, tlac, tlac, tlac...

A la abuela se le había ido poniendo en la cara aquel gesto duro y ausente que yo conocía bien, como si se fuese aislando, desmoronándose hacia dentro. Esto le ocurría ahora con más frecuencia que antes. Alguna vez, cuando estábamos solos, que era cuando más la quería, cuando me parecía que la entendía más aunque no hablásemos, le había preguntado:

—¿Qué tienes, abuela?

—Me aburro.

—Y eso, ¿qué?

—Ya lo aprenderás.

Ahora pensaba yo lo de siempre cuando estaban juntas, allí o en la ciudad, mi abuela y la Presamarcos. A mí me daba mucha rabia que aquella tarascona le hablase a la abuela como ésta no hablaba siquiera a los arrendatarios ni a los criados, pues se veía a las leguas quién era más señora, aunque la abuela lo fuese de modo tan... original, como decía la vieja.

Luego supe que la Presamarcos la trataba así porque "no teníamos título". ¡No sé qué hacía eso de menos, teniendo casas, tierras y dinero! Además la abuela se reía cuando se lo contaban, y alguna vez la oí decir que "con cien mil reales y un poco de paciencia podría rehabilitar tres o cuatro, o ir a Roma a comprar media docena".

Había que ver aquel señorío, aquel mando tranquilo de la abuela cuando hablaba de la política con los caballeros que iban a casa a hacerle la partida de tresillo, o cuando discutía de precios con los vinateros, o cuando echaba un rapapolvos a los braceros que andaban a jornal… Y hasta cuando paliqueaba, sin ninguna condescendencia fingida, con los viejos aldeanos y con las mujeres y los niños; parecía cantar al hablarles en la dulce habla del país, que aun siendo la misma, con las mismas palabras, semejaba otra. Y también le hablaba así a las vacas *liosas*, que la obedecían sólo con oírle la voz, sólo con que las llamase por su nombre, aunque estuviesen muy enviscadas: "Xuvenca", "Marela", "Gallarda"… ¡Que fuesen capaces aquellas cursis almidonadas de meter en razón a la "Laberca", más *liosa* que un toro entero, con sólo darle un grito, como aquella vez que ya llevaba veinte pasos arrastrando al zagal Crespiño…!

Allí iba yo pensando estas cosas, apretado entre las dos estúpidas, pues al lado de la abuela habían puesto el canasto de la merienda (¡otra lata, merendar de campo!). Y más rabia me daba aún porque a cada bache sentía contra mi pierna el desborde de la nalga de Ilduara que se le desparramaba por el asiento.

En el coche de delante había más bullicio. Iban los primos con la tía María Cleofás, que era muy propensa a dejarse llevar por la alegría infantil, a pesar de su viudez antiquísima y sin consuelo, a los veintitrés años, y de vivir sola en el caserón matrimonial de A… (qué sé yo cuántas habitaciones cerradas) con dos criadas y un perro, que parecía siempre el mismo, aunque en cuarenta años no podía ser.

Nos llegaban las risotadas de Rosa Andrea y del primo (¡qué risa la de Diego, santo Dios!) unidas al falsete cascabelero de la tía, que era lo único joven que le quedaba. El cochero Rúas iba echando al aire una canción montañesa, acompasada al trote de los parejeros… Y yo allí, aplastado, callado, muerto de envidia y de furia.

Fue en aquel plazo de silencio, que ni el Barrigas farfullaba sus *arres* mechados de denuestos, como si se hubiese quedado dormido, cuando me volvió el pronto de querer hacer algo que fuese de verdad *importante*.

Cada vez me venían más fuertes las ganas de hacerlo

y sentía que no iba poder aguantarlas. Era esto: pegar un salto, quedarme de pie en el asiento y gritar, para que me oyeran también los de delante: ¡Ca...ra...jo!

Y lo hice. Es decir, di el brinco, me puse sobre el asiento, pisando el sobrante del muslo de Ilduara, y grité, casi chillando: ¡Ca...ram...ba! Luego seguí diciendo muy de prisa, como si no me pudiese parar: caramba, caramba, caramba...

—¡Este crío está chiflado!—alborotó la tarasca, yéndose de las hablas finas a las populares. Ilduara, sin chistar, me dio un manotón en las corvas y me derribó de allí.

La abuela se quedó mirándome con aquella cara que ponía cuando hacíamos cosas así; una cara que creía severísima pero nunca le salía bien, y buscando las palabras para el caso. No encontró ninguna y se puso a decirlo todo con las manos amasando el puño de la sombrilla.

El otro coche se detuvo hasta que estuvimos apareados.

—¿Qué fue?—preguntó, dramática, la tía Cleofás.

—¡Qué sé yo! Una ventolera que le dio a este... este...—se quedó buscando la palabra—badulaque. (Al fin le salió.)

—Que quise gritar y grité. ¿Es que tampoco se puede gritar en la cima de un monte?—dije, desquitándome algo del fracaso.

—Tiene a quien salir—refunfuñó la condesa, con la voz todavía fuera de cauce.

Se refería a mi padre, ya lo sé, del que se decía... Bueno, no me importa lo que se decía y apenas me acordaba cómo era. Es decir, no sé bien si no me acordaba o si no me quería acordar.

Ilduara se sacudió la marca del pisotón mirándome con pasajero aprecio, como siempre que alguien hacía una burrada. ¡Qué tía rarísima!

Algo es algo, pensaba yo para consolarme. Pero, la verdad, y para lo que tuvo que ser (¡ca...ra...jo!, a todo pulmón) no había sido nada, como siempre.

¡Qué asco tan grande de mí!... "Mantequitas", "mantecoso"... Tenía razón Lois, el valiente encanijado. Y yo con aquel corpachón y aquella sangre... Porque eso de la sangre, tanto que hiciera bien las cosas como que las hiciera mal, me lo echaban en cara a cada paso.

No sé qué querrían decir. Ni que uno tuviera culpa de su sangre.

CAPÍTULO II

La vida en el palacio — así le llamaban los aldeanos a la casona de la abuela —, la que iba a ser todo el verano, no comenzaba hasta después de un par de semanas de nuestra llegada; o sea, desde que empezaban mis vacaciones hasta terminada la vendimia. Los invitados iban apareciendo después.

Esos primeros días los dedicaba a preparativos interminables, como si en vez de cuatro meses nos fuésemos a quedar allí para siempre, y como si en lugar de unos pocos cursis y gorronas fuese a visitarnos el rey. Incluso la abuela seguía vestida como en la ciudad, con sombrero y todo.

Se abrían las despensas y se alineaban las cosas a lo largo de los corredores. Se sacaba toda la ropa blanca — había como para un regimiento — y se la ponía "a airear", en cuerdas, por todas partes, que andaba uno dándose de narices a cada paso con sábanas y manteles.

Los retejadores agatuñaban por los tejados a la caza de goteras, lo que resultaba bastante divertido. Se encintaban, con mezcla de cal, los sillares del muro grande. Se pintaban o barnizaban puertas y ventanas, que hasta la cruz y el gallo de la espadaña quedaban brillantes de purpurina, y los correajes de los tiros con su furioso amarillo renovado.

La abuela bajaba con Barrabás, libreta en mano, a la bodega, para anotar los vinos que hiciesen falta y poner a salvo a los invitados "que de verdad sabían beber", de aquella *purrela* agria que daban las cepas del país.

Cuando todo estaba en orden — ¡vaya un orden!— dentro de la casa, se ocupaba de lo de fuera. Se limpiaban de hierbajos las veredas de la huerta y venía el jardinero municipal de A... a arreglar el jardín, o sea a dejarlo hecho un mamarracho. Brazados de rosas (y *todos* los lirios, pues la abuela los odiaba, y cada vez salían más sin que nadie los plantase) eran sacrificados por su pasión simétrica; y una vez puso en peligro toda una hilera de manzanos, mandándolos podar ya cargados de fruta "porque estorbaban la visión".

Hacía limpiar las fuentes antiguas, rasparles el musgo, hasta dejarlas como obras de cantería reciente, de tal modo que las figuras de bulto perdían toda su gracia en aquella nueva desnudez, y los grandes tazones, labrados en granito, se quedaban sin hondura. Un día el padre Brandao le dijo que las piedras estaban mejor viejas. "Para vieja basto yo" —fue toda la contestación.

(Verdaderamente, la abuela sentía una especie de repugnancia hacia todo lo que fuese viejo, y me parece que no tenía una idea clara para diferenciar lo viejo de lo antiguo. Cuando una de aquellas visitantes antojadizas, que le conocían el flaco, le alababa cualquier baratija de bazar para que se la diese:

—"¡Ay, qué caprichoso esto, Zoe!"

—"Está en buenas manos" —era la fórmula de cumplido. La abuela se hacía la sorda. Pero cuando se trataba de una cosa antigua, incluso olvidaba la falsía de la fórmula y estimulaba el despojo —: "¡Ay, qué bonito esto, Zoe!"

—"Si te animas a cargar con él..."

De tal modo las lagartonas se llevaban relojes, candelabros, porcelanas...)

La abuela seguía todo aquel zafarrancho, activísima (yo sabía que, en el fondo, era una comodona) muy puesta de sombrero y de guantes, sin soltar la sombrilla, aunque las operaciones fuesen dentro de la casa.

El final, era una revista de toda su gente vestida de domingo, en la explanada, frente al palacio, para hacer una lista de lo que había que encargar, pues la fardamenta para toda aquella requitropa — viejos, niños, hombres y mujeres — era su regalo en las fiestas patronales.

Apaciguados los ímpetus y alborotos del ordenamiento, la abuela, que allí había nacido y pasado su juventud, se convertía, de repente, en una especie de hidalga rural, preocupada de cosechas, arrendamientos, labores y pariciones (al menos eso semejaba, pero a lo mejor tampoco le importaban) con un conocimiento serio y detallado de lo que traía entre manos y con una memoria que era el terror de cuantos vivían a la sombra de la casa o se relacionaban con ella.

Todas las mañanas, a la misma hora, se encerraba con Barrabás en el despacho del piso bajo; y muchas veces he visto entrar pálido al pobre hombre y salir con las orejas echando lumbre, refunfuñando maldiciones.

Los aldeanos, que la querían y respetaban a su modo (¡vaya uno a saber cuáles eran los modos de semejantes raposos!) perdían pronto aquel andar diligente y atento, como movilizados, de los primeros días, para volver a su calma azorrada e irónica.

Su verdadero ser, oculto tras una aparente pasividad, era capaz de los saltos más esperpénticos y desaforados que sobrevenían repentinos, tan reales y fantásticos al mismo tiempo... Los relatos, y a veces las mismas personas, que nos llegaban a la ciudad, no semejaban cosas de este mundo, aun dentro de la lógica con que las cosas sucedían, o parecían suceder. Gigantones que, de un día para otro, se desmoronaban por "la caída de la paletilla"; criaturas que perdían los colores, vampirizadas por las brujas; mujeres que quedaban gravemente enfermas "de una aparición"; trasgos que no dejaban dormir, y preñadas inseguras, a las que había que bautizar el hijo dentro del cuerpo, para que se les lograse, debajo de un puente, al filo de la medianoche... Y en medio de todo ello, estallidos

31

de coraje y violencia que no había modo de sospechar tras aquella dulzura del trato y de aquel hablar idílico.

Los días que mediaban entre nuestra llegada y la de los invitados, o de los que *se* invitaban, me los pasaba contentísimo entre los aldeanos, como si estuviese viviendo cuentos representados por gente de carne y hueso, que hasta alguna vez he pensado en si no estarían burlándose de mí.

También lo pasaba de primera cuando la abuela resolvía dejar aquel aire expeditivo, aquellas urgencias de la autoridad que desplegaba (aunque siempre le saliese mal algún detalle) a fuerza de voces y de manejar la sombrilla como un bastón de mando. Llegado ese momento, se quitaba los guantes y el sombrero, dejaba en paz la antuca, aunque entonces era cuando debería usarla, y se metía personalmente a las faenas.

Consistían éstas en pasear a pie por los viñedos (de pronto la abuela enderezaba misteriosamente una vara y hablaba mal de los podadores); en ir al gallinero a ver los pavos, ya calculando los presentes pascuales; en visitar los establos y ponerles nombres a los terneros del año. A mí siempre se me ocurrían nombres disparatados: Galaor, Rocinante, Isabel la Católica, y así que por eso dejó de preguntarme.

Cuando andaba en estas tareas, se mostraba tranquila, natural, casi cariñosa. Muchas veces, sin dejar de hablar para sí de cosas que no le entendía, me acariciaba la cara; hasta una vez me dio un beso, creo que fue el único, y tenía los ojos mojados.

Luego empezaban a llegar los invitados, y ¡adiós!, se acababa todo.

La afición, no sé si verdadera o aparente, que mostraba hacia aquello, quedaba sustituida por una especie de celo minucioso, demasiado voluntario; y, quizá porque, en el fondo, no le importaba nada, este ajetreo la volvía irritable y sarcástica.

Por estos días que me pongo a contar, ya habían llegado los Couñago, o sea... bueno, mis tíos. Gracias a Dios se quedaban sólo una semana que, por cierto, se la pasaban, muy de punta en blanco, visitando a los vecinos más importantes.

Yo los evitaba cuanto podía, y la abuela se ensañaba en sus quehaceres, porque tampoco la hacían gracia, supongo; mejor dicho, estoy seguro. Andaba de aquí para allá, gritando entre los braceros, mirándole a las vacas no sé qué en la boca, perdiéndose en el viñedo.

En cuanto llegaba la farfantona de la hija, con sus modas y perendengues, la abuela, creo que adrede, se ataviaba como una campesina, con un pañuelo muy charro a la cabeza, chambra de cabezón fruncido y saya ancha y oscura. Hasta calzaba zuecos, apenas caían dos gotas, ¡vaya exageración!

Un día de aquellos, vino a buscarme a la quesería donde yo estaba papamoscando, no sólo para no encontrármelos (por nada de este mundo los Couñago se acercarían a un lugar de tareas), sino porque me gustaba.

—¿Dónde andas, perillán? Voy a sacar la miel. Si quieres venir...

—¿No van los primos con nosotros?

—A Rosa Andrea se la llevaron *ésos*, y Diego tiene paso de francés con don Brandao. Además, ya sabes que les da miedo.

—A mí, no.

—Debes de tener la sangre aceda; tienes a quién salir.

—A ti, que tampoco te pican.

—Puede ser...

Aquel simple ceremonial de ir a saquear las colmenas, me llenaba de excitación; desde siempre, desde muy chico, a pesar de mi repugnancia por el gusto y el tacto de la miel, y hasta por su olor a cosa de botica. No sé si de botica, pero era con miel con lo que nos hacían tragar la pócima de ruibarbo y aceite de ricino con que allí se acudía a todos los males, aunque no fuesen barrigadas: una torcedura, un golpazo (entonces se le mezclaba árnica) o un dolor sin origen; lo primero, la pócima del ruibardo con miel, luego se vería.

—Esto, para que te pongas.

Me dio aquel capuz de lana casera, con el tejido más espaciado a la altura de los ojos. Siempre me parecía divertido, pues me quedaba largo y carnavalero.

—¡No te lo pongas ahora, hombre, que vas a llegar ahogado! Hay que volver pronto; al mediodía llegan Adelaida y su hijo (eran los parientes Lois). — Me quité de un tirón la cogulla aldeana y me quedé serio.

La abuela no me hizo caso, pero, a poco andar, dijo:

—¿Qué pasa ahora?

—¿Vienen por muchos días?

—Siempre haces igual, si no los llamo te enfurruñas y si los invito… pues ahí tienes.

—¡A mí qué me importa!

—Ya se ve.

Detrás de nosotros venía la criada Ludivina (¡qué tía cabra!) pegando sus saltitos, con la barreña a la cadera, zarandeando el capuz en la punta de un dedo, con su aire de boba alegre y sus repentinos sustos frente a algo que se moviese cerca, un bicho, una rama.

Cruzamos el jardín bajo el solazo y salimos por el portillo a huerta. A la sombra de los perales que bordeaban el sendero del muro, hacía más fresco; o tal vez era el agua del regadío que se metía por los surcos con prisa infantil, como cosa de juego.

El colmenar estaba cerca del río, bajo unas higueras. Poco antes de llegar, me tapé con la caperuza y metí las manos en los bolsillos. Ludivina dejó el barreño y se volvió a la casa, brincando y cantando, sin pedir permiso.

La abuela se arremangó y las abejas se alborotaron a nuestro alrededor, como un chorro que iba y venía, entre nosotros y las colmenas, envolviéndonos. A mí me dejaron pronto (también porque me fui apartando poco a poco) pero a ella le cubrieron los brazos, apretadas, espesas, montando unas sobre otras, como escamas.

¿Qué pasaría si, de repente, se pusiesen todas a picarla? Yo había oído muchas veces a los aldeanos aquello de que "siete abejas tumban a un buey"... La abuela, como siempre, las hablaba.

—¡Vamos, atolondradas, locas de atar...! ¿Es que ya no se me conoce por aquí?— Algunas se le enredaban en el pelo y hacían esfuerzos por zafarse—. ¡Sal tú de ahí! (Se sacudía con un dedo el pabellón de la oreja) que eso ya no es una flor... ¡qué más quisiéramos...! ¡Eh, tú, gandula, que me vas a cegar...!

Cogía los panales con rapidez y los estrujaba, dejando caer en el barreño los goterones apelmazados. Luego modelaba con la cera una especie de huevos y los iba tirando hacia donde yo estaba. Algunas abejas los seguían y se quedaban sobre los mazacotes, olisqueando.

—¡No te saques las manos del bolsillo, condenado! Empújalos con el pie, ahí, sobre la hierba... ¡Eh, eh, revoltosa! ¿eres nueva en el lugar o qué?

Sin dejar de hablarles, las separaba suavemente con el canto de la mano, como si raspase de la piel una masa aceitosa y dorada.

—¡Bueno, bueno, menos rebumbio, que no me la voy a llevar toda...!— Y así de una colmena a otra, rodeada de aquel temblor, de aquel zumbido.

En esto apareció, a lo lejos, Ludivina, desalada. Se puso a gritar desde el paseo del parral.

—¡Venga, doña Zoe, venga, venga!— Sin dejar de correr, se puso a andar y desandar, bajo el parral, como extraviada—. ¡Venga, venga...!

—¿Pero qué ocurre, guillada?

—Le dio el *ramo* al Faramontaos... ¡Venga, venga!

—Demonio de loco... ¿No está Marcial allí?

—Le vino muy asañado y no pueden con él.

Continuaba dando vueltas sin dejar de gritar. Al fin enderezó hacia la casa como una exhalación, y yo me eché a correr tras ella. Venían al rezago las voces de la abuela:

—¡Espérame ahí, pícaro...!

Antes de llegar al patio de labor, ya se oían los gritos. Estaban todos parapetados tras los carros o metidos en los bajos de la casona. Por la puerta entreabierta de un alpende, asomaban caras empavorecidas, en fila, unas sobre otras. Marcial, el administrador, se había encaramado al hórreo.

En la solana del ángulo, asomaban las Presamarcos: la condesa levantando aspaviento, con un rosario en la mano; Ilduara quieta, hombruna e imperial, con las manos sobre el balaustre como en un espectáculo de circo. Los parientes Lois (¡ya habían llegado *aquéllos*!) en la ventana del corredor, Roque muy blanco y agitado, y Adelaida con el mirar hacia arriba.

El Faramontaos, tranquilísimo herrero todo el año, menos cuando le venían los *ramos*, en el tiempo estival, braveaba en medio del salido, con un gran cuchillo en la mano. Tenía puestos el ros de charol y la guerrera de rayadillo que había traído de la guerra de Cuba. De la cintura abajo estaba desnudo; con una mano blandía el cuchillo y con la otra se tapaba las vergüenzas muy cuidadosamente.

—¡Me caso nel Santismo, que no hay hombre para mí, recoño vivo... (El *ramo* le daba por blasfemar, pues el resto del año, cuando estaba en su ser, era rezador interminable.) Aquí los mambises y cimarrones, me caso en la madre que los abatanó... ¡Soy hombre para cien! ¡Un, dos, un, dos! (Marcaba el paso grotescamente, una mano con el cuchillo en alto y la otra allí, de taparrabos.) ¡Porque me caso en Maceo y en el h... de p... del general Beiler... todos vendidos! Un, dos, un, dos...

—Suelta el cuchillo, Faramontaos, o te mando brear de una tunda —gritaba Marcial desde el hórreo.

—¡Atrévete, Barrabás, zorro, hijo de zorra, ladrón de esta casa!

Barrabás chico, avanzó hacia él, encañonándolo con la escopeta.

36

—Párate ahí, que ya se le está pasando —le gritó el padre.

Yo estaba alegrísimo, sin miedo ninguno. Faramontaos era bueno como el pan, sumiso y muy cariñoso. Nunca lo había visto yo con el *ramo* (cuando le daba, lo primero que hacían era encerrarnos) y me parecía que todo aquello tenía que ser cosa de broma, o algo así; un desquite de su paciencia de todo el año, de su tranquilidad como de cosa quieta o de animal uncido, al servicio de todos, aun de los que eran mucho menos que él entre los criados de la casa. Y si algo raro le había notado (cuando no estaban los otros chicos, yo me pasaba las horas muertas en su fragua) era el llamarle a las herramientas con nombres de cristianos, y el cantar siempre los *kiries* de las misas y responsos de una manera que resultaba muy graciosa, pues los cantaba al compás del martillo en el yunque y casi siempre le salían apuradísimos, como un galope.

Ahora se había puesto a cantar una habanera:

Al amanecer el día y alumbrar el firmamento
se escucha en el campamento alegre toque a diana...

—¡Me caso en la Corte celestial, que si alguien se acerca traigo el Remintón!

Por la puerta del alpende de los aperos fueron saliendo dos mozancones que andaban a jornal, con Roel y Crespiño, que eran de la casa, todos con horquetas, menos Crespiño que llevaba una guadaña.

Faramontaos, al verlos venir, reculó con una rapidez de movimientos que nadie le conocía, hacia donde yo estaba. Me pilló de un brazo, dejando las vergüenzas al aire, y me llevó a los medios. Las mujeres, que estaban entre rendijas, se apartaron con chillidos, y la condesa se puso de espaldas, bramando como si la hubiesen clavado. Ilduara, erguida y presidencial, se quedó como si nada.

—¡Con que, acercarse, y aquí hay una muerte! —gritaba Faramontaos con el cuchillo sobre mi cabeza.

Yo estaba algo asustado, pero no mucho. Todo aquello seguía pareciéndome un juego, con todos sus movimientos muy rápidos y exactos, como ensayados. Era como en esos sueños que uno sabe que luego va a despertarse.

—¡Darle ya, animales! —gritaba Marcial desde el hórreo. Los mozos avanzaron un poco más y el loco me puso la punta del cuchillo en la espalda. Al sentirla (al menos, a mí me pareció que la sentía) claro, me eché a llorar.

—¡Vos digo que va haber una muerte aquí!

Barrabás chico se adelantó rápidamente, con el ojo en la mira, y Faramontaos se cubrió conmigo, agachándose. Las mujeres habían vuelto, con imprecaciones y gritos, y algunas se aventuraban, más decididas que los hombres.

En esto apareció la abuela muy colorada. Cruzó el patio a todo andar y le dio a Faramontaos dos bofetones que sonaron como cohetes. Le quitó el cuchillo y le puso su mandil.

—¡Tápate, cerdo! —Todo muy rápido y exacto, como preparado. Luego me dio a mí otro par de soplamocos —. ¿No te dije que me esperaras, canallón, no te lo dije?

Faramontaos se había arrodillado, sacudido, como convulso.

—¡Sáqueme el tiemblo, doña Zoe! —La abuela le puso la mano en la cabeza y el herrero se la besó llorando, al parecer, calmándose de repente.

—¡Hala de ahí, fantasmón...! Si te vuelvo a ver en éstas, vas a parar a San Francisco (era el manicomio de A..., espantoso, como un lugar de castigo). ¡Tengo dicho, y es la última vez! Tú, valiente (dijo hacia Marcial), hazle un buen vaso de ruibardo y ricino y métalo en la cama. A la noche le das una canada de vino caliente con ruda, y que la duerma... ¡Andando (dijo hacia todos) se acabó la función!

Faramontaos se fue, zarandeando el mandil, con el culo al aire y el ros a la espalda, colgado del barboquejo. Marcial lo llevaba del hombro con mucho cariño.

Barrabás chico, miró hacia todas partes como brindando una faena que no había tenido lugar. Ilduara, echando atrás la cabeza, dejó caer un pañizuel de encaje.

A la noche me dieron ruibarbo con ricino y miel. ¡Qué cosas!

CAPÍTULO III

El rosario reunía al atardecer, en la sala baja (sólo los viernes era en la capilla), a todos: visitantes, huéspedes, criados, jornaleros... Incluso asistía Marcial, que por haber estado en las Américas decían que no creía en Dios (quisiera yo saber cómo se las arreglaba).

Marcial era una especie de milmañas y sábelotodo,

(—Doña Zoe, chirria un pedal del armonio.

—Que lo ensebe Marcial.

—Está ahí el procurador de los renteros de la Arnoya.

—Que lo desbrave Marcial,)

hombre de confianza de la abuela, aunque no tanto como se figuraba o como dejaba suponer para reforzar su autoridad. Se decía administrador, pero cuando alguien le llamaba así hablando con la abuela, ella exclamaba: ¡Boh, boh, boh!...

Marcial había traído de las Américas a aquel bestia del hijo, Raúl, mandón y parásito, el único de los grandes que la abuela no hacía ir al rosario ni tenía en cuenta para nada, como si no estuviese allí.

Todos lo odiábamos, casi no se trataba con nadie; estaba en la casa como un visitante perpetuo, sin hacer ningún trabajo, con la escopeta al hombro de la mañana a la noche y, a veces, también de noche.

La gente de la aldea les había puesto los Barrabás, vaya uno a saber por qué; el Barrabás grande y el Barrabás pequeño (el pequeño medía un metro noventa).

Marcial tenía una cara muy cómica y astuta, hecha de rendijas horizontales que se la cogían toda, como si nunca pudiese estar serio, que hasta parecían reírsele los ojos, las orejas y el bigotín, recto y delgado; y el hijo un aire amorenado y bravucón (feo no era) menos cuando hablaba. Tenía un hablar calmo y aflautado, como dicen que se usa *por allá*, que no acababa de írsele del todo, como se le había ido al padre, que también trajera el habla muy estragada, aunque más las palabras que el tono.

Algunas aún las conservaba, como llamarle "necrópolis" al cementerio, y "difuntitos" a los muertos, aunque fuesen viejos.

Sobre eso de "necrópolis", se armara, un domingo, gran discusión en la taberna de la carretera nueva, hasta el punto de irle con la consulta al padre Brandao, quien les había dicho que "la palabra no era mala en sí, pero que resultaba demasiado para aquel camposanto que era como un pañuelo"...

Bueno, no vale la pena hablar más de estos tipos misteriosos (ni siquiera eran de la comarca) que no se sabía de dónde los había sacado la abuela, y a los que nadie podía tragar.

Estos plazos del rosario, que duraba una hora, y casi dos cuando era en la capilla, nos permitían a los chicos estar juntos, sin estorbos, y hacer lo que nos diese la gana. Claro que a las otras horas, menos las de las comidas, también podíamos juntarnos y hablar, pero no era lo mismo, y menos aún en las comidas, que estábamos juntos pero no podíamos hablar.

Bajo la mirada de los mayores, aunque fuese distraída y al pasar, no nos sentíamos bien; siempre había aquello de "qué estaréis tramando", o "qué haréis ahí tan callados", y otras bobadas por el estilo, como dicen siempre los mayores cuando hablan con los chicos, ni que fueran tontos. Yo creo que no les importaba nada y decían esas cosas porque suponían que era su obligación.

Casi siempre nos reuníamos en la vieja cochera para hacer, con gestos y gritos, las carreras romanas del *Quo Vadis* menos cuando jugábamos a ir en carabela, que entonces nos subíamos al hórreo. Lo pasábamos muy bien con aquellas tonterías, pero cuando llegaba el pariente Lois (él decía que era *primo* nuestro, en cambio la abuela, de muy mal modo, decía que no) ya no resultaba tan importante el jugar como el hablar.

Roque Lois hacía más excitante el hablar que el jugar, porque sabía las malas palabras de los mayores y nos las hacía repetir hasta que le parecía que nos salían bien, con naturalidad como a él.

No sé si ya dije cómo era; pues era larguirucho y al mismo tiempo encanijado, por lo menos le llamábamos así, algo cojo de la pierna izquierda. También se le torcían un poco los ojos, y más cuando se enfadaba o cuando se ponía a hacer una cosa con mucha resolución.

Yo creo que lo mejor que tenía era la voz, gruesa (este año la traía aún más gruesa, casi ya como de hombre) y el soltar las palabrotas y los juramentos (decía que los sabía todos) como la cosa más natural, que ahí estaba lo difícil. A nosotros no nos salían tan bien porque teníamos la voz delgada, supongo que sería por eso, pues las palabras eran las mismas. Por ejemplo, cuando el primo Diego decía "joder", no había más remedio que echarse a reír, pues no le pegaba ni con cola.

En realidad, no sabíamos el significado de las palabras y lo único que sabíamos es que eran malas palabras. Cuando Lois nos las aclaraba, a Diego y a mí, algunas nos asustaban pero las más nos hacían gracia.

Aquél era el primer día que estábamos juntos en la cochera. Por lo general, los primeros días nos dedicábamos a andar de aquí para allá, por la viña, por la huerta, subiéndonos a los árboles, hartándonos de brevas o montando en los burros. Pero aquel atardecer estaba de tronada y nos metimos en la cochera.

Lo primero que hizo Lois fue contarnos las cosas que

hacía en A..., que eran muy fachendosas; unas se las creíamos y otras no, pero nunca lo contradecíamos, porque hay que ver cómo se ponía... Y hablaba y hablaba, haciendo la pantomima de lo que iba contando... Siempre alargaba los relatos para que, finalmente le pidiésemos que dijera las malas palabras; pero aquel día, no sé si porque era el primero, nadie se lo pidió. Así que empezó él de repente.

—A ver, Rosa Andrea, di puñ...
—No, ésa no.
—¡Pero si no sabes cuál es!
—Lo sé, pero no la digo.
—Pues tienes que atreverte o te vas.
—Si quieres digo otra.
—Bueno, dila.
—Rediós.
—¡Rediós! Ésa la dice cualquiera; no es palabrota, es palabra.
—Lo es, porque cuando la dice el Ruas, la abuela le riñe.
—Calla tú, mantequitas, que nunca consigues que te salga bien un coño.
—¡Coño!
—¿Ves? Parece que dices "pañuelo", "racimo"... Hay que decirlas así, como si siguieras hablando: ¡Qué coño pasa aquí, me c... en D...! —Y soltó el juramento grande, que era el que nos hacía sudar. Me extrañó que este año lo soltase el primer día, se ve que venía aún peor, ¡qué tipo!

Rosa Andrea se asomaba nerviosísima, de vez en cuando, no sé para qué, pues hablábamos en voz baja (con lo cual las palabras resultaban terribles); y, además, sabíamos bien que estaban todos en el rosario. A veces hasta lloraba, pero no se iba, por hacerse la valiente, supongo; ya se sabe que cuando una niña anda con chicos quiere ser tanto como ellos o más.

Después del gran juramento, que ninguno quería

pero que todos esperábamos, ya las otras palabras perdían interés, no sonaban a nada. Por eso Roque Lois la dejaba siempre para el final. Cuando le salía muy pronto, como ahora, dejábamos el juego de las palabras y nos poníamos al de inventar. Por ejemplo qué quisiéramos ser de grandes. Rosa Andrea decía, casi siempre, que monja, Diego maquinista de tren y yo marino.

—¡Ya salió el mantecoso con su marinerito, con su gorrita!… ¡Marinos quieren ser todos los chicos, y maquinistas de tren, psch…! El caso es querer ser lo que quiero ser yo.

—¿Y qué?

—¡Ah…!

—Dilo, siempre haces igual. ¿Por qué no lo sueltas?

—Porque os daría tanto miedo que saldríais chillando. — Esto lo dijo con una voz rara, sin petulancia, casi triste.

Por todas estas cosas, que no siempre eran fanfarronadas, notábamos que el pariente Lois, al que en la ciudad casi nunca veíamos, era diferente de nosotros, no sólo por lo que hacía y decía sino porque… bueno, porque no era igual, no sé por qué.

¡Las veces que hablábamos Diego y yo de esto! En el fondo lo admirábamos (yo le tenía envidia) por su inventiva y su resolución en todo, eso sí. Se le ocurrían, sin ningún esfuerzo, las cosas mejores, las de más miedo, aunque luego él mismo las reventase casi todas; las suyas y las de nuestra invención, todas.

Cuando el otro año se le ocurrió a Diego lo del río (había que tirarse vestidos a la presa de la aceña) y cuando ya la prima Rosa Andrea salía a todo correr para avisar, eso era lo acordado, "que nos estábamos ahogando", él no quiso tirarse, luego que Diego y yo estábamos empapados hasta los pelos, y se quedó riendo en los pasales, con su vozarrón y sus dientes salidos.

—¡Ja, ja, ja… Buena la habéis hecho, buena os espera ahora…

¡Qué tío desgraciado!

Y cuando inventó lo de ponerle fuego a la heredad grande del trigo (con lo famoso que aquello hubiera resultado) que ya teníamos encendidos los papeles para empezar por tres sitios a la vez, pues salió gritando hacia el palacio:

—¡Fuego, fuego...! — ¡Qué tío animal! ¡El trabajo que nos costó pararlo!, que hasta Diego tuvo que darle un lápiz nuevo y ofrecerle la peseta que la abuela nos daría el domingo...

Con quien peor las tenía era conmigo. Pero también en esto era muy raro. Un día me pegué con el mayor de los Fefiñanes (unos vecinos muy engreídos porque su padre era coronel y marqués) que me llevaba un palmo y era dos años mayor que yo. Claro, me pudo; pero lo peor es que cuando caí me siguió pegando, que eso, al menos entre los chicos, se ve muy mal. Lois se enteró, lo fue a buscar y le dio tal zurra que los padres vinieron a ver a la abuela (que no le dijo nada Lois, ni una palabra, así que debió de parecerle bien). Otro día, el hijo del tabernero me llamó "señorito podrido" y "zapatos de puta", llevaba los nuevos de charol, que fue cuando salíamos de misa. Roque, viendo que no iba a poderle, pues era uno de quince, al día siguiente le descalabró de un cantazo, sin decirle ahí va eso.

Y así sucedía siempre; me hinchaba cuanto podía, pero en cuanto alguien se metía conmigo, ya saltaba como una fiera. Quizá lo hiciera para humillarme, no sé. A los otros también los fastidiaba, pero no tanto, ni comparación.

El otro año, habíamos pensado darle una tunda entre los tres, pero no nos atrevimos porque iba a inventar algo que, en el último momento, nos dejase en ridículo, o quizá tuvimos miedo que nos pudiese a los tres.

Cuando le pusimos el cepo para los zorros, muy bien disimulado, en el campón por donde se atajaba para ir a las higueras, dos pasos antes de llegar, pues marchaba

45

siempre delante, dio un pequeño rodeo, lo justo para no pisarlo, y se volvió sonriendo, ¡sabandija!

Yo creo que le teníamos rabia porque lo hacía todo mucho mejor que nosotros, más rápido, más resuelto, y aún con la diferencia que las cosas de miedo, que a nosotros nos desasosegaban, él iba y ¡paf!, como si jugase, como si fuese capaz de hacer otras peores con la misma ligereza y valor.

El día que decidió cortar la soga del andamio y nosotros estábamos temblando dentro de la cochera, que hasta hubo que taparle a Rosa Andrea la boca para que no gritase antes de tiempo, pues él se plantó en la puerta, muy puesto sobre la pata corta, esperando el resultado, hasta que el viejo Lilo se quedó como un pelele, balanceándose en el aire, milagrosamente cogido a un tablón. Luego, como si tal cosa, le acercó la escala mientras le decía, sin perder el aplomo:

—Hay que ir con cuidado, tío Lilo, que a veces las cuerdas andan falsas... Menos mal que pasaba yo por aquí... ¡Qué sujeto!

El silbo de cuatro dedos, le salía que era imposible aguantárselo estando al lado. La distancia y puntería con las piedras, otra maravilla, hasta pegar en el gallo de la veleta y hacerlo voltear. También era el que meaba más lejos; yo decía que era porque la tenía más larga, pero Diego estaba empeñado en que era porque la sabía apretar mejor, aunque las pruebas que hicimos no dieron resultado. Largaba el escupe entre los dos dientes de arriba, que tenía muy separados, con tal fuerza que lastimaba con el chisguete si le cogía a uno de cerca la cara. Un día sacó de la cocina un cuchillo de punta y nos dejó bobos acertando no sé cuantas veces en un plantón de cerezo, muy delgado y resbaladizo.

—Una... dos... tres... y ésta, y ésta, y ésta de refilón, y ésta desde la palma, a mano abierta —. Y, efectivamente, quedaba el cuchillo vibrando, apenas envainada la punta en la corteza lisa y plateada. ¡Qué bestia!

El primer día que fumó a vista nuestra, pues no lo creíamos cuando nos dijo que fumaba, lo hizo completamente igual que los grandes, ya desde que encendió el pitillo, con todo el humo por las narices, sin toser, y eso que hablaba al fumar mientras le salía el humo.

Tanto el primo Diego como yo éramos más fuertes y parecíamos más ágiles y más listos, al menos eso nos figurábamos, pero no podíamos hacer ni la mitad de las cosas que Lois hacía, ni siquiera imaginar dónde las había aprendido y practicado; las cosas y las palabras, que no podían salirle tan bien de primera intención. Esta diferencia nos enfurecía, porque sabíamos que, de algún modo, éramos *más* que él.

A mí creo que no me gustaba que la abuela lo invitase a venir, es decir, estoy seguro. Y no sólo por Roque Lois, sino por su madre, la parienta Adelaida. Eran pobres, ya lo sé, pero a mí la gente pobre no me daba lástima (¿por qué había de dármela?), sino tristeza; y si eran muy pobres, asco, y también rabia, como si estuviesen siempre culpándolo a uno de ser pobres. Roque hablaba a cada paso de esto, sin venir al caso.

—Y total, ¿qué? ¿Qué sois más que yo? ¿Ricos? ¿Y eso qué? Tú, porque tu abuelo y tus tíos mataron indios en América, para quitarles el oro (decía esto sabiendo que era una fantasía estúpida); y aquí, Dieguito, porque sus padres esperan la herencia de tu abuela, y entre tanto viven de pufos...— ¡Qué manera de hablar...! Y un día nos dijo:

—En cambio *yo soy libre* y cada vez *seré más libre*, y vosotros no.

No supimos qué quería decir, pero como nos pareció que eran palabras copiadas de algún mayor, no le hicimos caso.

Sin embargo, creo que aún me reventaba más su madre. ¡Qué tipa! Siempre con aquel sonreir bobalicón, casi baboso, como perdonándolo todo; casi siempre callada, que era mucho peor que el hablar interminable de las otras, pues parecía saberlo todo (¿qué tenía que saber, qué?) y no querer decirlo o diciéndolo sin hablar... Y aquel pelo liso y tan blanco, aun siendo tan joven, y su andar con los brazos extendidos hacia adelante, con los codos pegados al cuerpo, como los santos de vestir, que hasta comía así, espetada, como de madera...

Claro que, a pesar de hablar tan poco, todos elogiaban "la voz de Adelaida"; la voz de hablar, no la de cantar, que ya sería otra cosa, pero no cantaba. Y sin embargo, ¡todos a hablar de la voz de Adelaida!, hasta el cura Brandao que era tan serio. La voz por aquí, la voz por allá... "¿Pero no ha reparado Ud. en la voz de Adelaida?" Otra manía como la del paisaje, que así son las pamemas que están siempre inventando los mayores para no quedarse callados.

Yo nunca pude saber qué era aquello de la voz, y dale con la voz, y todos a callarse cuando ella hablaba, como si no fuese una voz como otra cualquiera, que hasta al cernícalo del hijo se le cambiaba la cara escuchándola.

A mí todo lo que me hacía era fastidiarme, porque siempre hablaba bajito y despacio, como cuando uno quiere acordarse de algo que aprendió en la escuela y le cuesta trabajo. Y todos en silencio y a esperar que acabase, como si fuera una niña haciendo una gracia, y uno sin poderse mover ni hacer ruido con los tenedores.

Yo creo que todo era hipocresía, y lo único era que les daba lástima. Algo había pescado yo de aquella historia de la parienta Adelaida, abandonada por el marido (¡vaya una novedad!) con aquel hijo único, feo, la pata más corta según iba creciendo, los dientes salidos y el ojo virado, que nunca se sabía si era uno o los dos, especialmente en los momentos de maldad, que en él eran casi todos. Bah, ¿total qué? Un marido que se ponía a gastar el dinero con una fulana y que terminába yéndose con ella, era la historia de muchas buenas familias de A..., quién sabe si empezando por la mía, que si no fuese la abuela...

Bueno, esto ni lo sé bien ni le importa a nadie... Pero la verdad es que casi ningún chico de nuestra edad tenía al padre en su sitio; y, a veces, ni la madre. Digo de nuestra clase, porque entre los pobres no ocurrían esas cosas, o al menos no se hablaba de ellas, que era como si no ocurriesen.

CAPÍTULO IV

A veces me venía el aburrimiento, aunque estuviesen todos allí. Es decir, cuando estaban me venía más a menudo, y entonces me daban unas ganas bárbaras de andar solo, aunque no estuviese disgustado con ninguno de ellos. Me venían y nada más. Entonces (no era nada fácil, pues todo lo husmeaban) me marchaba, dando rodeos, al *souto,* que era un campo de árboles al otro lado del riacho, cerca del molino viejo. Aprovechaba para irme cuando estaban embobados con algo; como nadie tenía qué hacer, se embobaban con cualquier cosa.

Esa mañana estaban embobados porque habían llegado de A... los tapiceros a cambiar todos los cortinones de la sala grande, (que aún estaban nuevos pero la abuela había decidido que eran de color triste); otros operarios sacudían unos tapices enormes que habían bajado del desván y que la abuela iba a regalar a no sé quién. Decían que valían un capital, pero a mí no me gustaban, con aquellas tipejas vestidas de mascaritas, y unos gigantes con las piernas al aire, todos con espadas y cascos.

Conque me largué sin decir nada a nadie, ni siquiera a Diego. Siempre hacía así, como si fuera un secreto, ¡vaya un secreto! Pero me habían venido las ganas de estar solo, para nada, para estar...

En A... también me venía eso algunas veces, pero allí era imposible. Cuando salía de casa tenía que ser con un motivo y siempre acompañado, ¡ni que me fueran a comer! Y en casa nunca se está solo, aunque no haya nadie, aunque uno esté encerrado en su cuarto, aunque sea de noche y todos durmiendo.

En el *souto* (doña Genoveva le llamaba bosque) yo sentía que estaba solo, pero de otra manera que cuando uno se queda solo sin quererlo. Porque yo creo que estar solo así, es aburrirse; al menos eso decían los otros chicos, que le llamaban aburrirse a quedarse solos. Y yo allí no me aburría. Al contrario, me pasaba las horas (mejor dicho, la hora, pues si faltaba más, *ya* me buscaban), como si estuviese haciendo algo entretenido. Pero no hacía nada, *estaba* y nada más.

Todo lo que hacía, y no siempre, era enganchar hojas caídas con la punta de un bastón de montaña que había encontrado en el desván, o clavarlo en los árboles. Podían pincharse unas veinte, luego ya no cogía más. Era una tontería bastante grande, pero el caso es que me sentía muy bien, y si no iba más veces, aunque se presentase la ocasión, era porque me parecía que yendo muy seguido se me acabaría el gusto.

En qué consistía, no lo sé, Desde luego, en ninguna de las memeces que decían los mayores cuando les daba por ir allí a merendar, lo que me fastidiaba muchísimo, como si el tropel invadiese algo que era sólo mío. Todo aquello de "el agua como cristal", "el césped como terciopelo", me daba asco oirlo.

Otra cosa resultaba cuando era uno solo, siempre a la tarde, cuando estaba el ruiseñor, ¡qué lástima, un nombre tan relamido! El ruiseñor estaba siempre solo, como si todos los demás se hubieran muerto; y se le oía, me parece a mí, triste y como de lejos, aunque estuviese allí, en el laurel alto, casi encima de mi cabeza. Además, a los otros siempre los veía, de aquí para allí, siempre apresurados, haciendo algo, acercándose y apartándose, como para hacerme notar lo difícil que era atraparlos, como si a mí me importasen.

En cambio el ruiseñor nunca hacía nada, mejor dicho, nunca lo vi, y siempre cantaba solo y, creo que ya lo dije, como si anduviese triste y cantase de lejos. Por eso cuando callaba, el silencio era tanto que no se sabía qué hacer con él.

A veces me ponía a gritar porque me pasaba como cuando tenía que tirar una piedra al agua del remanso para no ver más tiempo mi cara allí, sola, tan a lo hondo, tan igual aunque más verdosa, mirándome como si fuera otro...

También me gustaba un pájaro que se llamaba oropéndola, ¡qué lástima!, un nombre tan difícil! Crespiño y los de allí le llamaban *milpéndora*, que era mejor. También andaba solo y se le veía poquísimo porque pasaba por entre los troncos bajos, ¡vaya una velocidad!, disparado, como una pelota de colores que nunca supe bien cuáles eran.

Y total, ¿qué hacía yo allí? Siempre igual: me quitaba los zapatos, pinchaba hojas, andaba un poco por la hierba o por la orilla del agua y luego me sentaba, recostado siempre contra el mismo árbol, un castaño que tenía en el tronco una pelambrera gris como puntillas o como barbas de viejo rizadas. Una vez que me acosté con el oído en el suelo, me di un susto bárbaro porque me pareció que se oía un ruido sordo, como si pasase un gran río por debajo. Lo hice otras veces y siempre oía lo mismo, así que no lo volví a hacer.

Bueno, pero esto no le importa a nadie y no es lo que quería contar.

Lo que quería contar es que aquella tarde, cuando iba hacia el *souto*, dando un rodeo por el camino de afuera del muro, pasé al lado de Crespiño que llevaba la manada de los cerdos (la condesa decía piara) en la misma dirección. Como eran muchos y muy grandes, Crespiño andaba y desandaba para que no se le descarriasen.

Yo pasé de largo sin decirle nada. Lo había querido mucho (seguía queriéndolo), aunque era mayor que yo, uno, dos o tres años; tendría entonces trece o catorce.

En realidad fue el primer amigo que tuve, antes de que lo fuese Diego, que, al principio, era sólo mi primo. A pesar de ser Crespiño un aldeano, no tenía punto de comparación con los chicos de Auria, tan idiotas y mandones, todos iguales, siempre a gritos.

Cuando yo era más pequeño, Crespiño parecía vivir sólo para mí, ¡qué paciencia! Me llevaba montado en los hombros, me enseñaba a nadar en el remanso de abajo, que se hacía a pie; me enseñó a tenerme en los borriquitos primero, luego en las mulas y después en los caballos grandes.

Todo esto lo hacía como si yo no pesase nada, siempre sonriendo, siempre mirándome a los ojos, como queriendo saber lo que me gustaba y lo que no.

Un día, sin saber por qué (nunca lo supe) le di un estacazo en la cabeza y le salió sangre. Se miró la sangre en los dedos (yo estaba aterrado) y sólo dijo: "¡A modo, hombre!". Después se puso una telaraña y no dijo más. Desde luego no lloró, aunque todavía estaba en la edad de llorar, que esto había sido unos tres años atrás.

La abuela me parece que también le quería (había nacido en la casa) pero a distancia, que era su forma de querernos a todos; distancia más, distancia menos, pero siempre a distancia.

Yo no le hablaba desde las otras vacaciones porque supe que robaba huevos. Primero se lo había oído, por casualidad y sin que se diesen cuenta, a unos criados viejos. Por lo que decían, andaban viendo de pescarlo en el avío para darle una tolena, que ésa era la forma que tenían de corregirse entre sí, o largas pláticas y reflexiones, si se trataba de gente mayor; todo menos irle con el cuento a la abuela o a Barrabás, pasase lo que pasase, aunque fuera muy grave.

Como aquellos criados eran gente seria, creí lo que decían y sin más, dejé de hablar con Crespiño. Esto es lo que me habían enseñado en mi casa (no en la de la abuela) que era así cómo había que hacer "con la gente

53

de abajo", sin meterse en explicaciones; por su parte, ellos tampoco preguntaban.

Crespiño había andado alicaído, buscándome la mirada; pero yo, aunque me costaba mucho trabajo, no sólo porque lo quería sino porque cuando sucedió esto, aún no habían llegado los chicos, me mantuve en mi resolución, por cierto nada fácil, pues entonces Crespiño servía dentro de la casa y me lo encontraba a cada momento.

Un domingo se había aparecido en mi cuarto (nunca lo hiciera antes) para avisarme "que iba a ser hora de la misa", como si yo no hubiese oído los repiques. Para disculparse, dio a entender que lo mandaba la abuela, pero yo sabía que no era verdad. La abuela nunca prevenía a uno de sus obligaciones para quedarse con el derecho de sermonearle, si uno no las cumplía.

Crespiño, después del falso mensaje, se había quedado en la puerta, callado.

—Ya te oí, que falta un toque para la misa.

—Si quieres te espero — tenía la voz como apaleada.

—¿Desde cuándo voy contigo a misa?

—Tienes razón.

Se oyeron sus pasos por las viejas tablas, luego que se paraba y que volvía. Yo lo sentía en la puerta, pero seguí pasándome el cepillo, aunque ya había acabado de peinarme.

—Venía a decirte que...

—¿Pero aún estás ahí?

—Venía a decirte que... Mejor dicho, que me dijeses, si quieres, claro, por qué me has cortado las hablas. ¡Vamos, digo yo...! Porque me las quitaste tan de repente, ¿sabes?... Que eso de que madama Zoe me mandó, pues no es verdad... Porque si es que te falté...

Hablaba con mucha pesadumbre y como si se le fuese desordenando lo que traía pensado.

—No tengo nada que decirte. ¡Lárgate!

Sus pasos se alejaron firmes por el corredor y luego

por la escalera. Me asomé y no se volvió. Iba muy de prisa, con la cabeza gacha y las manos en los bolsillos.

Unos días después, estando yo en el *souto*, le viera salir por la cancela que daba a la aceña. Llevaba un atadijo en un pañuelo. Había seguido por la orilla, y, a los pocos pasos, salió una vieja de entre los árboles a la que entregara el bulto.

—¡Pararse ahí!—les grité, me acerqué corriendo—. ¿Qué es eso?

La vieja empezó a gemir y Crespiño se puso a desatar el envoltorio, azorado pero con resolución. Eran cuatro huevos, perdidos en un aparatoso lío de paja seca; casi no los encontraba. Los fue metiendo, uno a uno, en el bolsillo. Luego los sacó y se quedó con ellos en la mano extendida.

—Ya no hay más.—Y se puso a mirarme a los ojos, muy colorado.

Yo me dediqué a esparcir la paja con el pie. No sabía qué decir.

—¡Qué perdición, señor, qué perdición!—moqueaba la vieja.

—¿Se los dabas para vender?

—No, no... Es que aquí, la Domitila, que lleva parentesco con mi madre, que son así como primas... y como la hija de la difunta, que viene a ser la nieta de la Domitila, pues anda con la tisis, ¿sabes?, y tiene que chupar huevos crudos, cuantos más mejor... que como son muy pobres, casi pobres de pedir...

—Ya sabía que eras ladrón, pero quería pescarte. Ahora ya sabes por qué te quité las hablas, como tú dices.

—Claro, claro...

Crespiño rehízo el nidal de pasto seco y puso allí los huevos, con mucho cuidado. Eran tan pequeñitos que se veía que los había elegido. Luego ató todo y me lo dio.

Me fui a escape a contárselo a la abuela, que me oyó con los ojos muy abiertos y la frente arrugada.

Claro, lo mandó llamar. Crespiño apareció en seguida. Creo que estaba esperando junto a la puerta, pues apenas saliera Ludivina a buscarlo, ya estaba allí. Tenía los ojos encendidos y el resuello apuradísimo. Sin esperar a que le preguntasen, lo contó todo, de un tirón.

—¿Por qué no los pediste? ¿Desde cuándo se niega algo en esta casa?

—Para no andar molestando... porque don Marcial...

—Vete a llamarlo al despacho, y vuelve con él.

Yo estaba contentísimo y me sentía muy importante.

—Eso que has hecho es una canallada, una verdadera indecencia. No te lo agradezco nada, ni por mí, ni por ti.

—Pero, abuela...

—Una canallada. Bastaba con que lo descubrieras y e callaras. No lo volvería a hacer. Ahora me pones a mí en la obligación de castigarlo.

Apareció Marcial con Crespiño.

—Mándale todos los días a esa Domitila, ¿la conoces?, media docena de huevos, y la leche que haga falta...

—No son de las tierras.

—¡Déjame hablar! Hay allí una enferma. Vete a ver qué más necesita... Ésas son las cosas que tendría yo que saber, y no las paparruchas con que me atosigas cada mañana, en la media hora que tengo que aguantarte. Y a éste, me lo sacas de casa ahora mismo y lo pones al cuidado de los cerdos.

—Con licencia, creo que debiera saber...

—No hay más que saber.

* * *

Durante el resto del verano, Crespiño no me había vuelto a mirar. No le noté resentimiento ni nada, no me miraba y se acabó. Si nos tropezábamos miraba a lo lejos, ni siquiera hacia otro lado; y si era muy de frente, como si mirase a través de mí. Cuando tuve la fiebre, por lo de las fresas verdes, Ludivina me dijo que preguntaba hasta cuatro y cinco veces al día. Pero cuando sané, continuó mirando a lo lejos; así, hasta que nos fuimos.

Ahora, ya desde que habíamos llegado, volvía a buscarme los ojos con una humildad que primero me fastidiaba y que luego me hacía daño de otra manera. Cuando me lo encontré con los cerdos, casi le digo "hola", pero no se lo dije, no sé por qué.

Al poco rato de estar en el *souto,* lo vi llegar. Se quedó frente a la aceña vieja, metiendo los cerdos en el fangal. Los dejó allí y cruzó los pasales. Luego fue acercándose, descalzo, por la orilla. Venía labrando con la navaja una vara de abedul, como las que me hacía cuando yo era chico, pero ésta era más larga y más fuerte.

Cuando pasó la segunda vez se quedó muy cerca, sacando renacuajos del agua, otra de las gracias que antes hacía para mí. Casi no aguanté las ganas de decirle "hola", pero pasó y repasó, unas de las veces ya con la vara terminada (era preciosa) y haciendo como que no me veía. Al fin no volvió; se quedó allá, sentado junto a los animales, y yo me fui a hacer de cuerpo al maizal.

Aún no había terminado de subir los pantalones, cuando los cerdos se pusieron a berrear como demonios, como si los quemasen vivos. Primero unos pocos, luego todos, que no se podía aguantar. En medio de los berridos, se oía la voz del zagal cada vez menos fuerte, como ahogada.

Me fui corriendo allá. Estaba Crespiño hundido a media pierna en el barrizal, pegando a un lado y a otro con el trozo de palo que le quedaba, negro de lodo hasta los ojos.

Los cerdos estaban metidos en una pelea feroz, varios de ellos sangrando por el hocico y por las orejas, levantándose y cayendo en la lama, los colmillos arregañados y atacándose unos a otros como bestias brutas. Al llegar, vi a uno en la orilla, tumbado y resoplando por un gran desgarrón en la papada. ¡Qué enormidad!

Sin pensarlo ni un momento, me vi en medio del fregado dando pinchazos con el bastón. Los cerdos me hacían frente enfurecidos, y pronto se me cansó el brazo. Crespiño me quitó el bastón y recuperando la voz, pinchando duro y dando gritos, pudo dominar el estropicio aquel. Los cerdos se dispersaron sin dejar de gruñir, algunos se enzarzaban de nuevo por parejas y había que correr a separarlos.

Estábamos con las ropas perdidas, negras de barro. Yo casi no veía. Crespiño me cogió por un brazo y nos fuimos a lavar al agua clara de la presa, unos pasos más arriba. Lo primero que vi, cuando pude abrir bien los ojos, fue su sonrisa, ancha y alegre. Se había quitado el pantalón para lavarlo y le sangraba una mano, rasguñada.

—¡Fue buena, *hom*...! ¡Condenados de marranos...! Cuando se *acirran* son como perros con el mal.— Y se echó a reír.

—Me parece que no es cosa de risa. ¿Por qué te ríes?

—No, por nada. Menos mal que no estaba solo.

—Ya sabes que me gustó ayudarte. Lo hice porque eras tú. Ni siquiera lo pensé...

—No, no es eso, ¿sabes? Es que como estabas tú, madama Zoe sabrá que no fue por descuido, que bien me viste allí, a la par de ellos.

—Sí, hombre, sí, se lo diré.

—Claro que se lo dirás... Siempre le dices todo.

No hice caso de la intención y le até la mano con mi pañuelo lavado. Luego le ayudé a juntar los cerdos, que resultó tan difícil como antes separarlos.

Apareció Ruas a buscarme (¡cuándo no!) y se puso a gritar desde lo alto del ribazo.

—¿Qué pasó?

—Se liaron los puercos y ahora los andamos ajuntando...

—¿Vos echo una mano?

—Puedes venir.

El Ruas se fue por allá abajo a atajar los más rebeldes. Cuando volvíamos para la casa, el muy tonto del ra-

paz no hacía más que mirarme y reírse por lo bajo, y yo
también, ¡qué bobada! De repente me dijo:

—¿A qué no sabes cómo me llamo?

—Vaya pregunta... ¡Roxelio!

—No, no, el otro.

—¡Crespiño! ¿Por qué?

—No, por nada, ¿sabes? Hacía un año que no te lo
oía. ¡Un año, je! Y es como si nadie me llamara, como si
hubiese quedado sin el nombre... Talmente.

Yo me reí, pero aquello me gustó bastante. Además iba
muy contento por lo que había hecho. No se lo contaría a
nadie porque no me lo creerían.

Ellos no podían entender que a lo que yo tenía miedo
era a las cosas inventadas, a las que había que pensar
antes y hacerlas con preparativos. Pero cuando salían,
cuando se presentaban solas, yo no tenía miedo, mejor
dicho no sé si lo tenía porque no me paraba a pensar,
como lo que acababa de suceder; y como aquella vez que
ardió la leñera, de noche, y antes de que llegase nadie ya
le había abierto las puertas a los animales, que salieron
como un río, y me encontraron allí, pisoteado... A lo mejor, al hacer así las cosas, sin pensarlo, era lo que la abuela llamaba "la sangre"...

Claro que me gustaría contarles lo de los cerdos, pero
no me lo iban a creer si no ponía a Crespiño por testigo.
Y siempre me criticaban que anduviese con él, con aquel
"sucio aldeano" como decía Lois, o "el palurdo", como le
llamaba Diego. Además, como no había sido preparado no
le darían importancia.

Luego me puse a pensar en la reprimenda de la abuela. Sin convicción, claro, pero larga. Como nunca conse-
guía bien el tono, la importancia de sus rapapolvos había
que calcularla por la duración.

Y la verdad es que yo iba hecho una lástima.

CAPÍTULO V

Seguían allí los Couñago (¿por qué se quedarían tanto esta vez?), o sea la tía Armida, hija menor de mi abuela, y el tontainas insufrible de su maridazo.

Era muy alto, macizo, con pujos de aristócrata. En Auria le llamaba el Buey, supongo que por la estudiada lentitud de sus movimientos, que le llegaba hasta el bastón.

Ella era también una figurona, llena de dengues, siempre remirándose en lo que hacía, como si a cada momento la fuesen a retratar.

Toda aquella bambolla, venía a parar en las trampas que luego pagaba la abuela, ya que el Registro de la Propiedad, que regentaba el Buey, no daba para tanto.

Yo los odiaba, y lo único bueno que les conocía eran sus hijos, Diego y Rosa Andrea, que no parecían nacidos de semejantes papanatas.

Venían "a despedirse". La despedida duraba una semana o más, y daba ocasión para que "El Eco de A..." insertase en sus *Sociales*: "De paso a su habitual veraneo en las playas del Norte, han salido para sus posesiones de Valdouro..." *Sus* posesiones... ¡je!

Todos los años hacían igual. Primero mandaban los chicos por delante, para dejar a la abuela cargada con ellos (aunque para mí no eran ninguna carga) el resto del verano. Luego venían unos días, por suerte muy pocos, a "despedirse"; yo creo que era únicamente para dar lugar a que saliese en el periódico de los curas aquello de "sus

posesiones", aunque todo el mundo sabía que era mentira, pues en A... se sabía todo y algo más.

Esto lo digo, porque se veía que no les daba ningún pla-
cer el estarse allí; el poco tiempo que se quedaban, se lo
pasaban frunciéndole la nariz a todo: a los aldeanos, a las
comidas, al calor, a los tábanos... Luego se iban a una
playa de moda, a plantar países, a figurar, a gastar lo que
no tenían; y durante todo el invierno los dos babiones no
sabían más que decir: "Cuando llegaron sus Altezas..."
"El día que Sus Majestades pasaban para el tiro del pichón..." "Sí, porque Maruja Canedo, la esposa del minis-
tro de jornada, intimísima amiga nuestra..." ¡Qué inso-
portables!

Se alojaban en la habitación (ellos decían *las* habitaciones, *nuestras* habitaciones, aunque todos sabíamos que
era *una*) que daba al gran balcón del jardín. Por lo visto,
había sido la de los bisabuelos, tal vez por eso la preferían.
Desde luego, era la más aparatosa, parecía un salón y estaba toda llena de ringorrangos.

También se alojaba allí el señor obispo, cuando venía
a la fiesta patronal y se quedaba a dormir, que no era
siempre. (¡Quisiera yo verlo en calzoncillos, rodeado de
todos aquellos espejos!)

La cama era como un barco, con pabellón y colgadu-
ras de brocado, puesta en medio. Yo no sé cómo podía dormir nadie en una cama que no estaba arrimada a la pared,
y además tan empingorotada, que a mí me parecía que
tenía que estar sucia y soltar polvo picante por todas
partes.

Pegado a la alcoba había un cuarto de baños, decían
que con agua caliente (nosotros nos bañábamos, los sába-
dos, en una tina de cinc que llenaban las criadas, aca-
rreando el agua en unas ollas desde la cocina). El agua del
cuarto de baños venía de un depósito con un fogón, que
había que llenar de leña unas horas antes.

La bañera era colosal, de mármol, ya medio amarillen-
to, puesta sobre unos animales con garras y caras de mu-

jer; los grifos también de bichos, con hocico y orejas en punta.

El lavabo era otro armatoste, con un espejo hasta el techo y un enorme marco de mayólica, en colores, con angelotes, que ése, sí, me gustaba.

Por una placa que tenía el depósito, se veía que todo aquello había venido de Londres, pero no daba resultado. Cuando estaba el fogón al rojo, se abrían los grifos y el vapor salía chiflando hasta llenar todo el cuarto, pero luego el agua salía fría, y ni el Barrabás fue capaz de arreglarlo.

Desde mi cuarto, veía todas las mañanas al Buey paseando por el balcón, metido en una bata acolchada, larga hasta los pies, que no sé como no moría de calor; como tenía las bigoteras puestas, parecía un gran mamarracho.

También asomaba, a veces, la tía Armida, con sus saltos de cama llenos de cintajos, y daba un olor tan fuerte a unturas y esencias, que llegaba por el aire hasta mi ventana, ¡vaya una peste!

Cuando ellos estaban, yo nunca abría del todo para que no me viesen. Una vez que me vio la tía Armida, me sacó la lengua y me hizo los cuernos con las dos manos, que no sé a qué venía aquello.

Siempre andaban disputando, con gestos muy desordenados y vulgares, la voz seca y cortada, como si se escupiesen las palabras. ¡Qué diferencia con aquella lentitud y las sonrisas a un lado y a otro, cuando estaban entre la gente!

Como Diego dormía en mi habitación, yo me burlaba; sobre todo un día que el Buey, creyendo que no lo oía nadie, supongo, se tiró un gran pedo, larguísimo. Pero Diego se enfadaba mucho, y no me consentía que hiciese chanzas con sus padres. Quizá no los viese cómo eran; aunque un día, ya con la luz apagada, me dijo que le gustaría que muriesen los dos antes de que él fuese grande, vaya uno a saber por qué.

A mí, las pocas veces que me hablaban, me trataban

como si fuese un inclusero, y peor aún desde que el tribunal me había puesto a cargo de la abuela. Armida me llamaba "principito", con mucha sorna, y palpaba la tela de mis trajes sacando el labio y moviendo de arriba abajo la cabeza. Un día me dijo:

—La golfa de tu madre no te tenía así.

Y yo le contesté:

—Vete a la m..., envidiosa.

Luego me fui a contárselo a la abuela, aunque de comienzo no pude porque se me saltaron las lágrimas; pero al fin se lo dije, y le dije también que quería irme otra vez al internado. La abuela los llamó, a los dos juntos, y los puso verdes. No sé qué les dijo, pero las voces se oían en todo el corredor que daba al despacho.

Bueno, no hay para qué hablar más de estos dos fantasmones, y si me puse a hablar de ellos fue para decir que lo peor de todo era que, mientras estaban allí, no hacían más que andar de visiteo por las fincas vecinas llevándose a los chicos, como decía la tía María Cleofás "para lucirlos", pues la verdad es que tanto Rosa Andrea como Diego, eran maravillosos.

De este modo, y aquí viene lo malo, yo me quedaba en poder de Roque Lois, totalmente en su poder, sin posible escapatoria. Él lo sabía y aprovechaba la ocasión para hacerme sentir su superioridad hasta aplastarme, hasta darme ganas de echarme a llorar, de gritar, de morderlo, de matarlo.

Siempre se le estaba ocurriendo algo para humillarme; a lo mejor no lo hacía para eso, pero a mí me humillaba lo mismo. Parecía andar todo el tiempo inventando cosas que yo no pudiese hacer o que hiciese mal. En vez de hablarme, me mandaba (en voz baja pero terrible), con tales modos que no había más que obedecerle o dejarlo. Y si lo dejaba, me echaba luego en cara que había sido por miedo; y así todo el día y los días siguientes, como una picazón, como un dolor que no acaba, que era para volverse loco.

—Mantequitas, te dio *canguelo* (¡qué palabras!) y no quisiste subir al nido de *gayos* porque el basura de Crespiño te dijo que a veces hay culebras... Mantecosón, en cuanto salió el perro de debajo del carromato, ya no veías tierra...

Los juramentos ya no los hacía por juego, sino a cada instante, como los mayores, como su modo natural de hablar. Hasta me hacía coplas y me las cantaba con sonsonete:

Mantequitas, mantequero,
en vez de pistola tiene un agujero...

Y así, sin parar, todo el tiempo, en cuanto nos alejábamos por los campos. En casa era más precavido, aunque siguiera diciéndome cosas por lo bajo, pero sin desfigurar la cara. En cuanto pasaba un mayor, ponía la sonrisa mansurrona, como si los dientes salidos se le doblasen hacia dentro.

Por todo eso, yo no quería ir lejos con él. Pero aquel día se puso tan pesado que hasta me habló con humildad para que fuésemos juntos al pinar del Realengo, que era el lugar más distante, y el más alto, de nuestras correrías.

En cuanto llegamos al pie de la montaña, ya empezó con sus chinchorreos y malicias. Levantaba las piedras, cogía ciempiés o unos gusanos secos, negros y brillantes, en forma de bola, que allí había, y que me daban mucho asco, y me los hacía tener en la mano cerrada contando hasta veinte, muy despacio. Me hacía cruzar los tojales, llenos de espinas, y me echaba, entre la blusa y la espalda, arañas, abrojos y *picas-picas*, que levantaban ronchas tremendas.

Pero lo que más me enfurecía aquella tarde, era su destreza para acertar con las piedras a los nidos de urraca, que no le fallaba ni uno, y eso que eran los más altos, en la cima de los pinos. Ya llevaba siete y yo ninguno, a pesar de mi honda de goma y él a mano limpia. ¡Era como para revolcarse en el suelo!

—Mantecas, éstas no son cosas para ti, ¡tan rico y tan bien alimentado, pero ya ves! Ahí va ésta con la izquierda, para que te convenzas que no eres nadie (la pedrada sonaba allá arriba, con su golpe fofo, en las ramillas del nido), y ésta, en el tronco, para que se asuste mamá mochuela, que no se atreve a asomar de día. ¡Zas!

A la mitad de la subida, se me ocurrió decirle una bobada, sin venir a cuento, para desquitarme de algún modo, supongo. Y le solté, con voz inocente:

—Oye, ¿cuándo va a volver ese padre que tienes? Adelaida siempre dice que va a llegar...

Iba un poco adelante, como hacía siempre, con un canto en la mano, acechando hacia arriba. Se volvió despacio, con los ojos tan abiertos que daba miedo verlo, pues nunca los tenía abiertos del todo, y parándose a dos pasos me dijo:

—Mi padre es un gran asqueroso, un... (escupió en el suelo), como el tuyo, como todos los padres. —Se fue acercando sin dejar de hablar—. ¡Me cisco en él y en...! — Hablaba tan cerca que sentía su aliento en mis labios. —Y si vuelves a decirme esas cosas, te cojo y te... (me hincó las uñas en los brazos), y si dices que te amenacé te rompo la...

Se quedó con la cara pegada a la mía. Parecía más alto que yo, mas no sé qué, con su voz hombruna, sus dientes salidos, rayados y oscuros como los de un grande, los dedos de hierro y aquel papo que se le hundía más cuando se ponía así.

Como no me soltaba y seguía mirándome de aquel modo, yo no sabía qué hacer. Al fin le dije, con la voz más tranquila que pude sacar, como no dándole importancia a lo anterior:

—No tienes por qué ponerte de ese modo... Muchos chicos tienen por ahí a sus padres, y otros ni se sabe dónde los tienen... Yo no sé nada del mío y nadie me habla de él... Y mi madre ya ves que no es ningún secreto...

Esto pareció calmarlo un poco y me soltó, dándome un empujón y sacando el labio con repugnancia.

No bien me dejó, ya empecé a reprocharme. ¿Por qué me eché atrás? ¿Por qué le di explicaciones? ¿No era mejor pelearme con él de una vez, y que fuese lo que fuese?

Estaba furioso por dentro; lo que debí haber hecho fue seguir diciéndole cosas a ver si se atrevía, pues así no íbamos a acabar nunca y me tendría siempre por un infeliz. ¿No era yo el más fuerte? Y en último caso, ¿no podía correr más que él? Pues no señor, tampoco esto. Con su pata flaca y ladeándose como si fuese a caerse a cada paso, corría más que todos... ¿Cómo no iba uno a odiarlo? ¡Tío ridículo! ¡Indecente! ¡Tuerto! ¡Pobre!

Siguió levantando guijarros y haciendo proezas. Con una tejuela le sacó plumas a un tordo que pasaba volando. Al llegar a la cima, sacudió otra, para distancia, que planeó largo rato sobre el valle, como si fuese a no caerse nunca.

Estábamos muy cerca de aquel borde, donde la montaña se cortaba a pique formando un barranco pavoroso. Yo nunca lograba acercarme porque se me iba el sentido. En cambio, Lois como si nada, como hacía siempre, se acercó al borde mismo y se puso a andar por allí, como si fuese de aire, que sólo con verlo ya me bailaba la cabeza.

—Qué, ¿no vienes?

—Estoy arreglando la honda.

—Eres un cagón de primera, por eso no te acercas.

—Soy lo que me da la gana.

—Eso quisieras, pero no puedes. No sabes más que charlar y tampoco eso. Ya ves, uno te mira serio y ya te *achantas*.

—Te *achantas*, ¡qué modo de hablar!

—Hablo como me sale de los... ¿A qué no eres hombre de llegarte aquí?

—Claro que voy, qué te crees...

Se me iban a aflojar las piernas en aquellos diez o

doce pasos que faltaban, pero tendría que atreverme sin que se me notase el esfuerzo.

Me paré donde terminaban los últimos pinos... Había allí un raso, sin nada, luego el aire, todo el aire sobre el socavón.

—Ahí no tiene gracia, ahí llegó Rosa Andrea el año pasado... Aquí, aquí, donde estoy yo, ¿ves? Y andar así, ¿ves? y dar vuelta así, sin mirar.

—¡Vamos!

Era espantoso. Avancé un poco y a los tres pasos me senté en el suelo.

—¿Qué...?

—Se me entró una guija.

—Quítatela.

No tenía nada, pero igual me quité el zapato y lo sacudí, luego me lo puse muy despacio.

Eché a andar de nuevo levantando mucho los pies, como si hubiese barro o hierbas altas, para hacer los pasos más lentos.

Roque Lois estaba en el filo mismo de la cornisa, como si tuviese el otro pie en el vacío; ni siquiera cerca de aquella última mata de brezo, que algo amparaba.

Me detuve un poco antes y vino a mi encuentro.

—¿Ves? Te has puesto amarillo.

—¡Déjame!

—Vamos.

Me había cogido de la mano para hacerme avanzar los tres o cuatro pasos que faltaban.

—Déjame a mí.

Me soltó pero yo me quedé donde estaba.

—Tienes que atreverte o te llamaré cagón cincuenta veces el primer día, cien el segundo, y así... Y a vista de todos.

—¡Pero si me mareo, hombre...!

—No te mareas nada. ¿Cómo lo sabes si nunca llegaste? Ven, anda...

—No.

—Te digo que va a ser peor para ti. — Empezó a tirar.

—Suéltame.

—No te suelto si no dices: "No me atrevo, tengo miedo". Dilo o anda.

—No. — Y empezó a tirar más fuerte. Yo sudaba.

—Dilo.

—"No me atrevo".

—Lo otro también.

—¿Qué otro?

—Tengo miedo.

—"Tengo miedo".

—Soy un caganas.

—"Soy un caganas".

—Y un mantequitas.

—"Y un mantequitas".

Me soltó riéndose, sacando mucho los dientes, y se volvió a pasear por el borde, sin mirarme, silbando, como si se hubiese quedado solo.

Aún desde donde estaba, notaba yo que allí faltaba el suelo bruscamente. Había visto aquello desde abajo, desde la curva del río. No era que el monte bajase en pendiente ni siquiera que se cortase a plomo, sino que se metía hacia dentro, en una viva desgarradura de rocas y asperón, como si se hubiesen derrumbado la víspera. El borde avanzaba sobre el vacío como un alero de tierra insegura; hasta se decía que por allí se habían despeñado algunos animales en el tiempo de las lluvias. Pues por allí iba y venía aquel bárbaro como por un balcón de su casa.

Di un paso más y alcancé a ver parte de las tierras del molino grande, lejísimos; la casa allá abajo y unas vacas que parecían de juguete.

Había una niebla delgada y amarillenta que ahondaba aún más la hoya y embazaba el brillo de los prados.

En la otra banda, se veían los viñedos de la parroquia vecina y la carretera, muy blanca, subiendo hacia las sierras de Portugal, al final del valle.

Roque se había quedado quieto, de espalda, mirando

a lo lejos con atención. Di otro paso... Era claro que me estaba atreviendo. Ya veía parte de la curva del río grande, con el sol de refilón... Estaba seguro de que me iba a atrever. No sudaba pero aún me temblaban las piernas. A gatas sí, lo haría, ni que hablar, pero tenía que hacerlo como el otro. Metí la honda en el bolsillo para tener las manos libres (¿libres para qué?). Di otro paso, y la tierra, allá abajo, se hundió y se agrandó terriblemente, con sólo aquel paso más. Faltaban dos... Metí aire en el pecho...

Pero en aquel momento, Roque se volvió de repente y cogiéndome del brazo echó a andar conmigo hacia los pinos.

—Estas cosas no son para ti, al menos por ahora. Ya lo irás haciendo poco a poco, guapito. Conmigo te irás atreviendo... Vámonos, que es tarde.

El gran canalla decía aquello maliciosamente, y todo lo había hecho adrede porque notó que terminaría por decidirme. Aquel día, estoy segurísimo... y no sólo acababa de robarme el triunfo, porque sí, por maldad del momento, sino para seguir luego teniéndome bajo la pata, de su ridícula pata coja.

Mientras bajábamos, me fue hablando muy amistosamente, que también sabía hacer eso cuando se lo proponía, casi con cariño, con la mano en mi hombro, que me pesaba como una piedra.

Con toda aquella pantomima y el pararse luego un momento en la presa grande a "cortar" el agua con guijas planas (les hacía dar hasta nueve saltos largos, sin contar los últimos, innumerables, y yo sólo cuatro), acabó poniéndome fuera de mí y no le contesté nada a cuanto me habló, durante el largo camino de regreso.

* * *

Estaban todas sentadas y calladas, ¡qué raro!, en los sillones de mimbre del jardín (la Presamarcos le llamaba "parterre"), todas con cara de mal humor, supongo que porque llegábamos tarde a la merienda. La abuela y la tía María Cleofás se pusieron a dar golpes con el abanico cerrado en la palma de la mano, lo que, en lenguaje doméstico, significaba nerviosidad.

La condesa ni levantó los ojos del eterno pañolico, ya muy sucio, que bordaba doblado en la punta de un dedo. Ilduara nos miró con exagerada intolerancia, no porque le importásemos poco ni mucho, sino porque, como era una tragona, le impacientaba cualquier tardanza en sentarse a la mesa, aunque fuese para las comidas menores. ¡Ni que estuviera en su casa!

—¿Dónde andábais, granujas? —alborotó la abuela, de carretilla, sin ninguna persuasión, haciendo el juego de la severidad, supongo que para halagar a las otras. —Os dije mil veces que hay que estar a las horas. ¿Cuántas hay que repetirlo?

Ya Ilduara se había echado a andar, sin decir nada, señalando con el abanico cerrado hacia la casa.

—La culpa la tienes tú —remachó la condesa —por darles tantas alas. Gracias a Dios, en mi casa no hay hombres. —Decía siempre *hombres,* con un tono muy particular.

—¿Vienes, Genoveva? —gritó Ilduara desde lejos, como si no hubiese nadie más.

Los Couñago, con sus hijos, salían en aquel momento a "merendar a fuera". El babión, de chaqueta cazadora, sombrero tirolés con pluma y polainas de banda; y ella escarolada de batistas, con un pamelón de paja, muy caído en la frente, adornado con cerezas de cristal. Los chicos me miraron desesperados.

Con las voces, apareció Adelaida en lo alto de la escalinata de piedra, con su andar tieso, su sonrisa perdonadera, ¡qué estúpida!, y los medios brazos rígidos... Los ojos azules (verdaderamente bonitos) muy abiertos, como si no les diese de lleno aquel molesto sol que se colaba por entre los cipreses.

70

—Oí al niño…—dijo con su famosa voz, que, sin levantarla nada, se oía como si gritase.

La cara del encanijado se transfiguró (siempre que la madre aparecía), como si asomase por todo su ser un desconocido.

—Voy, mamá (¡cómo decía *mamá*!).—Y se fue hacia ella, eso sí, cojeando un poco más, como si se le hubieran ablandado los huesos.

La parienta Adelaida se puso a limpiarle el sudor de la frente con las manos, ¡vaya un asco!, sonriente, con los ojos vueltos hacia el cielo, llenos de sol, dorados y azules…

Yo nunca pude entender cómo una persona con aquellos ojos, tan grandes y tan limpios que parecían más sanos que los nuestros, fuese ciega. Decían que había quedado así por el disgusto del marido, que le viniera la enfermedad que llaman *gota serena*… Tampoco pude entender nunca cómo una enfermedad que deja ciego a uno, puede llamarse con palabras tan hermosas… Gota serena, ¡parece mentira!

Mientras me lavaba las manos en el pilón, vi pasar, por detrás del seto de mirtos, a Raúl Barrabás, con su escopeta terciada, sus hombros anchos y el pelo revuelto saliéndosele de la gorra. Ilduara se apoyó en la baranda del rellano como cogida de repentina flojera. El bigardo se quitó, a medias, la gorra y le echó un reojo muy rápido. La tarasca lo acusó con una sonrisa que yo no le conocía. Tan nueva que parecía prestada. Eso es, prestada.

CAPÍTULO VI

Nunca me pude explicar cómo ocurrían ciertas cosas sin que nadie las preparase, sin pensarlas siquiera. Por ejemplo, a veces, ya lo dije, me gustaba andar solo y maldecía a la abuela por haber traído tantos chicos, porque además, me parecían muchísimos; otras veces no podía andar sin ellos; sin *todos* ellos, ni podía imaginarme que alguno no estuviera allí...

Pero lo más raro es que algunas cosas las hacía con unos y no con otros, y no se las contaba a los demás, como si fueran secretos.

Por su parte, Rosa Andrea, que no sentía ninguna inclinación hacia Roque Lois, se iba sola con él a las nasas del río, a traer anguilas, sin que a nadie se le ocurriese acompañarlos ni reclamar porqué no nos llevaban, como si lo ignorásemos.

Diego y yo, nos metíamos por las montañas para ponerles nombres de los libros a los parajes espectaculares: "Termópilas", "Roca Tarpeya"; y, a veces, inventados: "Meseta de los gigantes", "Cima de las brujas", que resultaban bastante idiotas, y los otros tampoco *sabían* nada. En cambio el ir al palomar a buscar pichones cumplidos, sólo lo hacíamos Roque y yo.

Habíamos empezado, creo, el año anterior, sin acuerdo, porque a él se le ocurrió un día, y quedara establecido ese pacto. Nunca se lo conté a los primos y ellos no me dijeron nada, que así eran las cosas.

Desde que había llegado el cojitranco, esperaba yo que se le iba a ocurrir, porque si se me ocurría a mí antes, él no aceptaba. Y así fue.

A los pocos días, me encontró solo por allí y me dijo: "Vamos". Como si no hubieran pasado ocho meses, o más, desde la vez anterior, ya sabía yo que aquel "Vamos" era ir al palomar.

No es que a mí me gustase ir con Roque Lois al palomar, a buscar pichones cumplidos; creo que más bien me daba rabia; y sin embargo iba, y desde que llegaba, estaba deseando que me lo pidiese. Quiero decir, que me gustaba ver cómo hacía las cosas, pero me daba rabia no poder hacerlas como él, supongo.

Roque lo sabía y faroleaba con su destreza, pero yo fingía para no darle gusto. A veces, aún muerto de ganas, miraba hacia otro lado, pero también en esto me pescaba.

—No te aguantes, vaina, que te sale muy mal… Mira para aquí, que esto no lo hace cualquiera.

Desde antes de llegar al palomar, ya se adelantaba, como si yo no fuese con él. Se echaba a andar aprisa, silbando y descabezando con la vara (en cuanto salíamos de la casa cortábamos una) las ramas tiernas de los avellanos.

En cuanto entrábamos, ya se ponía a colocar la escala, que era pesadísima; él solo, sin pedirme ayuda, sin pedirme siquiera que se la sujetase, y eso que, como era tan alta, se cimbraba mucho.

A menudo, tenía que cambiarla de lugar, dos o tres veces, hasta dar con los nidos llenos; pero no pedía ayuda, aunque sudase y resoplase. Una vez que le ayudé me separó de un codazo, diciéndome:

—Quita, quita, que esto no es para tus manos. (Me las abrió y me lamió las palmas con dos lengüetazos rápidos.) ¿Ves cómo te las has puesto? —Y se quedó un momento mirándome a los ojos. ¡Qué tipo extravagante!

Esta vez me puse a ayudarle sin decirle nada, y él pareció no darse cuenta. Pero, de pronto, me dejó todo el peso de la escala y empecé a tambalearme, sin poderla dominar. Cuando estaba a punto de caérseme le echó la mano y la enderezó como si nada.

—Mira, Pedro Pablo (¡qué raro, que me llamase por el nombre!) a ti te salen mal las cosas porque las haces por envidia, y entonces, claro, no estás seguro.

—Tengo tanta fuerza como tú.

—Ya lo sé; a lo mejor tienes más, pero... ya ves.

Yo no supe qué contestarle (nunca lo sabía) y él, sin decir más, se encaramó a lo alto y se puso a tantear los nidos, metiendo la mano, a veces todo el brazo, en los casetones de la pared, más arriba de la segunda cornisa, pues en los de abajo ya no criaban. No necesitaba verlos para saber si los pichones estaban cumplidos. Yo, como siempre, me había puesto excitadísimo porque sabía lo que iba a ocurrir.

Al poco rato empezó a tirármelos. Caían ya muertos, sin herida, sin golpe, sin nada, como si los sacase ya muertos o los matase sólo con tocarlos. ¡Qué tío bestia, qué habilidad! Caían a mis pies, algunos en mi cabeza, calientes, a veces aún temblando, pero ya muertos. Yo sólo le notaba que, a los primeros, se ponía muy blanco y nervioso, y lo hacía todo muy callado, pero después de tres o cuatro, se echaba a hablar.

—Pon la mano, que ahí va este pequeñín, y no llores, mantequitas, que nacen para eso... Corre a llevarle este gordo a tu Crespiño, para que meta en él su podrido uñero (Crespiño andaba con un panadizo), antes que se enfríe. Este azul para el sombrero de la tía Cleofás, y éste, pechugón y blanquito como el espíritu santo, para que se lo zampe el cura... ¿Sabes cuántos comió su Ilustrísima la última vez? Cinco, sin perder el compás...

No sé qué le pasó con uno muy grande, que lo estrelló contra la pared soltando una palabrota.

Me vinieron de repente, unas ganas enormes de quitarle la escala; no había más que dar un tirón y dejarlo allí, colgado de las uñas, en lo alto de la cornisa, hasta que clamase por Dios. ¡Juro que iba a hacerlo! Pero fue en ese preciso momento cuando me tiró (me lo tiró, no lo dejó caer, como si adivinase) uno, todo blanducho, estrujado, sin plumas, que me dio en medio de la cabeza, ¡qué asco, se le salía la caca!

—¡Bruto!, que éste no está cumplido, además no está muerto.

—Para eso te lo eché, para que aprendas a acabarlos.

—Yo no sé —dije, pisando con rabia aquella carne asquerosa.

—¡Así no, chapucero, miedoso...! Se hace así, ¿ves?

Tenía uno, vivo, en la mano y, sin hacerle nada, me lo tiró muerto. ¡Era admirable!

—¿Pero cómo haces?

Sacó otro bastante grande y bajó unos peldaños.

—Les paro el corazón. Se les para en seguida. Tac, tac, tac, cada vez más despacio, y luego, ¿ves? — El pichón abrió el pico y ladeó el pescuezo, como durmiéndose dulcemente.

Ya me lo había explicado otra vez. Y no es que a mí me diesen lástima los pichones, no faltaría más. Pero la primera vez que le vi hacer aquello, no pude comerlos, ni aquel día ni otros, aunque hubiesen ido a buscarlos los criados. Crespiño iba algunas veces, y me dio miedo preguntarle cómo los mataba; a lo mejor hacía igual, ¡sería horrible!

Pero, en fin, aunque me parecía admirable, no me parecía cosa del otro mundo hacer lo mismo que Roque Lois; cuestión de un poco de maña y de práctica, pues no era cosa de echarse a pensar que hay que nacer con disposiciones especiales para matar bien los pichones, aunque quizá...

Al llegar a veinte, que eran los necesarios para una comida, nos fuimos a llevárselos a Pejerta, la cocinera. Siempre nos reñía "por no haberla avisado", aunque, en realidad, se ponía muy contenta, pues se lucía mucho con sus salsas que corregían la boba insipidez de los palominos.

Aquel día me había quedado con la espina. Así que en cuanto vi que Lois sacaba a pasear a su madre (única certeza de que no iba a seguirme) volví al palomar, dando un rodeo, y además tratando de no pensar en lo que iba a hacer para que no lo adivinase; pues estoy seguro de que, cuando pensaba algo con mucha determinación, Roque Lois me adivinaba. Tengo muchas pruebas de ello; aunque la última vez, que fue cuando debió haber adivinado...

Cuando llegué, el palomar me pareció mucho más grande, inmenso, mucho más ruidoso. El zureo se oía como si fuese de miles, verdaderamente aturdía...

No sé por qué, pues las otras veces *nunca* había ocurrido, de pronto se armó un gran alboroto y muchas se pusieron a volar en círculos, como asustadas por un tiro, dándose contra las paredes, como ciegas o locas, y otras queriendo salir, agolpándose en las troneras, dándose picotazos.

Como yo no había hecho ningún ruido, aquello me asustó porque estaba solo, supongo, y tuve que salir para calmarme. Pero afuera, seguían las palomas agitadísimas, volando en círculos, sin apartarse mucho y sin posarse ninguna, ¡qué contrariedad!

Volví a entrar y fui arrimando como pude la escala hacia otro lugar, desde donde la habíamos dejado. Al fin lo conseguí, pero muy despacio y con gran esfuerzo.

Conque, subí y metí la mano en el primer casetón; pero, antes de llegar al nido, salió disparada una grande como una gallina, que casi me caigo del susto. A Lois tampoco le había ocurrido nada así, ¡la suerte del tipo!

Después de tantear un rato, pude tocar los pichones que empezaron a bullir y a escapárseme una y otra vez. Al fin pude coger dos, pero no quise intentar el asunto allá arriba y bajé con ellos, uno en cada mano, apoyándome en los travesaños con el pecho y la barbilla.

Coloqué bien el de la mano derecha, le metí los dedos por el mismo sitio bajo las alas, y empecé a apretar, a apretar... Pero el avechucho no se moría; abría el pico, forcejeaba, le temblaban las patas, pero no moría, ¡qué enormidad, qué manera de caerme el sudor!

Como no acababa de morir, y ya la sangre se me colaba por los dedos, lo tiré al suelo con toda mi fuerza. A todo esto me olvidé, creo, del que tenía en la otra mano, y cuando iba a intentar con él, vi que estaba muerto, sin sangre, con el cuello caído hacia un lado, como dormido, igual a los de Lois...

Lo tiré, furioso, contra las lajas y salí corriendo, pero corriendo de un modo que... como si escapase de algo, de alguien, de no sé qué, que no debí de haber corrido de aquel modo, y mientras corría me lo iba reprochando, pero no podía dejar de correr...

(En cambio Roque Lois, ¡paf!, y ya muertos, sin herida, como dormidos dulcemente, como si se lo agradeciesen... Creo que todo era porque él sabía dónde tenían el corazón, y yo no. ¿Pero, por qué tenía él que saberlo y yo no? ¡Porquería, hijo de...! ¿Por qué no le quité la escala y dejarlo allí, "jodido", hecho un pelele, hasta que pidiese por Dios y su madre, hasta que se cayese y se rompiese en las lajas...? Total, nadie nos había visto ir juntos...)

CAPÍTULO VII

Se levantó a las seis, con el toque de la esquila del patio de labores, yo me desperté con el ruido de las anillas del cortinón (eran de palo) que corrió de un golpe seco. Luego abrió las hojas de la ventana de un puñetazo y entró un sol bajo y amarillo, que me dio de lleno. Continué haciéndome el dormido para no tener que echarle en cara aquel modo de alborotar; ¿qué culpa tenía yo?

Por lo general, los domingos nos dejaban dormir hasta la segunda misa, que era a las nueve. No tenía derecho a reventarme aquellas tres horas que faltaban; bien lo sabía, sin que yo tuviese que decírselo.

Después de estar un rato asomado, empezó a revolver por allí con la misma desconsideración (¡cómo rechinaba la puerta del armario!), hablando entre dientes.

Se había quitado el camisón y parecía un monito, todo desnudo, con aquellos movimientos caprichosos.

De repente se llenó el cuarto de mariposas, color verde claro con pintas negras, muchísimas. Se puso a querer echarlas con el camisón, sacudiéndolo, como se hace con las moscas, pero no daba resultado porque volaban altas y muchas se pegaban al techo.

Estaba rabioso. Luego encendió la vela de noche y se puso a perseguir las que andaban por la luna del armario, que parecían más torpes, más entretenidas. Las cogía, les quemaba un ala y volvía a soltarlas, soplándose el polvo de los dedos. Claro, se caían y quedaban moviéndose. Decidí *despertarme*.

—¡Vaya animalada!

—No les duele.

—Pregúntales a ver...

—¡Mierda!

—Para tu boca.

Acabé sentándome en la almohada.

—¿Qué miras?

—¿No puedo mirar?

—¡Mierda!

Tenía ganas de soltarle una gorda (¿qué se creía?), pero me callé. En el fondo me daba lástima verlo tan desgraciado, tan dejado de sí.

Empezó a juntar las cosas que iba a ponerse. Las iba echando en un montón, encima de la cama. Luego se lavó en el aguamanil, con muchos resoplidos, canturreando de rabia. Se le cayó el bote de los polvos dentífricos y se puso a aplastarlo, pero como estaba descalzo no pudo y de un puntapié lo tiró lejos.

Yo no me daba por informado del origen de aquella furia, pero... La madre lo había retenido la noche anterior, al levantarnos de la mesa. Órdenes, naturalmente. Tardó mucho en llegar, hacía media hora larga que me había acostado. No dijo nada y yo callé también para ahorrarle explicaciones. Cada uno tenía derecho a su mal humor, y si no venía de causas comunes, no nos preguntábamos nada. Esto no lo habíamos convenido pero resultaba así, quizá para diferenciarnos de los mayores que siempre andan haciéndose preguntas imprudentes.

Bueno, terminó de peinarse. Cada cosa que cogía, la tiraba al suelo antes de ponérsela: el cuello almidonado (con aquel calor y tan de mañana), los zapatos de charol, los tirantes, el corbatín. Tiraba cada cosa por lo menos una vez, en silencio, con rabia. Las cogía con la punta de los dedos, con asco, como si oliesen mal, dándoles vueltas; luego ¡paf! al suelo. Después las levantaba y se las ponía muy cuidadosamente.

Yo sabía que aquellas pataletas le daban cuando tenía

que salir de excursión con sus padres. Creo que a mí me gustaba verlo así (de vez en cuando), enfadado, perdiendo la calma, aquel estar siempre tan seguro de todo, por encima de todo, que era bastante reventador y un poco falso, supongo, porque la gente no es *siempre* así, al menos yo.

La chalina (vaciló un momento entre la chalina y el corbatín) color castaño, con lunares blancos, la tiró cuatro o cinco veces; la última, levantó el pie para pisarla, pero no la pisó. Después de ponerse cada cosa iba a la ventana, escupía lejos y se quedaba mirando el escupe hasta que caía. Esto lo hizo dos veces para las cosas de par, una para cada zapato, otra para cada media y otra para cada liga, ¡vaya ceremonia!

Yo no decía nada, sólo deseaba que acabara y se largase de una vez. Estuve a punto de preguntarle a dónde iban, por si era posible calmarlo hablándome mal del lugar o de la gente que los esperaban (esto suele dar resultado), pero me callé temiendo una burrada. Cuando estaba así se ponía desairón, casi grosero, y sacaba una voz parecida a la del padre; por lo menos, si no la voz, el modo. Era indudable que iba de visiteo, lejos, con los padres, y eso era todo. Y era bastante, pobre Diego.

Dieron las siete y no había terminado. Todavía andaba tirando y poniéndose las últimas cosas, los guantes (los odiaba, yo también) la gorra, el pañuelo de pecho, cuando se oyeron los cascabeles. Por el sonido se notaba que eran los de plata, de unos arreos del tiempo del abuelo.

Me asomé y vi que se estaba apeando el Ruas, con chaquetón de galones (la rabia que le daba ponerse aquello). En medio de la explanada estaba la carretela azul, una antigualla que nadie usaba, qué atrocidad. El azul turquesa, muy brillante (se veía que acababan de lavarla) hacía un contraste ridículo con los pliegues de la capota color ratón; contrapeaban mal y se les veía la vejez por los fuelles raídos.

Habían enganchado la yegua Felicia y el caballo Caretón, de grandes crines. Eran enormes, blanquísimos, como de circo, algo fondones por el ocio, pero aún de buena estampa. El Ruas los quería mucho, los cuidaba, casi los pulía; les rizaba las colas, total para nada, para nadie, sólo porque le gustaba verlos así. Como nadie los enganchaba, estaban viciosos, duros de freno (el Barrigas no podía con ellos), y alguna vez se le habían desbocado al mismo Ruas, al menos eso se decía.

Figuraban entre las cosas que odiaba la abuela, sin saberse por qué. Decía que eran *escandalosos* y hablaba de ellos con repulsión, como si fueran personas, pero tampoco los vendía... cosas de ella, bueno.

La carretela azul y los caballos blancos, en medio de la explanada de grandes losas grises, rodeada de cipreses, se asemejaban a uno de aquellos cromos extranjeros arrumbados en el desván, ¡qué ridiculez!

La tía Armida vivía equivocándose siempre. Lo que imaginaba distinción se volvía en su contra con una exactitud que nunca fallaba; al revés de la abuela que cuando quería ser cursi, para no desentonar, más diferente resultaba; así son las cosas.

Apareció a poco la figurera, con chaqueta granate y falda gris, muy ancha de ruedo, como de amazona, con un recogido que dejaba ver las botinas de tafilete azul (para hacer juego con la carretela, supongo) abotonadas hasta lo alto. Remataba en un sombrero hongo, negro, cubierto con un velo de gasa blanca, formando lazada bajo la barbilla y cayéndole en bridas sobre el pecho. Llevaba también un estuche de gamuza con los largavistas, cruzado de un hombro, a la bandolera, ¡vaya facha!

Debían de ir lejos (ya lo había pensado), quizás a la finca de los Salvatierra, que eran igualmente cursis y etiqueteros. A pesar de los ornamentos, la tía avanzaba suelta de brazos, agitada, dando órdenes antes de que la oyeran.

Dio unas vueltas alrededor de la antigualla, inspeccionando, y se puso a empujar con el regatón de la sombrilla los fuelles de la capota, que sobresalían enseñando el deterioro. Metía uno y salía otro, aún más raído, con explosiones fofas y polvorientas ¡quién sabe los años!

Le dijo algo, de mal modo, al Ruas, pero no la hizo caso y siguió arreglando una gamarra de la yegua Felicia, con tirones que ponían nervioso al animal (si no era el moscardoneo de la tía que no paraba de reclamar).

La tía Armida (no es por hablar mal) echaba siempre de sí una especie de incomodidad, como si le saliese del cuerpo, como el olor de las unturas y pacholís con que se embalsamaba; siempre, aunque estuviese callada y quieta.

Llegó Rosa Andrea; venía corriendo, como detrás de un aro, muy graciosa, con un vestido de tafetán grosella y limón, a cuadros escoceses y una sombrilla rosa con entredoses crudos, pequeñita, como de juguete.

El Buey, que por lo visto no era de la partida, enfardado en su guata asfixiante, seguía desde el balcón los preparativos. Fumaba el puro mañanero (las manos en los bolsillos de la bata y el papo levantado), con humor indescifrable a causa de las bigoteras que le enmascaraban la mayor parte del talante. Pero el modo de mirar (o sea, la trabajosa indiferencia con que miraba y no miraba) no parecía nada aquiescente.

Al fin salió Diego, dando un portazo y sin decirme adiós. Me asomé otra vez. Su madre lo vio llegar con pantomima de impaciencia. En cuanto lo tuvo al alcance, quiso enderezarle la corbata, mejor dicho se la enderezó, apartándose luego un poco para ver el efecto. Cuando volvió para terminar el arreglo, el primo le dio un manotazo y se encaramó al pescante. El padre miró a lo lejos para no autorizar el desacato, me pareció a mí.

Asomó al mismo balcón del tío, Ludivina, sacudiendo con restallidos una sábana y copleando, a gritos, en el modo del país, como si estuviese sola en un monte. Era el régimen de la abuela, al menos el que seguía, con la familia. A las ocho, entraban las criadas alborotando, como si no hubiese nadie en las habitaciones. Y si uno no se levantaba inmediatamente, se ponían a dar tirones a la ropa, como ejerciendo un derecho gozoso. Todos, chicos y grandes, domingos y días sueltos, a las nueve tenían que estar los cuartos relucientes, las ventanas de par en par, no importaba la hora que uno se hubiese acostado, ¡vaya manía!

Los huéspedes empezaban gozando excepción, mas después de los primeros días se les imponía el sistema por indirectas; generalmente el parloteo de las criadas a la puerta de las habitaciones o las cantigas, a gritos, debajo de las ventanas.

—¡Baja de ahí!

—No me da la gana.

La tía lo bajó de un tirón y le sacudió un sombrillazo en la cabeza. No le soltó la mano y se puso a mirarle los dedos apiñados.

—¿Qué uñas son éstas?

—Las mías.

—Deslenguado, puerco, vaya a limpiarlas.

—No quiero.

Se quedaron mirándose. El Ruas desabotonó la casaca y se puso a enjugarse con un pañolón, agotado de paciencia, como siempre que tenía que servir a los tíos, que se le agotaba sólo con recibir la orden. Sacó luego la enorme navaja de picar el tabaco y la abrió con repique de muelles, ¡ras!; siete.

—Trae aquí.

Le cogió los diez dedos juntos y se puso a escarbar en las uñas, con una parsimonia vengativa.

—No llegaremos a la hora, ¡oh!—exclamó Armida sofocándose.

Diego miraba hacia otro lado, con la boca apucherada, como si fuese a llorar. Rosa Andrea se acercó y le puso en orden un mechón del tupé, despacio, varias veces, como si fuese una caricia (lo era).

Roque Lois asomó a la ventana, con la osamenta de su pecho de pollo al aire, refregándose el pescuezo enjabonado. Se quedó un momento con las manos abiertas hacia el aire, mirando con curiosidad exagerada y se volvió a meter, silbando el "no me mates".

—No veo qué mal puede haber en que vaya conmigo en el pescante.

—El pescante es para ti.

—Lo hace muchas veces.

—No estando aquí yo.

—Claro, claro…

La abuela cruzó en ese momento hacia el portón, con un cabrito desollado, colgando. No los miró. Pasó muy cerca, como si fuese a atravesar el grupo sin tocarlo, como un fantasma.

Cuando arrancaron, la tía no levantó la vista hacia el balcón, los chicos sí.

—Hasta luego, papá —gritó Rosa Andrea, pero no apareció nadie.

No bien enderezaron por el paseo de los cedros, se alegraron los cascabeles en libertad, como si volasen entre el polvo, y los parejeros resoplaron con brío, marcando el trote como un tambor.

Después todo quedó a merced de los ruidos normales: el chirrido de los carros de bueyes; gritos muy lejos, llamando; un rebuzno, un cacareo a deshora, sin eco, perdido, en medio de aquel rumor a junio de no se sabía dónde ni de qué; como temblando, creciendo, como bisbiseo de la tierra, de tierra-cigarra, cerca, lejos, en todo, en nada, asordado, evidente, componiendo el silencio verdadero o el habla de todo aquello, no sé…

Me metí en los ríos de Asia, porque algo había que hacer en aquel par de horas; cualquier cosa, hasta los afluentes del Brahamaputra, menos caer en manos del encanijado, y ahora peor, sin los primos allí.

En verdad, los ríos me entretenían, era como ir por ellos dando tumbos, viendo cosas, templos, árboles, bichos. Los océanos no tenían gracia, todos igual; los desiertos tampoco, sólo eran nombre, y las caravanas parecían invención de las novelas, como si no se supiese qué hacer con ellos. Los Himalayas y esas cosas, también me atraían, pero no me era posible figurármelos (siempre pensaba estas cosas al calcar con el lápiz en el papel cebolla) pues el monte del Realengo, que era allí el más imponente, podría tener unas mil varas de alto y, de lejos, ya parecía tocar el cielo...

El grito lo oí bien, como de boca tapada, como si alguien lo hubiese interrumpido con la mano, pero más claro aún el golpazo de la ventana al cerrarse. Continuó oyéndose (más bien ya gemido), como si continuase dentro. Y continuaba. Me asomé y vi las manos de Ludivina pegadas al cristal como queriendo cogerse a él, cortadas por el visillo. Luego fueron resbalando y no se vieron más. Corrieron el cortinaje, borrando el grito.

Me eché escaleras abajo. Obdulia, la criada vieja, estaba, como una imagen, en el mismo sitio de siempre, desde hacía siglos, en el de su tregua matinal: el banco de piedra, en el arranque de la gran escalinata, al fresco del portal, con la rueca a la cintura, dándole al huso, hilando para nadie, para seguir siendo ella, supongo.

—¡Corre a la habitación de los tíos, corre, vieja chocha!

—¿Qué te dio?, ¿qué dices, *hom*?

—Ludivina grita; anda ya, está sola con él.

La anciana pegó un estirón y azacaneó, ágil, por las gradas de piedra, como si fuese creciendo sobre el paso huesudo, increíble en aquel trote; como sollevada por la adivinación o por la memoria de las escenas repetidas en los años.

Yo me quedé al comienzo de la galería, no me atreví a seguirla hasta la puerta de la habitación.

—¡Fuera de ahí, condenada! ¿Sales o no?

Se puso a apalear con la vara de la rueca; la puerta se abrió y se cerró en seguida, como empujando a la zagalona. Obdulia la cogió por los pelos, los enrolló, cortos, al puño y echaron a andar.

Salí a su encuentro. Ludivina venía con la chambra

desgarrada, pasmados los ojos, sin párpados, como una
muñeca rota, como una posesa de los diablillos, ofrecida
al Santo Cristo de A... Parecía ahogarse como si no le
entrase el aliento, encarnada hasta la frente llena de ve-
nas. Traía en la mano un pequeño lío de ropa, una prenda apretada contra sí. Por un jirón de la chambra aparecía y desaparecía un pecho pequeño, dorado, como algo
de comer.

Se paró en seco frente a mí, y gritó mirando al aire.

—¡Ayyy!

—¡Calla, pécora! — tironeó la vieja, enroscando más
breve en el pulso la trenza rubia.

Bajamos y la metió por el pasadizo lóbrego hundido
en los cimientos de la casona. A la mitad, la arrimó, sin
soltarla, contra el quicio de la entrada a la bodega, como
si la fuese a emparedar. El sol se escachaba allá fuera y
llegaba verdoso entre los grandes sillares.

—Vete tú, déjame con ésta.

—No me voy nada. ¿Qué te hicieron, Vina?

—¡Ayyy!

—No grites, condenadona, que nadie te ha de valer.
¡Sal tú de aquí!

De un tirón le arranqué la prenda y la estiré. Era un
calzoncillo del tío Buey. Se desplegó, grandioso, en el
aire, con las cintas colgando y un parche más oscuro en
la culera, como refuerzo. Ludivina, arrastrando a la anciana cogida de la trenza, dio unos pasos y me lo quitó.

—Voy a gritar aún más. ¡Ayyy! — El terrible alarido
quedó embotado en la canal ciclópea del pasadizo —. ¡Se
lo llevo a doña Zoe, se lo llevo, se lo echaré a la cara...!

—¡Calla, lercha!

Ludivina, levantó la saya de repente, volviéndose hacia la luz. Tenía arañados los muslos y las rodillas.

—Me quiso forzar, me tiró a la cama, lo mordí.

—Vamos a la abuela, suéltala ya...

—¿A dónde vades a ir, locos? ¡Ay, Virgen del Carmen!
Venir acá, trastornados... ¡Ay, qué trabajos!

Obdulia se metió en largas razones paliativas aflojando un poco la trenza. Hablaba, casi invisible, desde el quicio, como un oráculo.

—A ti te echarán de seguida, no bien hables... Sesenta años llevo en esta casa y nunca vi que los criados pudieran contra los amos, aunque estuviesen tan sobrados de razón como el río de agua.

—Yo no soy criado y lo contaré todo.

—Tú nada viste, y ésta y yo negaremos.

—No negaré.

—¡Negarás, soleta! Y si hablas, peor para ti; dirán que te forzó del todo, que así son las lenguas, buscando siempre en quién cebarse. Y a ti te tienen la envidia negra por lo que eres aquí, como doncella de madama. ¿Te crees que es andar a la roza de tojos o apañando ferraya por esos prados, descalza de pie y pierna?

—Yo, diré que me quiso forzar, que me quiso forzar, y mostraré que no pudo, que no pudo.

—Sí, vas a andar con la pusca al aire, enseñándola por todas esas parroquias, para que se cercioren de que sigues entera...

—Pues la enseñaré.

—¡Calla, perra, no me hagas perder el juicio! Piensa en los que comen de ti, tu madre baldada, y tus dos hermanos, sin padre y sin edad para valerse. La lengua tiene buen corral. Trece años tenía yo cuando me pasó lo mismo y aún más, y callé para siempre; por eso pude comer el pan de esta casa los muchos que en ella llevo por la bondad del Señor.

Ludivina se calmó de repente y me dio el calzoncillo. Luego se compuso la chambra y echó a andar. Cuando se metió en el sol, la vieja se puso a parolar, con la salmodia de siempre, como si nada hubiera ocurrido.

—Anda, vamos...

—¿Cómo, vamos? ¿Y yo? ¿Piensas que *yo* me voy a quedar así? Me voy ahora mismo a la abuela.

—Tú callarás.

—Yo, no.

—Callarás, te conviene. A todos nos conviene. ¿Qué irías ganando? Mejor es que te quedes con el secreto, sin malgastarlo, y que sepan que lo tienes. Si lo malgastas, ¿qué? Calla, por ahora. A lo mejor algún día lo necesitas, hay más días que longanizas... ¿Te piensas que yo le quiero a *ésos* más de lo que tú les quieres? Si una fuera a hablar... En esta casa...

Continuó enhebrando sentencias un buen rato, procediendo con la porfía, por acumulación, como hacía siempre, hasta que uno se cansaba y decía "sí".

—Pero con esto me quedo—dije, por el calzoncillo.

—Pues quédate. También pudo haberse caído...

Estábamos cerca de la salida del pasadizo, casi en el sol. La vieja me pidió la prenda y se puso a considerarla con mucha atención, deteniéndose en el parche de la culera. Tenía una palomina mal lavada, insistente, pero Obdulia no la resaltó en su comento, que fue vengativo de otro modo.

—¡Remiendo es, así Dios me salve! Y para esto tanto echar por ella, tanta soberbia, tanto qué sé yo... Nunca acaban de saberse las cosas... ¡Vaya con las trazas del señorío; ropa remendada, señorío de por fuera!

Echó a andar, perfeccionando la salmodia con nuevos matices y afirmando la rueca en la cintura. Cuando desapareció, salí por el otro lado. Subí al cuarto del Buey y llamé.

—¿Quiés es?

—Yo, Peruco.

—Un instante, que estoy terminando.

La voz era calma, hueca, como siempre, aún más con el trabajoso fingimiento. Abrió, ceremonioso; se hizo a un lado para que yo pasase. Tenía puesta la levita gris con que siempre iba a la misa, y pasaba la manga por la chistera, asentando los reflejos.

—¿Qué hay de nuevo, sobrino?

Me quedé un rato callado, buscándole los ojos, hasta

que me miró. Estuve otro poco así, mirándolo, hasta que lo noté desconcertado.

—¿A qué vienes?

—Este... ¿puedes decirme si los primos llegarán a cenar?

Retorció el bigote, aliviado, y carraspeó desde el vientre. Luego cogió otra vez la chistera y se puso a echarle aliento en los brillos, como si fuera de metal.

—No lo sé, Pedro Pablo, no lo sé... Es probable que lo hagan allá, es probable. (Hablaba, según solía, con ecos.) Los Salvatierra nos quieren mucho, mucho. Quizá les insistan, quizá...

—Gracias, tío.

Al salir, dejé arrastrar el imponente calzoncillo sobre la alfombra. Antes de llegar a la puerta, lo dejé caer. Quedó muy bien tendido, como puesto a secar en un prado.

CAPÍTULO VIII

Después de las anginas que lo tuvieron estropeado una semana (tan feroces que incluso hubo que llamar a nuestro médico de A...) Roque Lois aparentaba más bueno (yo creo que porque hablaba más bajo), más amigo de todos, hasta de sí mismo. Claro que no parecía él, con aquellos movimientos cansados, aquel mirar triste. Podría ser siempre así, pensaba yo, sin dejar de ser todo lo decidido y listo que era; pero, a lo mejor, no.

Con todo, se vio pronto que aquella blandura amaricada no era más que el sobrante de los mimos con que lo atosigaran durante la enfermedad.

Su madre había estado casi enloquecida, ¡como si todos los chicos no tuviésemos anginas a cada paso!, palpándolo entero cada vez que volvía a la alcoba (hasta no dejaba que nadie le vaciase la bacinilla), como si en sus cortas ausencias le hubiesen quitado un pedazo. ¡Qué exageración!

La abuela había combinado contra él todas las variaciones de su indecente ruibardo, y el cura Brandao anduviera consultando libracos, con temor del garrotillo; incluso la vieja Presamarcos se había aventurado, una vez al día, hasta la puerta de la habitación, preguntando por él, con aire de pésame social.

Pero, en fin, la cosa no había sido para tanto, aunque la enfermedad le hubiese venido tan recia, dejándole aquel aspecto castigado y melancólico que tanto le desdecía.

Nosotros, al menos yo, estábamos contentos de la involuntaria tregua, aun cuando no fueran nada importantes las cosas que hicimos sin él, porque la verdad es que si Lois faltaba...

Además, como aún no se habían marchado los fantasmones, no fue mucho lo que pude juntarme con Diego y Rosa Andrea durante la enfermedad de Lois.

Bueno, el caso es que ya andaba por allí otra vez; aún no hacía cosas pero ya hablaba, que era lo mejor que tenía. Y como hablaba en voz baja, a mí me daba una sensación de que lo dominaba.

Pero duró poco. En seguida se vio que, aun costándole trabajo, hablaba con la decisión de siempre; con los insultos y palabrotas, que resultan los mismos con cualquier voz (o peor en voz baja, porque no se esperan); apoyando con gestos y ademanes lo que le faltaba de grito, y sin mengua ninguna de aquellos *golpes* inesperados, que eran los mismos con que inventaba, también de repente, las cosas de hacer.

Daba gusto oírlo, eso es verdad, discurriendo como la gente grande, pero sin el aburrimiento de los grandes cuando charlan entre ellos, y sin su mema superioridad al dirigirse a los chicos como si fuesen gatos.

La mejoría de Roque coincidió con la marcha de los Couñagazos (¡gracias a Dios!), de modo que pudimos estar todos juntos otra vez. La primera reunión fue en la cochera, no sin dificultad, pues Adelaida "no dejaba sólo al niño", como si se lo fuese a llevar el aire con lo flaco que quedó de la gargantera y el calenturón, que lo tuvieron apabullado en pleno calor de junio.

Nos encontramos allí, como siempre, sin hablar de ello antes, con ese misterioso acuerdo sin palabras que tanto cuenta en la vida de los chicos.

Cuando llegué, ya estaba Diego, comiendo guindas y repasando el francés. No le dije nada y me senté en el landó. Llegó en seguida Rosa Andrea, moqueando en un pañuelo, con los ojos arrasados y se sentó conmigo. Como no paraba de hipar, le pregunté:

—¿Por qué lloras?

—Se fueron papá y mamá... —Gangoseaba, espaciando las sílabas, como una niña pequeña.

—¿Y por eso lloras?

—Todos lloran cuando se marchan los padres, todos...

—Ah, entonces lloras porque *hay que llorar* cuando los papaítos se marchan...

—A ti qué te importa —contestó, recuperando el habla natural, sin transición.

—No te preocupes. Ya volverán... desgraciadamente.

—Claro, eso lo dices porque los tuyos...

—¡Idiota!

—Déjala, tú ¿no sabes que es tonta? —saltó Diego—. ¿Por qué no te largas de aquí? Siempre metida entre los hombres...

—¿Con quién voy a andar?

—Vete con Ilduara.

—Vete tú.

Diego tiró el libro y sin dejar de refunfuñar se sentó con nosotros.

En esto apareció Lois, con el pescuezo aún entrapado. Gargajeó un rato en la puerta, con precaución (porque aún le dolía, supongo). Se acercó al landó e hizo seña con la cabeza para que Diego le dejase libre el asiento delantero.

Quedamos los tres juntos y él se sentó solo, como siempre. Ninguno se puso a hablar. Cuando nos reuníamos, ninguno quería ser el primero, porque a la media docena de palabras, ya saltaba Roque, "¡Cállate, babieca, que no sabes lo que dices!". De manera que nos quedamos callados esperando que no resistiese mucho y empezase él. Efectivamente, empezó en seguida.

Pero le dio otra vez por la manía nueva que traía este año, que era la de "querer ser libre". Casi no hablaba de otra cosa, ¡vaya pelma!, como si estuviese atado con alam-

bres. Empezó por la enfermedad, que lo peor no era que
doliese, y no poder tragar, sino "los jodidos cuidados" que
había que sufrir, que ni se era dueño de uno para estar
malo, y que si esto y lo otro, y todo terminando en querer "ser libre".

Yo creo que lo había pescado de los mayores, que
siempre hablan por hablar y les da por meterse en cosas
difíciles para que no se les acabe la cuerda.

Diego empezó a poner mala cara y de repente se fas-
tidió.

—¡Ahí va, ya sales otra vez con eso!

—¿Con eso, qué?

—No sé para qué has de ser libre, ni sé qué es ser
libre, ni me importa nada; y a éstos, igual.

—¿Te parece poco poder hacer lo que quieras?

—¡Pero si eso no puede ser, hombre! ¿Y los demás?
¿Y los padres, y todos?

—Ser libre es no tener nada que ver con los demás,
¿te enteras?

—¡Vaya gaznápiro! ¡Pero si están ahí, hombre, quieras o no...!

—Pues poder mandarlos a todos a la... como si no
existieran.

—¿Y quién te iba a dar de comer?

—¡Ya salió Mantequitas con la comida! ¿Y si te da la
gana de morirte de hambre?

—¿Así que quieres ser libre para morirte de hambre
y que nadie te diga nada?

—¿Y por qué no? Ya veis, la tontaina ésta dijo lo
mejor...

—Tontaina serás tú... — saltó la prima —. ¿Qué te
crees, que porque eres loco tenemos que serlo todos?

—Ser libre para poder morir de hambre o de lo que
sea, ¿qué tal?

—Entonces, también para poder matar a quien te parezca...

—¿Y por qué no? ¿Por qué vas a tener que aguantar a todo el mundo? ¿Qué tiene uno que ver con...?

—Pues yo digo que eso lo hacen los animales. Cuando se cogen odio van y ¡paf!, se pelean hasta morir.

—Claro que sí, y también se pueden querer sin que nadie se meta. Por eso son más libres que nosotros.

—¡Vaya una bobada! Yo digo que los animales no son libres y que son de sus dueños.

—Yo te digo que son libres, y si lo cavilas bien, te darás cuenta.

—Sí, como los caballos y los bueyes de la abuela, con los arados y los coches atados al pescuezo.

—Pues aún así, son libres.

—¡Qué han de ser!

—¿Sabes tú lo que piensan? ¿Los puedes obligar a pensar como tú?

—Pero si no piensan, hombre...

—Eso te parece a ti porque no piensan como tú. Las personas también creen eso, unas de otras... Y ahí está lo jodido, que en cuanto no piensas como quieren, te llaman animal... Pues yo digo que los animales comen si les peta y duermen si quieren; y si se odian, se muerden, se dan cornadas o se tiran coces sin que a nadie le parezca raro. ¿Me lo vas a negar?

—¡Mira qué chiste! Para eso son animales...

—No, para eso son libres. Nosotros somos igual que ellos, pero no somos libres, porque tenemos que pensar todos lo mismo o esconder lo que pensamos, ¿te enteras? ¡Pues eso a mí no me da la gana!

—Entonces quieres ser animal.

—Yo no puse el ejemplo, lo pusiste tú. Además yo no tengo la culpa si el que quiere ser libre se parece a un animal. Los animales tampoco.

—No te entiendo —exclamó Diego, sacando el labio y moviendo los hombros.

—¡Coño, pues no hablo en latín! —Le dio un golpe

de tos y carraspeó en el pañuelo una salivilla veteada. Se quedó un rato mirando la sangre.

—No grites que te hace daño.

—¡Métete tus cuidados en el c... Mantecas! Lo que yo os digo, es que quiero ser libre para hacer lo que me dé la gana. Y mientras no pueda serlo, al menos pensarlo sin que nadie se meta.

—Bah, ¿quién puede saber lo que se está pensando?

—No es que lo sepan; es que tampoco puedes pensar sin que se te cuelen los demás.

—¡Anda, éste! Pues yo sí.

—¿A que no? Piensa algo, tú o tú, pero algo en que no estén metidos ellos...

La cosa se iba poniendo agradable, porque empezábamos a intervenir con algo más que con los oídos o con nuestras miedosas interrupciones. Nos quedamos un rato callados.

—Yo ya pensé—dije.

—¿Qué?

—Que me voy solo por los montes, que llego a otros más lejos, que antes no se veían, y así, andando, andando, sin volver.

—Muy bien; pero imagina que te pasa hoy o mañana, de verdad... Andarías, andarías, e irían contigo la abuela, Diego, yo, la tía Cleofás...

—¿Y yo?—alborotó Rosa Andrea, ofendida.

—... y tanto que te fueses queriéndolos como odiándolos, irían todos contigo, jodiéndote con sus caras, con sus voces, llorando, insultándote.

—Pues es verdad.

—Ya pensé yo—dijo Rosa Andrea—. Me iría sola, hasta donde no me viese nadie, y me pondría a dar vueltas, vueltas... hasta que se me borrase todo, hasta caer.

—¿Muerta?

—¡No seas bruto, tú...! Desmayada, mareada o algo así...

—¿Entonces, para volver a despertar?

—Claro.

—Pues también están los otros, los que te encontrarían, la cara que pondrían, el tono con que te llamarían chiflada... Y no sólo después, sino que lo pensarías al ponerte a dar vueltas. Darías vueltas con ellos dentro de ti, sin que se te cayese ninguno por más vueltas que dieras.

—¿Entonces, qué harías tú?

Roque Lois se puso a mirarnos, uno a uno, con las cejas apretadas y los puños en la boca. Se quedó así bastante tiempo, luego soltó:

—No lo sé bien... y eso es lo que me amuela.

Nos echamos a reír, los tres, con miedo, claro; pero en seguida subió la carcajada de Diego, fresca, limpia, como un hermoso metal batido. Roque se puso a gritar:

—¿De qué os reís, imbéciles? ¿Os parece poco haber pensado esto? ¿Quién de vosotros fue capaz de pensarlo antes? ¿Creéis que es tan fácil?

—Hombre, como hablabas tan decidido y luego te vienes con que no sabes...

—No lo sé ahora, pero ya lo sabré.

—Francamente, no te entiendo.

—Ni yo.

—Ni yo.

Se quedó callado otra vez. Le temblaba un párpado. Se puso a tamborilear con las uñas en los dientones salidos. Luego continuó:

—Piensa, por ejemplo: "Ese tipo manda en mí", aunque no te mande de mandar, sino que tendrías que obedecerlo, por lo que fuese... Luego te pones a pensar que no manda nada, que te ríes de él y que si quieres lo matas... Sólo con pensarlo, ya te sientes libre.

—¿Y cómo vas a poder pensar que matas a tu madre?

Lois se quedó mirando a Rosa Andrea con los ojos muy abiertos.

—A mi madre la quiero, ¡mira con qué sales!

—¿Y eso qué importa? Lo mismo manda en ti.

—Claro, y no eres libre.

—No, no; cuando quieres a alguien es porque te da la gana. Eso es lo único, el querer. Si yo tengo una cosa y no la quiero, la doy o la rompo y se acabó. Si la quiero, no tengo ganas de romperla ni de darla, me quedo con ella porque me da la gana. Así que no me manda; la quiero y sigo siendo libre...

—¡Chico, qué aburrimiento, siempre vas a lo mismo! — exclamó Diego.

—Cállate, que ya lo cogí — se metió Rosa Andrea —. ¿Así que las cosas también mandan en uno?

—Yo no dije eso; pero, en fin, si me apuras, también.

—¿Y cómo?

—¿Cómo? Comiendo, ¡mira qué eres boba! Las cosas pueden mandar, claro que sí.

—Pues pon un verbigracia...

—Vas, de noche, por un sitio oscuro de tu casa ¿no?, por una escalera, o así... Sabes quién hay en la casa, sabes que no te van a hacer nada, que no te puede pasar nada, y sin embargo, tienes miedo. ¿A qué? A las cosas que están ahí y que mandan en ti sin que las veas y sin moverse... Claro, yo ya pasé de eso...

—¡El valentón...!

—No es valentía. Un día me puse a pensar que las cosas se están quietas: los árboles, los armarios, la oscuridad... y dejé de tenerles miedo. Ésa es la valentía. Cuando sea mayor, lo haré también con la gente.

—Pero la gente se mueve.

—También yo.

—¿Y si te matan?

—Será porque escogí también el morir.

—¡Pues vaya una manera de ser libre!

—No hay otra.

—Pero, ¿en qué quedamos? Cuando haces las badulacadas que haces, ¿te dan miedo o no? — preguntó Diego.

—¡Pues claro, mira éste! Si no fuese así ¿qué gusto

97

sacarías haciéndolas? Las hago para sentirme libre al hacerlas, aunque tenga miedo.

—¡Uf...!

—... para que nadie me mande, ni las cosas, ni el mismo miedo, ni nada.

—Yo soy capaz de hacer igual sin pensar todos esos barullos.

—Porque tú eres atrevido... pero tonto.

Diego recogió las piernas y se incorporó. Luego volvió a recostarse.

—Te vale que aún estás malucho.

—Dentro de dos o tres días estaré bueno. Pero si quieres ahora...

—Baja ya. ¡Me tienes harto! —gritó el primo con aquella entereza que, a veces, hacía trastabillar al canijo. Se quedaron un rato mirándose. Lois aflojó y se puso a sonreír.

—Ya sé que eres capaz, bravito, y tú sabes también que yo no echo culo. Algún día vamos a tener que verlo... Pero no se trata ahora de eso.

—Me llamaste tonto...

—Te lo voy a aclarar... Cuando te mandé inflar las gallinas con la bomba del sulfato, ¿qué sentías?

—Nada.

—¿Cómo, nada? ¿Y cuando veías que iban a reventárseles los ojos?

—Nada; me daban risa.

—¿Y cuando te puse el alacrán en la mano?

—Tenía cuidado que no se diese vuelta para que no me picase. ¿Y qué?

—Pues eso es ser valiente pero tonto. El que no sabe qué está haciendo, es tonto aunque haga cosas de mucho coraje.

—¡Bah!

—Sí señor... Yo hago lo que hago, pero tengo que dominarme.

—Sé muy bien lo que puede pasar.

—Con el alacrán sí, pero con las gallinas...
—¿Y si te lo llegan a saber?
—Chicos, vamos a hablar de otras cosas, ¡qué aburrimiento, siempre lo mismo! ¡Vámonos por ahí!
—Pega mucho el sol...
Nos quedamos callados. Sin quererlo, yo mismo alargué la cháchara.
—Pero, en resumidas cuentas, ¿dónde está el miedo?
—¡Qué sé yo! Dentro de uno, me parece — contestó, distraído, Roque.
—Eso no puede ser porque si estuviese dentro se sentiría siempre.
—No pegas una, mantecoso... También tienes dentro las tripas y sólo las sientes cuando te da el hambre o cuando te atracas.
—¡Qué comparación! Pues yo digo que está fuera, y que se le echa a uno encima — sentenció Rosa Andrea, tan campante.
Lois la miró pensativo.
—También puede ser eso... Pero el miedo mejor es cuando uno lo busca y lo encuentra.
—Y cuando se incendió la leñera el año pasado, que casi ardemos todos, ¿quién fue a buscarlo?
—Vete a saber... A lo mejor la leñera no se incendió...
—¿Cómo, cómo?
Se puso muy colorado y agregó, exagerando la respuesta:
—¿Qué pasa? ¿Qué queréis decir? ¿Dónde habéis visto que algo se ponga a arder porque sí? Y no me hagáis gritar que me viene el ahogo. — Se puso a toser, pero esta vez parecía fingido.
Como llamada por la tos, apareció en la puerta Adelaida. Roque, calmado de repente, se bajó de un salto y la cogió por la cintura.
—¿Para qué vienes sola, mamá...?
—Me trajo Crespiño. ¿Estás bien? — Se puso a arreglarle la bufanda y a besarlo.

—Sí, mamá… Vamos.

En ese momento se oyó la esquila llamando a cenar.

* * *

Aquella misma noche, nos juntamos los primos y yo en la solana grande, mientras la abuela y sus huéspedes tomaban el café y alargaban la odiosa sobremesa, allí ahogándose con el bochorno; pero no era bien visto que los mayores se levantasen antes de pasar media hora. A Lois no lo dejó venir su madre "porque había relente".

A Rosa Andrea, inspirada por la conversación de la tarde, supongo, se le ocurrió una gran invención. Al menos a mí, en cuanto la dijo, me pareció grandiosa. La idea era ésta: que nos pusiésemos todos a buscar el miedo. ¡Qué gran invención!

Diego no dijo nada, porque no le gustaba estar de acuerdo con su hermana, pero yo le conocí en el gesto que también le pareció estupenda. Lo mejor que tenía era que podía durarnos todo el tiempo que quisiéramos, no como las otras, que en cuanto las hacíamos ya se nos acababan y había luego que pensar otras. ¡Vaya trabajo! Además nos pusimos a tratar el asunto sin estar *aquél* allí, de modo que podíamos poner la idea en marcha sin darle parte.

Así lo acordamos los tres, y lo remachamos Diego y yo después, hablando de cama a cama. Claro que no estaba bien porque Lois no hacía nada sin nosotros, al menos eso decía siempre. Pero la verdad es que estaba todavía delicado (esto me pareció un pretexto hipócrita) y también porque si se metía él nos lo reventaría todo desde el comienzo: primero, porque siempre lo reventaba todo, y después porque lo reventaría aún más por no habérsele ocurrido a él la idea estupendísima. ¡Parece mentira, la mosquita muerta…! Las mujeres nunca se acaban de saber…

CAPÍTULO IX

Durante el día siguiente, todo fueron apartes y conciliábulos, pues queríamos empezar aquella misma noche. Nos parecía, y era natural, que de noche sería más fácil encontrar el miedo; o como decía Rosa Andrea, ya exagerando su invención, *los miedos*, porque podían ser varios.

Yo estaba un poco desconfiado de aquel entusiasmo. Siempre empezábamos las cosas nuevas con mucho entusiasmo, y unas veces nos duraba y otra no, pero esta vez quizá nos fuese a durar...

Roque se escamaba de nuestros apartes y cuchicheos. Por suerte, la noche pasada, le había vuelto la calentura (por lo mucho que habló en la cochera, supongo) y su madre no lo dejaba apartarse casi, ni moverse. Claro, esto ocurría porque estaba así, pues lo acostumbrado era que lo mandara estar siempre con nosotros "para que nos divirtiese". Debo decir (ya debí haberlo dicho antes) que la ciega tenía la preocupación de "no molestar", de "no ser una carga" para nadie, ni siquiera para su hijo; en eso era muy lista, me parece.

Solía pasear sola por el jardín, luego que allí la dejaban, guiándose por las cercas. La veía yo desde mi ventana, la mitad del cuerpo sobresaliendo de las cercas, con aquel andar sin pasos, deslizando, como los santos de la procesión cuando van por los trigos o por encima de las cabezas de la gente. De vez en cuando se paraba en los

101

rosales (guiada por el olor, supongo, pues de otro modo no podía ser) y tocaba las flores (los ojos vueltos hacia arriba) sonriendo y siguiendo el contorno con la punta de los dedos, como si no las tocase.

A mí aquello me daba mucha rabia, no sólo por parecerme fingido o preparado, como si supiese que la estaban mirando, sino porque me venían ganas de gritar, de jurar, sin saber por qué, que eso enfurece a cualquiera, creo yo.

Otras veces paseaba con su hijo, la mano puesta en el hombro, como un ciego de pedir y su lazarillo; Lois con la cara tan cambiada de como la tenía siempre, que hasta parecía guapo.

Un día que andaba yo por allí, agazapado, pillando las primeras fresas, los vi pasar; él también con la cara hacia arriba pero toda mojada; eran lágrimas, supongo, pero debió de habérselas esparcido con la mano, pues tantas no podían ser, que le cogían por entero las mejillas.

Yo me quedé pasmado, porque siempre creí que Roque Lois era incapaz de llorar, y no me atreví a moverme para que no supiera que lo había visto así. En cambio, la ciega iba muy feliz, sonriendo, tal vez contándole algo que a ella le parecía gracioso. ¡Qué barbaridad! A cada paso, le acariciaba la mano apoyada en el hombro, cogiéndosela entre las suyas, besándosela; pero aquello no me gustó, por parecerme cosa impropia del tipo formidable que era Roque babosearse de aquel modo. Aunque esto podía parecerme a mí porque yo me crié sin madre, que dicen que se hacen esas cosas con las madres, ¡vaya estupidez!, y la abuela no me besaba nunca, ni yo a ella, ni falta que hacía; y las tías y las otras señoras, me asqueaban, ya desde muy chico, con el sobeo y el olor a polvos... ¡qué asco! Pero no vale la pena hablar más de esto.

* * *

Conque, el asunto empezó a funcionar aquella misma noche. Cada uno buscaría por su parte y luego le contaría a los otros. Y si encontraba un miedo demasiado grande para él solo, iríamos los tres. La cosa sería después de cenar.

Diego y yo, que, como ya dije, dormíamos en el mismo cuarto, habíamos repartido la busca de este modo: él subiría al desván — al *fayado,* como decíamos en el habla del país — que estaba oscurísimo, lleno de ratones y murciélagos. Andaría por allí, dándose contra todas aquellas horribles cosas, pues estaba abarrotado con los desechos de varias generaciones; contaría hasta mil, sin dejar de andar y sin apurarse mucho, y luego volvería.

Yo tenía que ir hasta el final del jardín, pegado al parral del muro, que era el más negro; cruzar luego la huerta, saltar la tapia, meterme por el soto de los castaños, con sus troncos enormes, y salir hasta el río grande, que de noche era aún más ancho y silencioso.

El soto era imponente, ya desde el atardecer, con sus troncos retorcidos, sus hojas tupidas y todo lo que fueran metiendo en él los paisanos durante años, siglos, de brujerías.

En las ramas altas, que no dejaban ver el cielo, saltaban los trasgos, con sus chillidos y risitas de cabra; cuando había gran luna, volaban, a través del follaje, las "lumias da noite" y por el borde final, entre la montaña y el río, pasaba la "santa Compaña" con su hilera de muertos fosforescentes, tocando campanillas, canturreando antífonas por lo bajo y llevando consigo al que se le cruzaba.

Estas cosas, las había oído toda mi vida, desde que me las contaba, con la mayor seriedad, la buena Matilde, el ama que cargó conmigo cuando mi madre...

Yo no creía en tales paparruchas, mas lo cierto es que todo aquello andaba por allí desde los tiempos, no sé si en la tierra o en el aire, pero desde luego en las palabras y en la sangre de la gente; y cuando las cosas andan en la sangre de la gente (tal como decía el cura Brandao, negador apasionado de todo ello, pero muy dispuesto a comprenderlo) aprovechan la noche y la soledad para hacerse reales sin dejar de ser figuraciones; pues aquellas gentes nunca separaban bien lo real de lo figurado; e incluso uno mismo, oyéndoles hablar, no podía percibir claramente el punto de juntura entre lo vivido y lo fantaseado, si es que verdaderamente fantaseaban, ¡vaya uno a saber! A lo mejor, no.

El primer susto me lo dio una alimaña (no fue todavía miedo porque supuse que era una comadreja) que me salió, casi debajo de los pies, al subir al paredón. Y luego, ya a horcajadas del muro, el vuelo, sin ningún ruido, de un "gran duque" (un búho de metro y medio) que pasó abanicándome la cara, ¡qué atrocidad!

Como aquel comienzo ya empezó a parecerme bastante, me quedé allí, sin atreverme a seguir ni a bajar. La noche estaba como boca de lobo pero llena de rumores lentos y graves, como si en lo alto de las copas algo se rasgase suavemente. No era nada concreto, pero...

Además no me acordaba bien, en medio de tal negrura, hacia dónde caería la *zarra*, un tramo encharcado con pozos bastante hondos, formado por un manantial de rocas que allí había, en un claro del soto, y que, para seguir al río, tendría que bordear con cuidado para no darme un remojón.

Estaba pensando qué haría cuando empecé a oír un cuchicheo de voces muy apagadas, hacia un portillo del muro cuya llave sólo tenía Barrabás. ¡Vaya susto, aunque parezca mentira! Hasta creí oír el chirrido de la puerta, como si alguien, sabiendo que rechinaba, la abriese con precaución.

Claro que todavía era temprano, serían las once, pero no estaba en las costumbres de la casa que alguien anduviese por allí a tales horas, abriendo una puerta que casi nunca se utilizaba.

Bajé del muro, cogiéndome al laurel como había subido, y cuando echaba a andar de vuelta pisando sobre la tierra blanda, inclinado bajo las cepas para no salir al despejo de la veredilla, oí, cerca, muy claramente, el cuchicheo. Apenas me atrevía a alentar y eché vientre a tierra. Cesó pronto, y, a poco, la puerta volvió a crujir... Alcé la cabeza por encima del surco y pasó, casi tocándome, un bulto de mujer; iba por entre las matas del alcachofal, por la tierra blanda. Sin duda tomaba ese cuidado para que no se oyesen las pisadas en el asperón del paseo central del viñedo que pasaba por allí, bajo un alto parral en bóveda.

La figura se paró a los pocos pasos, y se acuclilló. ¡Qué tremendo, creí que se me iba a oír el corazón! Por el ruido, comprendí que estaba haciendo una necesidad. Ojalá fuese de las menores, pensaba yo, aplastado contra el surco, porque si se quedaba mucho no tendría más remedio que descubrirme.

El polvillo de la tierra seca se me entraba por las narices y ya me andaba cosquilleando el estornudo... Y menos mal que se había puesto de espalda, pues de frente me hubiese visto al agacharse. Pero se levantó en seguida y se fue. Cuando me atreví a seguir, arrastrándome hasta el paseo del parral, ya no se la veía, pero seguía oyéndose el andar precavido y algún desgajón de las ramas de alcachofa al ser pisadas.

* * *

Diego estaba esperándome tumbado en la cama, con la mecha del quinqué baja, casi a oscuras. Parecía no haberse movido de allí.

—¿Qué, fuiste?— Levanté un poco la mecha para ver si mentía.

Al primo Diego, sólo con verle los ojos, ya se sabía si mentía o no, dijese lo que dijese con la boca.

—Claro que fui, qué te crees...

—¿Y qué?

—Psch... Anduve por allí tropezando con todo, no hice más que tropezar. Conté hasta trescientas, ya me aburría. Todo igual, muebles, baúles, cestos... Eso de los

105

murciélagos y los ratones, patrañas para críos. ¡Ni uno!

—¿Tuviste miedo?

—¡Qué va, chico...! Me pareció que iba a empezar a tenerlo cuando tropecé con unas cosas de hierro que estaban encima de algo arrimado a una pared. Me puse a palparlas, y eran unos pies y unas piernas de metal; después no sé qué seguía, no alcanzaba.

—¿No estuviste nunca en el *fayado*?

—No.

—Es una armadura que hay allí, encima de una consola.

—Debí habérmelo figurado, ¡qué burro!

Diego hablaba sin ninguna alteración en la voz ni en su cara de angelote. No cabía duda de que estaba diciendo la verdad.

—¿Por qué no seguiste? Más allá, siguiendo esa misma pared de la armadura, están los grandes armarios que se ponen a hacer ruido en cuanto pisas cerca. También está la colección de barcos de vela, en pequeño, que eran del tío Andrés, que tenía esa manía. Y como están colgados muy bajos; te hubieras visto metido en la maraña. Son unos cuarenta, figúrate... Y no quise decirte nada para no reventarte la sorpresa, pero también hay allí unas momias de indios que trajo de América el tío Juan Andrés, en uno de sus viajes. Te aseguro que... Si te las hubieras encontrado así..., palpando. Fue una lástima. ¿Por qué no seguiste?

—Porque me di cuenta que andaba alguien por allí.

—¿Eh?

—Y una cosa es buscar el miedo y otra que te pesquen a estas horas, sin disculpa que dar. Cuando estaba llegando a las seiscientas, alguien raspó una cerilla al otro lado de un montón de baúles, que vi que eran baúles con la luz.

—¿Cuándo fue eso?

—No sé. Ya llevaba aquí unos diez minutos cuando tú llegaste. ¿Por qué?

—Nada, nada.

—Bueno, ¿y tú?

—Poca cosa, chico. Crucé el soto de cabo a rabo, para ver qué eran unas luces misteriosas que se movían a lo lejos... Pisé una culebra, se me enroscó en el pie y le aplasté la cabeza. Luego tiré una piedra a una lechuza que me venía siguiendo. Creo que le di... Y como todo resultaba muy soso, pegué la vuelta.

—¿Hasta dónde llegaste?

—Hasta... bastante lejos.

—Sí, pero, ¿dónde es "lejos"?

—Hombre, yo qué sé... hasta la heredad de la cebada, creo. ¡Como estaba tan negro todo!

—¡Una! ¿Por dónde fuiste?

—Subí al muro, casi por encima del portillo, cogido al laurel.

—¿Y cómo bajaste del otro lado, que es mucho más hondo?

—Cogido a otro árbol.

—Del otro lado no hay árbol. ¡Dos!

—¿Cómo no hay? Hay un chopo.

—¡Tres! El chopo está frente a la salida de los carros, unos diez pasos más lejos. ¿Y después?

—Seguí en línea recta hasta la *zarra*, precisamente buscando el lugar de más miedo, y seguí... seguí derecho, derecho. Por cierto, me metí un rato por entre la cebada, a ver qué se sentía en lo oscuro, entre las pajas altas... ¡Nada, chico!

—Cuatro, cinco, seis... ciento...

—¿Qué estás contando, idiota?

—¡Mientes!

—¿Qué quieres decir?

—Que mientes. De día, sólo de ida, se tarda más en cruzar el soto que lo que tú tardaste en todo lo que dices.

—¿Y cómo lo sabes? —pregunté, perdiendo terreno.

—El año pasado, cuando estaba aquí Pampín, el cestero, me llevó con él, no sé cuántas veces, a traer juncos del río grande... Además, la heredad no está en esa dirección, y la cebada, ¡tan alta!, la estaban segando el día que yo llegué, hace tres semanas. Conque... ya ves.

¡Aquella manera aplastante de razonar, como siempre! Me quedé atolondrado, sin saber qué decir.

Pero más que en la vergonzosa serie de renuncios en que acababa de atraparme el primo Diego, pensaba yo, y quizá por eso me afligía menos, en aquellas dos apariciones, tan raras para quien conociese las costumbres de la casa: la suya, en el desván, y la mía en el fondo del viñedo.

Cavilando en esto y porque no sabía qué decirle, me desnudé callando y me puse el camisón. Diego hizo lo mismo, sin ensañarse, sin insistir en sus razonamientos, tan limpios y bien trabados como le resultaban siempre.

Era así, muy natural y bondadoso; y aunque le gustaba poco que le mintiesen, no lo tomaba a mal, siempre y cuando no insistiese uno en querer hacerle tragar la bola; porque eso sí que lo enfurecía. Pero si el que había armado la trápala se quedaba luego callado, no se gozaba en la ventaja ni se lo volvía a recordar; lo contrario de Lois, que cuando uno metía la pata, ya lo chinchaba hasta volverlo tarumba.

—¿Pero de verdad andaba alguien en el *fayado*?

—Creo que las ratas, si las hay, no gastan cerillas. Además, ya sabes que a mí no se me da bien el inventar... desgraciadamente.

—Bueno, pues en esta casa todos se van a la cama pero pocos se quedan en ella.

—¿Y eso?

Cuando iba a contestarle no sabía qué, pero de ningún modo la verdad, empezaron a aporrear la puerta que la teníamos con cerrojo. Yo me metí en la cama de un brinco y Diego no se movió.

—¡Abrid, gandules!

Nos miramos, ya asombradísimos; Diego, sin descomponer los ademanes, se levantó a abrir. Apareció la abuela en camisón, con una toquilla larga sobre los hombros, el pelo atado en lo alto de la cabeza y una palmatoria en la mano. ¡Estaba fantástica!

—¿Qué hacéis ahí, galopines, con la luz encendida, despiertos a estas horas, sinvergüenzas? (Ésta era una de las mayores palabras que usaba.)

Como siempre, reñía sin ningún convencimiento, de manera que su voz me tranquilizó tanto como me habían asustado los golpes en la puerta. Diego le contestó con el mayor aplomo:

—Es éste, que tiene un dolor de barriga que no aguanta... Ahí está, revolcándose (yo empecé a revolcarme). Ya iba a llamarte...

—¡Los higos! —dictaminó la abuela, improvisando—. No se puede andar todo el día tragando higos sin que... Y bebiste agua, ¿no? Claro que la bebiste, como si lo viera. Dime ahora que no la bebiste. ¡Agua con los higos, santo Dios!

—¡Pero si no comí higos, abuela! —y, efectivamente, era cierto, no los había probado.

—¿Qué es eso de que no los comiste? ¿No te vi yo, eh? ¿Me vas a decir que no te vi? Ahora mismo te voy a dar un buen vaso de ruibarbo, claro que sí —. Me puso la mano en la frente. —¡Pero este chico vuela de fiebre! ¿Por qué no avisaste, tú, botarate? Ahora mismo, ya vuelvo...

Y salió con aquella agitación que la cogía en tales casos, completamente inventada, supongo, aunque ella creyese que era verdadera. En el fondo, no le importaba nada que me doliese aquí o allá, ni que estuviésemos dormidos o despiertos a medianoche, con la luz encendida o apagada, ese día u otro. Y todo sin dejar de querernos, me parece; pero también sin dejar de acudir al ceremonial del mando, a sus convencionalismos exteriores, que la tenían sin cuidado pero que no dejaba de cumplir, con todos, cuando llegaba la ocasión.

Yo creo que, *en realidad*, sólo le importaban hondamente dos o tres cosas de esta vida (no sabría decir cuáles) y que, en lo demás, se dejaba llevar por la rutina o por la pereza de ir contra ella; o, quizá, por la persuasión de que resultaba inútil ir contra ella.

En cuanto salió la abuela, Diego soltó la risa (¡aquella risa!) dando tumbos en la cama, con los puños metidos en las ingles, ahogándose...

—¡Mal rayo te parta! Y eso que no sabes inventar... ¡Falsario!

Aún quise decirle más, pero había ya que meterse en las palabrotas del pariente Lois. Y eso no me gustaba. Y me gustaba menos cuando estaba a solas con el primo Diego, disfrutando de su bondad, de su seguridad, de su sosiego, de su cara redonda, suave como un melocotón, y de aquella risa, que hasta, muchas veces, inventaba cosas en mí contra sólo para verlo reír.

CAPÍTULO X

Estábamos en la glorieta de las lilas que aun cuando no nos escondía del todo, nos permitía hablar cómodamente sin darles pretexto a que se preocupasen por nosotros, pues era como estar y no estar.

Unos pasos más allá, Roque leía un libro a su madre que lo seguía con cara muy seria, aprobando de vez en cuando con el gesto. De vez en cuando también, le pasaba los dedos por los labios, como si quisiera tocarle el temblor de la voz, supongo. ¡Vaya manera de sobar!

Estaban sentados en el borde de la fuente del chafariz, también medio tapados por una cerca baja, de arrayanes. Adelaida tenía puesta en el pecho una gran camelia blanca, y no le quedaba mal.

A cada momento, Lois levantaba los ojos del libro y estiraba el pescuezo para echarnos un vistazo por encima del seto, con ganas, se notaba, de venir a meter baza en nuestro palique. Pero faltaba poco para la campana de la merienda, y era seguro que no iba a dejar sola a su madre. Se había repuesto casi totalmente y sabíamos que nuestra libertad no iba a durarnos.

Yo había despachado, otra vez, mi aventura nocturna para Rosa Andrea, que la siguió con ojos pasmados y Diego sin pestañear, como si la creyese, ¡qué gran persona! Pero en cuanto el primo se puso a contar lo suyo (sin ningún énfasis, aunque la exageración fuese el modo natural de contar de todos nosotros) la pequeñarra empe-

111

zó a apretar la boca, como tentada por la risa. Y a medida que iba contando, dale con fruncir los morros y volver la cabeza hacia un lado. Hasta que Diego se chinchó.

—¿Qué tienes, mamarracha?

—¡Pero si no dices nada de miedo...! Si todo eso son tonterías... Y más, después de lo de Pedro Pablo, solo, en la oscuridad, peleándose con las culebras y con las lechuzas...

—¿Qué querías, que me saliesen panteras y gigantes en el *fayado*?

—Pues eso es lo que te estoy diciendo, que dentro de la casa no hay ningún miedo que encontrar.

—¿Que no? Ya verás.

Se puso muy colorado, cogió aliento y se echó a hablar aprisa, como no hacía nunca.

—... con las manos hacia delante, luego de subir por montañas de cosas resbaladizas, llegué cerca del techo envuelto en telarañas, que me arranqué de la cara con mucho trabajo, pues eran muy pegajosas. ¡Hay que ver, qué telarañas! Bajé del otro lado, y me rozó la cabeza una cosa colgante, luego otra y otra... ¡no se acababan nunca! Pensé que serían vestidos, porque olían a muerto.

—¿Cómo es el olor a muerto?

—No sé, pero olían a muerto... Salí corriendo y dí contra una mampara o biombo que se me cayó encima, levantando nubes de polvo asfixiante... Luego seguí, apoyado en la pared... Una cómoda con tres armaduras, una se cayó al golpearla y me hizo esto en la cabeza. Toca aquí.

—No tienes nada.

—Se me habrá pasado... Luego seis maniquíes, de medio cuerpo, todos seguidos. Me pareció que se movían solos... De pronto unos enormes cortinones, también colgados... Me enredé en ellos y caí encima de algo que también se cayó, ¡era una espantosa momia, fría y arrugada...! Le dí un terrible puntapié... Cuando iba a seguir, alguien encendió una antorcha y vi la sombra de cien barcos, en el caleado del tejaván...

—Era yo, y no fue una antorcha, sino una cerilla— saltó Rosa Andrea, muerta de risa.

Nos quedamos de una pieza.

—¿Y qué hacías tú allí?

—Buscar el miedo, como tú ¡Cómo pensásteis que no era capaz...!

—¿Y cómo pudiste salir sin que te viese la tía?

—¡Ah, saliendo! Los chicos creeis que sólo vosotros sois capaces.

—¿Tuviste miedo o no?

—No. Ya había subido otras veces con la abuela, a llevar cosas, a revolver... Creí que yendo sola, de noche...

—¡Qué!

—...claro que no podía faltar mucho tiempo de la alcoba, por si acaso... Hoy le tocaba a *ella* el jardín.

—¿Qué jardín? ¿De quién hablas?

—¡Caramba, qué preguntón!— dijo, muy azarada, como si se le hubiese escapado algo. Enseguida se puso a farfullar unos cuantos proyectos deslavazados, muy de prisa, para no dejarnos hablar, supongo.

En ese instante se oyó la esquila. Lois, que no podía aguantar más, se fue acercando con la madre. Hubo un rápido cambio de miradas, como para irnos, pero Roque dijo:

—Esperad, que vamos juntos.

Se unieron a nosotros. La ciega tenía la cara muy alegre y se puso a hablarnos con palabras escogidas en un tono muy apacible, como siempre.

—No creáis que os lo secuestro. Ya sé que lo queréis mucho, y nada me complace más que verlo en vuestra compañía, ¡ojalá la tuviera siempre...! Este ángel (¡caray!), por su parte no anhela otra cosa, pero aquí es aquí y el pueblo es el pueblo.

—Da lo mismo, Adelaida; lo que pasa es que...— empezó Diego.

—Ya sabéis que no. Claro, los niños sois iguales en todas partes, pero los padres...

—Yo no los tengo —, dije muy orgulloso.

—Y a nosotros no nos importan nada —, agregó Rosa Andrea, convencidísima.

Estábamos todos de acuerdo, por lo visto, en hacerle creer a Adelaida que su hijo era una maravilla y que nos resultaba indispensable. Al canijo se le veía podrido con toda aquella farsa, pero tascaba el hierro.

—Bien, éstas no son conversaciones para vosotros... Así que ya sabéis, Roquín está ya bueno y volverá a acompañaros todo el día o casi todo. ¿Verdad, cariño? — agregó metiendo los dedos en la pelambrera del langrán.

—Como digas, mámá (estaba verde y nos miraba con asco).

—Ya sé que vosotros, tan desenvueltos y sociales, lo encontráis un poco tímido (¡rediez!) pero con vosotros, poco a poco... ¿Verdad, Pedro Blanco?

Casi soltamos la risa. Lois se encogió, como si le hubiesen pegado, y puso la cara maligna, mirándonos uno a uno. Diego, con su tranquilidad de los grandes momentos, aclaró:

—No te creas, Adelaida, no es tan tímido... Algo miedoso y bastante callado, eso sí. Pero con nosotros, con éste y conmigo, ya irá sacando los pies de las alforjas.

—¿Cómo?

—Es como le dicen los paisanos a irse haciendo uno hombre, ¿comprendes?

Rosa Andrea iba a decir algo, probablemente una imprudencia, y Diego le tapó la boca.

—Ya veo cuan buenos sois con mi pequeño, ¡gracias! — Le temblaba la voz, la famosa voz.

—¡Qué cosas dices, Adelaida! —corté yo, cansado de la comedia, y también porque si la ciega seguía hablando me iban a dar ganas de jurar, de llorar, de qué se yo... y eso me enfurecía porque no tenía ni pies ni cabeza.

—¡Gracias, pequeños, gracias!

—No hay de qué —dijo estúpidamente Rosa Andrea, para demostrarle a su hermano que no se quedaba callada, supongo.

Adelaida nos buscó con las manos y nos besó en sitios mal escogidos, claro; a mí casi en las narices... Igual que otras veces, me pareció que tenía labios de cera.

* * *

Aquella noche, al terminar la cena, se armó una gran disputa entre la vieja Presamarcos y la abuela. No supimos el comienzo, pues al percatarnos ya gritaban.

Cuando se dieron cuenta de que poníamos atención, la abuela nos hizo la seña habitual de que podíamos irnos; pero aún faltaba el postre, además ya se habían dicho tantas cosas que no valía la pena, creo.

Nosotros comíamos al otro extremo de la mesa, que era larguísima; en las fiestas patronales cabían cincuenta personas. Como era tan larga, se ponían manteles separados para los dos grupos. En medio quedaba una zona oscura, pues tampoco se encendían las lámparas del techo, y comíamos con dos quinqués.

Esto hacía que, a veces, se olvidaran de nosotros para ciertas conversaciones; y también porque los mayores siempre creen que los chicos no ponen idea en lo que se conversa, ¡je! Nosotros, si la cosa valía la pena, no perdíamos palabra, aunque las dijesen a media voz, fingiendo que no oíamos, que esto lo sabíamos hacer muy bien. Pero aquella noche se pusieron a gritar de repente, como si hubieran empezado por el medio.

—No vuelvas sobre lo mismo... Estoy cansada de oírte sandeces y de aguantarte indirectas, Genoveva.

—La verdad no tiene más que un camino, Zoe.

—Tiene mil, tiene todos los que quiera darle la buena o la mala fe. Que me vengas atosigando con lo de mi hija (¡anda, hablaban de mi madre!), después de tanto tiempo, me parece cosa de mala fe y de peor educación.

—Lo hago por vosotras.

—Te dije, en todos los tonos, y te lo repetí mil veces, que cada cual responde por sus actos.

—No irás a decirme que apruebas *ciertas* conductas, ¡sería intolerable! (El "ciertas" era porque estábamos escuchando, supongo).

—Yo no apruebo más que lo mío, lo de mi conciencia, y aún así...

—Te escapas por la tangente.

—¡Me escapo por el demonio...! Dios me perdone... ¿Sabe nadie lo que hay en la conciencia de los demás? Y si me apuras, ni en la propia. En setenta años bien vividos, no aprendí otra cosa.

Ilduara, que no había intervenido hasta allí, habló con voz llena de despecho.

—Pues la moral es una para todo el mundo.

—Boh, boh, boh... Esas son palabras.

—¿Que la moral y la decencia no son más que palabras? —embistió de nuevo la condesa, con altibajos de escándalo en la voz—. En tal caso...

—¡Calmaos, por la Virgen Santísima, que os van a oir! —intervino la tía María Cleofás, señalando la puerta del antecomedor.

—No hay moral ni moral, hay que la gente procede según las circunstancias, que nunca son iguales para todos ni en todos los momentos. Cuando la moral tiene en cuenta esto, puede inclusive, ser un tapujo, un crimen. ¡De ahí no me sacáis!

—¿Qué dices, loca?

—...aunque vengan frailes descalzos. ¡Caramba, que parece que os doliesen más las cosas que al que tiene que aguantarlas...! Así son las lenguas, hacen que se duelen para...

—Lo que ocurre es que eres como ella, puesto que la defiendes.

—¡Claro que soy! —exclamó la abuela, con voz altísima y temblorosa. Nunca la había visto así. —Y en la

116

misma situación, hubiera hecho lo mismo que ella hizo. ¿Eso es lo que queríais saber? Pues ya lo sabéis. Id a pregonarlo. A fin de cuentas, la vida sólo es de uno.

—Y de Dios — metió la tía Cleofás, queriendo darles ejemplo con la moderación del habla.

Cuando las otras gritaban, Adelaida se levantaba a medias, luego volvía a sentarse.

—Pues yo te digo que eso es complicidad — bramó Ilduara, golpeando la mesa con los puños, a lo hombre.

—¡Cállate tú, mocosa! (¡Qué gracia, oirle llamar "mocosa" a aquel montón de carne!).

—Zoe, no insultes a mi hija... Hasta ahí las cosas... Nuestra educación nos impide seguirte en ese tono al que, por lo visto, estás acostumbrada.

—¡Silencio, Genoveva! No preciso defensores...

—¿Pero quién te ofendió, resabiada? ¿Qué sabes tú de la vida?

—Tanto como cualquiera, pero no tanto como las sinvergüenzas.

La abuela hizo un movimiento y la tía Cleofás se levantó de un brinco.

—¡Qué has de saber tú de nada; tú sólo sabes tragar y rabiar...!

Ilduara se irguió, imponente, y se quedó con las manos apoyadas en la mesa, como si fuera a empezar un discurso.

—¡Vas a aclararme eso, Zoe!

—Claro que sí, y siéntate, que no me hacen mella tus fantasmonadas.

Ilduara se sentó de golpe y la abuela continuó, con voz firme (estaba bastante sofocada) pero sin gritar.

—Una mujer no es mujer hasta que no encuentra un hombre en su vida; en su vida o en su cama, es igual...

—¡Dulce Nombre! — santiguó la Presamarcos, de pie, como para marcharse.

—Tú no los has olido ni de lejos, Ilduara. Y (bajando

117

mucho la voz) el día que te veas entre ellos y te hagan arder el alma y la carne...

Insólitamente, María Cleofás aprobaba con la cabeza y se le había puesto la cara muy alegre. Adelaida se había quedado inmóvil, con la cabeza baja. La abuela estaba grandiosa. A cada réplica, Diego y yo nos mirábamos con ganas de que continuasen. Roque seguía todos los movimientos del jaleo, y a veces los imitaba, sin darse cuenta. Las tarascas, puestas en pie, gritaban cosas incoherentes, braceando por encima de la mesa.

—¡Yo me marcho...!

—¡Esto nos pasa por...!

—¡Cuando el río suena...!

—¡Jesús, Jesús!

La tía Cleofás se puso a correr las cortinas apresuradamente, como si, de pronto, nos hubiéramos quedado desnudos. Luego echó mano a una silla.

—¿Qué haces tú? —le gritó la abuela (con la misma voz que al Faramontaos). Pero la tía no se movió ni depuso el gesto desafiante.

Llegadas las cosas a este punto, yo creí que todo iba a saltar por el aire. Adelaida terminó por levantarse y buscaba a su hijo con las manos. Roque se fue corriendo hacia ella y la apartó de la mesa cogida por la cintura.

Aparecieron, entrando por el antecomedor, Barrabás y su hijo, con los ojos llenos de preguntas (aunque se notaba que habían estado escuchando), pero no se atrevieron a avanzar. Nosotros tres, nos habíamos apretado en un grupo y yo había cogido un atizador de la chimenea.

La abuela era la única que continuaba sentada, pelando una pera, aunque sin poder gobernar el temblor de las manos. Todos esperábamos la explosión de Ilduara, pues se veía que era mujer para cualquier disparate.

Raúl, el Barrabás chico, se adelantó desvergonzadamente, hasta el borde de la mesa, y se puso al lado de Ilduara, casi tocándola. Hubo un instante de silencio...

—Zoe —dijo la fachosa, tranquilizada de golpe y reteniendo a su madre por un brazo —; comprenderás que después de esto...

—Podéis hacer lo que os dé la gana. Yo no me desdigo ni una coma.

—Hay que evitar el escándalo, Zoe.

—Estoy tan hecha a él, que ya creo que me gusta.

—¡Genoveva!, — cambió, sorprendentemente, Ilduara, sacudiendo a su madre por el brazo y gritándole— has faltado y tienes que dar explicaciones... ¡Tienes que darlas, sin más! — Y se sentó, arreglando el canesú de encajes, como si se hubiera peleado.

—¡No digas estupideces! ¡Yo me marcho y me remarcho! — Y dirigiéndose al Barrabás viejo: —¡Que enganchen inmediatamente! Avise al Barrigas...

—Tú no te marchas nada y darás excusas — gritó de nuevo Ilduara, levantándose otra vez y pillándola por las ropas.

Toda la violencia que esperábamos iba a descargar sobre la abuela, la empleaba en dominar a su madre. Quedaron un momento así, mirándose como dos furias. Al fin la Presamarcos se sentó. María Cleofás recuperó su cara, Adelaida despidió a Roque con un gesto y se quedó de pie, apoyada en la silla.

La abuela rompió el silencio, con voz casi normal, dirigiéndose a Adelaida, que siempre ponía a su derecha.

—Siéntate tú, que haces más aspavientos que si vieses. (En realidad no había hecho ninguno).

—Soy ciega, pero no sorda — musitó, sonriendo y acomodándose.

Ilduara continuaba con los ojos clavados en su madre, como si no hubiera allí más que ellas dos. Al fin la vieja, sin dejar de mirarla, como si hablasen entre ellas, dijo de carretilla:

—Te ruego disimules si en algo pude ofenderte, Zoe... Por mi parte, yo y aquí mi hija... Porque lo cierto es que si una va a dar pábulo...

—¿Qué hacéis ahí, estafermos? — exclamó la abuela

119

hacia los Barrabás—Que me traigan el café... y el ron. Vosotras manzanilla y anís, como siempre, ¿no?

—Como siempre—balbuceó Ilduara, con irreconocible voz de niña. Hasta me pareció que se llevaba a los ojos una punta de la servilleta.

¡Qué montón de cosas fantásticas!

La abuela terminó de mondar otra pera y se puso a comerla a bocados, pinchada en el tenedor.

CAPÍTULO XI

M E encontré con Crespiño en el *souto*: "hola", y seguí sin decirle más. No es que estuviésemos enfadados pero ocurría así siempre. Cuando yo me iba a *estar solo*, quería hacer lo que me diese la gana, hablar o no hablar, quedarme o seguir de largo, volver o no.

Di unas vueltas por allí, jugué un poco a clavar de voleo en el tronco de los abedules una hachuela que me había prestado Faramontaos, (no quiso darme un cuchillo). Aburrido de que siempre me saliese mal, me puse a hurgarle a un grillo carnicero. Mordía la paja pero no salía. Decían que chupaban la sangre; yo no lo creía; eran de color castaño y de aspecto feroz, el doble de los otros. Un día traje uno en la gorra y tuve que tirarlo porque me arrancaba los pelos. A lo mejor ni eran grillos. Metí varias pajas en el agujero pero no salió.

Los puercos andaban en los matojos de las patatas, muy tranquilos, hozando en las que habían quedado de la recolección. Una cerda enorme estaba tumbada en la hierba fresca, con una lechigada color rosa, unas diez o doce crías, muy alegres. Cuando se levantaba, arrastraba a algunas colgadas de las tetas.

Claro que si yo iba allí, era para estar solo y todo me estorbaba; pero con Crespiño, era igual que si no hubiese nadie.

Voy a decir, otra vez, que *estar solo* no quería decir sin nadie, sino apartado de *la otra* gente, de la que no tenía más remedio que aguantar (la compañía, la conversación, las preguntas) sin poder echarlos, sin poder irme, ni siquiera callar. Con Crespiño o los otros aldeanos, podía andar o no, hablar o callarme, quedarme o irme cuando me diese la gana, incluso dejándolos con la palabra en la boca.

Aquello tendría algo que ver con la libertad que ese año trajera el flaco, como una nueva manía para reventarnos aún más. A lo mejor, en mis ganas de estar solo de vez en cuando, andaba eso; pues, al fin, la libertad es no tener que dar cuentas de lo que se hace o se deja de hacer, supongo. Desde la discusión en la cochera sobre tal memada, pensaba yo demasiado en este asunto. Me gustaba bastante pensarlo; resultaba muy entretenido, porque no se acababa nunca; no era como pensar en otras cosas que enseguida se acaban. Pero la verdad es que, aunque me gustaba, no quería pensar porque lo había inventado Lois, y era como sentirme dominado por él aunque no estuviese allí. Tal vez habló para eso, para dominarnos desde adentro, como pasa cuando le entra a uno una preocupación, aunque no tenga que ver con uno.

Crespiño se había bañado en lo hondo de la presa (a nosotros no nos dejaban) y se había puesto los pantalones; el resto al aire. Siempre hacía así cuando estaba conmigo. Si venía alguien, se ponía la camisa. Yo lo había visto nadar muchísimas veces, metiéndose a lo hondo, ¡qué bien lo hacía!, apareciendo y desapareciendo, ligero y verdoso en el agua.

Tenía el cuerpo diferente al nuestro y le temblaba la piel en algunos sitios, como a los caballos. A mí me gustaba verlo así y tocarle con un dedo para que temblase donde le tocaba.

Aunque era blanco como nosotros, tenía un color diferente, raro, la carne más caliente. Donde yo le tocaba, se le sacudía la piel como una fuerza que se descarga, qué raro. Sólo allí, el resto no le temblaba.

Diego y yo éramos más redondos y lisos, nos relucía

el cuero, como las pellas de grasa colgadas en la despensa. A Crespiño, no. Era como una corteza delgada y dura, caliente. Aun en la sombra, echado en la hierba o debajo de los árboles, era como si estuviese al sol; así como dorado, que esto nunca lo entendí.

A mí me parecía que estaba mejor *terminado* (no encontraba otra palabra) que nosotros. Como si tuviese otro debajo de la corteza, los músculos aparecían de repente por todas partes, y se reía de mí porque me asustaba.

La barriga la tenía hacia adentro, como al revés; para hacerme gracia, la metía tanto como si sólo quedase unido por el espinazo y el borde de los vacíos.

En el hombro derecho tenía una almohadilla callosa; me dijo que de llevar cargas desde muy pequeño se le había puesto así; tal era la costumbre, que todo se lo echaba al hombro, aunque no pesase nada.

También cuando andaba desnudo se le veía mejor la cara; quiero decir, se le entendía mejor, como si se le completase con el cuerpo, no sé decirlo bien.

Le llamaban Crespiño por el pelo, apretadísimo, ensortijado, color maíz. Cuando salía del agua lo tenía como un barro espeso (le hacía los ojos más claros) y al írsele secando, se le levantaba, como si ardiese, qué raro, y los ojos se le oscurecían.

Me gustaba verlo reír, no sólo por la franqueza, sino porque no eran dientes de aldeano, todos iguales, brillantes y aún más blancos desde que yo le regalara los polvos y el cepillo; más blancos que los nuestros, la verdad es la verdad. Él decía que se nos estropeaban de comer tantos caramelos, no sé qué tendría que ver.

Al salir del agua, se tapaba las vergüenzas con las manos, con las dos, una encima de otra, como conchas. Un día le dije: "Ya tienes pelos". Se puso muy colorado, pero no contestó. (Diego me había dicho que nos nacerían muchos pelos, allí y en otras partes, vaya un asco).

Bueno, ahora andaba por allí, tirulireando en una

123

flauta de caña (las hacía muy bien), y yo sólo le había dicho "hola", al pasar.

Después de que estuve un rato largo recostado contra *mi árbol*, me fui junto a él. Se había puesto a comer una merienda de pan y queso. El pan era de centeno que a mí me gustaba mucho, pero no me lo daban porque se tenía por ordinario. Crespiño (cortaba los bocados con una navaja) me dio de lo que comía, luego se fue a traer unas peras *verdeñás* que tenía a refrescar en el agua.

Cuando se volvió a sentar, me eché a su lado, con la cabeza en un terrón de musgo; pero él me la levantó, como cuando era chico, y me la puso encima de sus piernas.

Se estaba muy bien callados (a esa hora no andaban los pájaros por allí o no se oían); sólo el riacho en los pasales, con un ruido igual, como si no fuese. Sentía en la nuca sus misteriosas sacudidas o temblores de caballo; eran como un cosquilleo repentino, espaciado, cada vez que yo movía la cabeza. Si aliviaba el apoyo, el temblor era menos, y me divertía con esto; aunque Crespiño agarrotaba los muslos para no temblar, yo me daba cuenta; pero igual temblaba.

Lo quería mucho, cuando yo era chico; ahora también, pero de otro modo, y de modo distinto que a Diego. Alguna vez pensé pedirle a la abuela que lo llevásemos a la ciudad, que lo vistiese como a mí y tenerlo de amigo; ir juntos a la escuela y lo demás. Pero a lo mejor no resultaba. La abuela ya había llevado a otros aldeanos y se ponían tristes; y, cuando no, hipócritas y mandones.

—¿Por qué tiemblas? (Nunca le había dicho nada de esto).

—Yo no tiemblo.

—¿No lo notas?

—Ah, es sólo ahí, donde me tocan, lo demás no.

—A mí no me tiembla. ¿Por qué será?

—No sé. A mí sólo me pasa con los extraños.

—Hombre, gracias.

124

—Quiero decir, que con los de mi casa o los de aquí, no me da eso.

Nos quedamos otra vez callados, comiendo. Me metió un trozo de pera en la boca y el jugo rodó hasta el cuello, estaba helado. De repente me vino el preguntarle:

—¿Qué te parece el miedo, Crespiño?

—¿Qué miedo?

—El miedo, sin más, el que se tiene.

—Hay muchos.

—¿Cuáles?

—Bueno, no sé; el que te quieran pegar; no hacer bien lo que te mandan; las tronadas; el oír contar algunas cosas... Hay muchos.

—¿Cuál fue el peor que tuviste? — Se quedó pensando.

—No sé, no lo cavilé nunca.

—¿O nunca lo sentiste?

—Lo siento, como todos; después se me va y ya no cavilo más. Debe ser eso, que no cavilé nunca, si no alguno tendría que acordárseme y no se me acuerda, a lo menos un miedo grande, que se me haya quedado.

—Piénsalo bien. — Pensó otro poco.

—No sé, no sé... Sólo me vienen bobadas, por más que lo pienso.

—Dilas.

—Psch... Es de una vez, cuando era yo pequeño, ya verás como no vale la pena, tendría seis años o así. Ya me mandaban al monte, con el ganado, después me iba a buscar a mi hermana... Teníamos una burra, la Cuquiña, muy mansa, y yo iba siempre montado. Un día se apareció el burro de Blas, el sastre; era grande como una mula de arriero. Por lo visto se había desviado y andaba al olor de la Cuquiña; con el tiempo me di cuenta que andaría alzada, que eso los animales machos lo ventean desde muy lejos, no sé si sabrás... Entonces yo no lo sabía. Con que, se apareció saltando un vallado y se plantó en medio de la vereda, que allí pasaba muy estrecha, alborotando y con los dientes arregañados. Las ovejas se asustaron y a una la mordió levantándola por el vellón, talmente como una fiera, que jamás pensé que un pollino pudiese ensañarse así. Luego dio unas topadas y arrimos contra la Cuquiña y tiró conmigo al suelo. Y sin más, se fue a ella, con los dientes arregañados, como si riese. Y yo me puse a querer espantarlo tirándole piedras, pero como si nada, aunque le acerté con una en la cabeza. Yo quería darle tiempo a la Cuquiña para que escapase, pero se quedaba quieta. Luego le saltó encima y la empujó con todo aquello como si la fuese a matar. La Cuca, con las orejas atrás, se movía con los empujones, y cuando la tuvo un poco así, se bajó y se fue tan campante. Anduvo unos trancos y se puso a pacer en la hierba del vallado. Pasé por delante, con los animales, casi tocándolo, y ni nos miró. Después supe que cuando los animales andan alzados, hacen eso y cosas peores; entonces no lo sabía y tuve miedo.

—Yo nunca los he visto así.

—¡Qué raro! Ahora le toca a la yegua Volanta. Cuando la lleven a servirla, si quieres te aviso. A los padres de los señoritos, no les gusta que veáis esas cosas. Si quieres te llevo y si no, no. Claro, no te asustarás porque ya eres bastante grande, además ya te dije lo que pasa, saltan encima, las sujetan con las patas y le meten aquello. Pero una cosa es en la cuadra o en el parador, con la gente allí; y otra así, sueltas, de repente y sin nadie, como bestias montesas. Te digo que aún ahora...

Se calló de pronto, como sorprendido de haber hablado tanto.

—¿No sabes otro?

—Sí, pero también es de animales. Aquí no pasa casi nada que no tenga que ver con los animales.

—Dilo lo mismo.

—Bueno, no sé por qué hoy te dio por eso... Era yo tan pequeño que aún no iba sólo con el ganado, sino con mi hermana Nieves, ésa que le dicen la Roxa ¿no sabes?, que está casada con Verísimo, el afilador...

—Ya sé.

—Con que, nuestra vaca, me acuerdo bien que se llamaba la Belida, estaba preñada, primeriza, con la barriga a rastras, como se dice. Creo que se habrían confundido en la cuenta, por lo que pasó... Aquel día estábamos en una rastrojera de los Fefiñanes, que nos dejaban echar a pacer allí, después de la siega, que en eso son bastante desinteresados... Pues fue y la Belida se puso a mugir y como a querer caerse para los lados. Aparentaba quejarse como una persona, los ojos hundidos, y a mirar, y a mirar como pidiendo que le valiésemos. La Nieves se puso a dar gritos como una loca: "va a parir, va a parir", y se echó a correr hacia la casa, que estaba bastante lejos. Pues fue así que quedé solo, y la Belida a mirarme, a mirarme. Yo quería soltarle la cuerda, pues me daba miedo, pero no la solté... Se echó de lado escarranchada, y empezó a librar, quejándose más por lo bajo. Yo no sabía qué hacer más que llamarla por el nombre y rascarla entre las cuernas, pues no quería ver como libraba, que sólo alcancé a ver la cabeza y no quise ver más, no aguanté... El miedo, que fue mucho, me duró hasta que la vi lamiendo al becerro, muy contenta... Y en eso llegaron, corriendo, todos los de mi casa. Mi madre venía llorando, le dio un beso a la vaca y otro a mí...

—¿Esos son todos los miedos que tuviste?

—Algunos otros habrá, pero no se me acuerdan.

—Si los olvidaste es que eres valiente.

—¿Y eso qué le hace? También coge a los valientes, y más aún porque no lo esperan, o si lo esperan creen que van a poder con él... Ya ves, Antón el Marcado, con todo y que lo echaron del servicio del rey por destemido y por no tener que afusilarlo, según dicen... ¿No sabes de él?

—No.

—Era quién, él solo, para pelear a mano limpia con tres o cuatro; y de hombre a hombre, con una mano atada, ya ves. Y esto no es invención, que muchos lo tienen visto. A mi tío, le oí contar de cuando se metió con toda una cuadrilla de forasteros, que andaban arreglando la cepa del puente grande, que se mellara con la riada. Los corrió a todos sólo con piedras, y a los que le hicieron cara, los tiró al río.

—¿Y qué le pasó?

—Ah, ¿lo otro? Pues fue a la vuelta del folión de Esposende. Ya cuando salió de aquí, dijo que lo iba a deshacer. Y efectivamente, no bien empezado, corrió a toda la mocedad sólo con una navajita así, sin herir a nadie. Pero llegó pronto la guardia civil y el folión volvió a armarse. Como es costumbre, no le dijeron nada a los guardias, aunque preguntar, preguntaron. Pero el Marcado se quedó solo, que nadie le hablaba ni bebían con él, aunque se puso a convidar, y ninguna moza le aceptó el baile. Así fue que, antes de medianoche, determinó echarse al camino, atajando por los montes... Unos dicen que fue la tronada, que lo cogió en lo hondo del paso de Frieira, que no se acuerda otra semejante, como si el cielo, cosido de rayos, se fuese a caer, que al día siguiente, que era el del Carmen, pasó por Allariz y una centella partió la ermita llena de gente. Murieron veinte. Hará cuatro o cinco años, no sé si lo oiste contar.

—Sí.

—Pero otros dicen que no fue la tronada, sino que se le apareció la Santa Compaña de los muertos.

—¿De qué muertos? (para hacerlo hablar más).

—Pues... de los muertos.

—¿Y qué hacían los muertos por allí?

—¡No entiendes, hombre! Son unos que de noche salen en procesión; están condenados a andar así porque no se confesaron o no sé qué. Dicen que el Marcado se salvó de que lo llevaran porque se acordó del rezo de Santa Ladaiña, y lo pudo decir entero tres veces, sin equivocarse. Es muy difícil con el susto, pero son los únicos que se salvan... Pero nunca más volvió a ser hombre, aquel mocetón, y también de eso le vino el quedarse tartejo de las hablas, que casi no se le entendían. Después le pegaba cualquiera, los rapaces le escupíamos, ya era una costumbre. Los señores de Cenlle, que por aquel entonces eran sus amos, lo mandaron con los frailes de Dacón, y allí se quedó, de bracero, por la comida y la ropa, y no volvió a conversar con nadie ni a mirar de frente. ¡Ya ves la valentía!

—¿Tú nunca viste a la Santa Compaña ésa?

—¿Eres bobo o te haces? (Se levantó enfadado). Si la hubiera visto, no estaría aquí.

—Tienes que aprender el rezo de Santa Ladaíña.

—Ya lo sé, las madres nos lo aprenden a todos, por si es su caso.

—¿Por dónde pasará?

—No burles con eso, Peruco, te lo digo por tu bien. En el pueblo, como estáis dentro de las casas, y las calles con luces, creéis que todo lo que sucede en la aldea...

—No me burlo, te digo que me gustaría verla.

—Sí, muy bonito... Las filas de muertos cantando, con aquella luz que no sale de ninguna luz y llevándose a la gente...

Vinieron a buscarme. Ya me estaba pareciendo raro que me dejasen tanto. Era Asunción, aquella brutona que ayudaba en la cocina durante el verano. Se puso a dar voces, de mal modo, desde lo alto del ribazo, como a alguien muy alejado, aun viéndome allí. Todos ejercían el desquite contra nosotros, a la menor ocasión.

—¡Señoriiiiito...!

—¿No ves que estoy aquí, estúpida?

—No lo percibía.

—Pues abre los ojos antes de ladrar.

CAPÍTULO XII

No funcionaba bien el plan. Andábamos de aquí para allá, cada uno por su lado, sin encontrar nada. Apenas nos distraíamos con travesuras indignas de nuestra edad y experiencia: abrir una conejera, echar sal en el chocolate del desayuno, faltar todos a una comida. Nada. Y aunque a veces fuese algo más que nada, todo iba a tropezar con la falta de interés de la abuela. Y si alguien no se enfadaba, no valía la pena hacer cosas. No es que la abuela no nos riñese, ¡claro que nos reñía! Las palabras eran de reñirnos, la voz alta, los gestos exagerados... pero no coincidía con la realidad todo aquel alboroto, como si, *por dentro,* no estuviese enojada *de verdad.* Era como si nos regañase desde el otro lado de no sé qué, como si estuviera soñando que nos reprendía: "¡Galopines, badulaques! Os juro que nunca más volveréis a...", y mucho echar los brazos por el aire y mirar a un lado y a otro como buscando algo con qué pegarnos, para quedarse, finalmente, con los impertinentes levantados, temblándole en la punta de los dedos.

—Toma, abuela.

—¿Para qué?

—¿No andabas buscando un palo?

—¡Sal de ahí, cínico, provocador! Pues mira que... No me conocéis bien...

Sólo una vez a mí, el año anterior, cuando volqué tres cántaras de leche con tres limpias patadas (era una apuesta), me cogió del tupé y me gritó mi nombre entero (nunca me decía más que Peruco) que era el mismo famoso nombre con que la gente hablaba de mi padre.

—¡Ven aquí... Pedro Blanco!

Eso sí, me lo gritó como si lo vomitase. Luego me dio un empujón que casi me hizo caer. No me caí, pero ella no se volvió para cerciorarse. Fue sólo esa vez.

Cuando la vieja Obdulia o el fisgón de Barrabás me mandaban pedir perdón por algo, las más de las veces ya se había olvidado. (El perdón era siempre en el grave despacho del piso bajo, donde ella se pasaba las horas escribiendo, nunca supe qué ni a quién).

—Abuela, el perdón.

—¿Qué hiciste?

—Solté a la Gallarda (era una vaca *liosa*), y se fue contra la Xuvenca y la Mansiña.

—¿No sabías que la Mansiña está preñada?

—No. Entre las dos se le *arrepusieron* y la echaron. No pasó más.

—¿A qué vienes entonces?

—Por el perdón.

—¡Boh, boh! Pídeselo a Dios, que no tiene otro oficio... Hay que pensarlas antes. A lo mejor, un día, harás cosas que no te perdonarás a ti mismo... Hala de ahí, no me hagas perder el tiempo. ¡Y lávate esos morros, cochino!

* * *

Había que reconocer de una vez, que sin Roque Lois los asuntos no andaban, no tenían sobresalto, naturalidad, no tenían nada. Lo que intentábamos, era como si de antemano supiéramos los resultados, y esto nos aburría.

Claro que cuando hacíamos las cosas con él, todo lo mejor lo hacía él, o nos lo mandaba hacer, de modo que no quedaba nada que fuese nuestro desde el principio al fin. No había forma de salir de ahí, ¡diablo de brujo! Y todo sin ningún esfuerzo, apenas pensándolo un momento, y a veces, como si no lo pensase siquiera.

El día que volvió a juntarse con nosotros, resultó que sabía, de pe a pa, todo lo que habíamos estado haciendo. ¡Era el colmo! Nos lo contó, muriéndose de risa "de aquellas chiquilladas".

Cuando se fue, Rosa Andrea, Diego y yo nos insultamos y nos llamamos *soplones*. Diego, contra su costumbre, era el más enfurecido y amenazó con "separarse para siempre". Rosa Andrea, que por ser chica nos resultaba la más sospechosa, se hincó de rodillas jurando que no le había contado nada "a aquel criminal". Diego quiso pegarme (parecía el San Miguel de la capilla, con el puño en alto y los hermosos ojos muy abiertos...).

Todo quedó en paz cuando nos juramos por las cruces de los dedos besadas tres veces (era lo más serio que sabíamos), que nada habíamos dicho al encanijado.

Quedaba, pues, el misterio de cómo el pariente Lois se había enterado de nuestras andanzas, cómo había logrado saberlo todo, aunque *todo* fuese tan poco. Es decir, todo no. Le faltaba lo mejor: lo de la huerta; aquellos bisbiseos nocturnos y aquel bulto huidizo, de los que ninguno sabía, y que tanto me realzaba ante mí mismo; tanto, que hasta creo que me traería una gran desilusión quedarme sin el misterio y llegar a saber *de verdad* qué había sido.

Hasta ese punto me llenaba de orgullo el ser dueño de algo que sólo era mío, completamente mío del principio al fin, pues no pensaba meterme en averiguaciones para llegar a saber que, al final, fuese también de los otros. Y, si acaso, un día de aquellos, cuando Roque Lois estuviese más conflado en su asquerosa superioridad, se lo dejaría caer como una bomba. Y cuanto más me aguantase sin decirlo, mayor sería mi mérito.

Después de la discusión, Rosa Andrea se marchó, diciendo que la esperásemos, que volvería enseguida.

Adelaida había pedido permiso a la abuela para que

su hijo asistiese aquella tarde al rosario, "en acción de gracias" por lo de las anginas. Me lo contara Diego, muerto de risa, al llegar a la cochera. También lo sabía Rosa Andrea, de manera que teníamos tiempo para una larga conversación a solas. El rosario era de viernes, en la capilla del palacio, dos horas largas, con explicación del cura Brandao y cantata de las Hijas de María de la aldea, ¡pobre tipo!

Esperamos un rato, y la pequeñarra, a pesar de lo prometido, no aparecía, lo que no dejó de llamarnos la atención. Diego aventuró que "se habría ido por ahí, a *buscar* por su cuenta", y nos pusimos a hablar, alegres de poder hacerlo libremente.

Casi cuando empezábamos, apareció Lois. Nos quedamos sin respiración. Venía más estirado y animoso, como si hubiera convalecido de repente.

—¿Y el rosario?

—¡Je! ¿Creéis que he nacido ayer? Pobres críos...

—¿Cómo hiciste para librarte?

—¿No sabéis que tengo tos? Tosí hasta que me echaron. No había forma de entenderse, y hay que ver cómo resuena allí... Me echó el curazo.

Y sin decir más, se sentó a horcajadas de un banco y empezó inmediatamente a humillarnos sacando del pecho una baraja nueva. Silbando por lo bajo, se puso a extender los naipes con cierto orden, haciendo combinaciones con ellos. Los miraba un momento, recogía algunos y los volvía a extender.

Nosotros nunca habíamos tenido una baraja entera que fuese nuestra; apenas unas pocas cartas, cuando alguna se descompletaba. En cambio aquel tipo de...

Manejaba las cartas con gran soltura; las barajaba haciendo piruetas con ellas (como los señores que venían, en A..., a jugar al tresillo con la abuela), haciéndolas volar de una mano a otra sin que se le cayesen. ¡Tío asqueroso, allí, silbando, con su manera de reventarlo a uno! Y todo como si estuviese solo, extendiéndolas, recogiéndolas, y pa... rrá, pa... rrá, de una mano a otra, por el aire, sin que se le cayese ni una... Era como para levantarse y partirle una canilla de un patadón.

Por si esto fuera poco, dejó un momento las cartas y lió un cigarro con una mano sola, con un golpe de dedos, que sólo lo había visto yo hacer una vez así, que lo hacía un titiritero. Luego se puso a fumarlo, en un canto de la boca guiñando el ojo de aquel lado, como cualquier grande, como el Ruas o el Barrigas. ¡Qué manera de insultar! Diego estaba nerviosísimo y tenía los labios encarnados y brillantes de saliva de tanto morderlos.

Llegó un momento en que no pudimos aguantar más y, sin decirnos nada, como si nos hubiéramos puesto de acuerdo, nos bajamos del landó y echamos hacia la puerta.

—¿Dónde vais? — dijo, muy tranquilo, sin mirarnos.

—No vamos a estar aquí teniéndote la cesta, (era una expresión de él) — contestó Diego.

—Pareces un guillado, ahí, jugando solo — añadí yo.

—Estas no son cosas de chicos.

—Pues por ahí te pudras — braveó Diego, con otra frase también de Lois.

—Ya podrías prestarla un poco — dije yo, aflojando, como siempre. —O enseñarnos eso que haces...

—No, no. Esto es para las personas mayores cuando están preocupadas o aburridas. Se llaman solitarios. Si queréis os enseño la brisca.

—¡Vaya hazaña! ¿Quién no sabe la brisca? En mi casa la juegan las criadas — fanfarroneó el primo, con voz un poco falsa.

—Os enseño el tute, se juega con once cartas.

—¿Con once cartas? — soltó Diego, abriendo mucho los ojos y traicionándose. —¿Pero de verdad lo sabes?

—¡Psch! Y el codillo, y las siete y media, y el monte... Pero el monte hay que jugarlo con dinero.

Aprendimos pronto el tute y resultaba maravilloso. A nosotros nos costaba tener tantas cartas en la mano sin que se nos viesen. A mí se me ladeaban y se tapaban unas a otras. Lois las extendía con la punta del dedo y quedaban todas iguales, exactas, como quien abre un abanico. ¡Qué sujeto! No había más remedio que... Pero eso no, porque si yo hubiera aprendido las cosas como él, las haría igual, de manera que no había tal superioridad; había que él las había aprendido y nosotros no, ¡qué caray!, así cualquiera.

No tardamos en jugar con soltura, es verdad, pero Roque nos ganaba siempre. Claro que (estoy segurísimo) algunas veces volvía a echar una carta que ya había tirado; pero no me atreví a decirle nada hasta estar bien al tanto del juego. ¡Y qué entretenido resultaba!

Me di cuenta de que ya había oscurecido porque apenas veía las figuras. Anochecía a las nueve, de modo que debía de estar al caer la hora de la cena... Pero se estaba estupendo allí, jugando aquel juego de los mayores, con tantas cartas, envueltos en el humo de los pitillos de Lois, que fumó cinco o seis casi seguidos, ¡qué bárbaro! Tuvimos que encender el farol del fiacre, que era el único de velas... Yo me preguntaba, casi sin darme cuenta de que me lo preguntaba, si no habría sonado ya la campana de la cena.

De pronto, apareció en la puerta, abierta de un golpe, Raúl Barrabás, con la escopeta al hombro, como siempre, el muy animal... Se vino hacia nosotros alborotando, que qué hacíamos allí, que la gente estaba ya sentada a la mesa, que nos iban a degollar, que éramos unos... Lo decía de muy mal modo, con mando y a gritos, despreciándonos, aquel gorrón que vivía de nosotros sin hacer nada.

Lo mandé a la mierda y no me contestó; pero se fue a Lois y le quitó de un tirón la baraja diciendo que iba a "llevársela a la señora". Lois se le fue encima como un tigre, queriendo arrancarle la escopeta. Diego, callado, pilló por allí una tralla y se puso a zurrarle latigazos. Yo también me eché a él, y le metí un mordisco en un pulso.

Quiso escapar, pero Roque se le había cogido a la

faja y se dejaba arrastrar sin soltarlo. El bestia, volviéndose de repente, lo apartó de un terrible bofetón, que sonó como en la cara de un hombre. Lois cayó cuan largo era y el otro salió por pies.

Diego y yo nos pusimos a recoger las cartas, que habían quedado esparcidas.

—Se lo contaré todo a la abuela.

Lois, que estaba arreglándose la ropa, dijo gravemente:

—Te pido que no digas nada, te lo pido. Éstas son cosas de hombres, y os juro por Dios que las arreglaré con ése. ¡Lo juro por mi madre! (parecía que iba a echarse a llorar). Mal sabe lo que hizo ¡pegarme a mí... en la cara! Nunca nadie me pegó en la cara...

Debajo del landó, había ido a parar una carta. Al estirar el brazo para recogerla, encontré un pañuelo. Estaba anudado, tenía cosas duras, redondas; monedas, o algo así. Todavía estaba caliente. Sin duda, se le había caído a Raúl Barrabás de la faja. Lo palpé sin levantarme, y lo guardé sin decir nada.

Al llegar a la luz de acetileno, en la entrada de la casona, vi que Lois tenía la mejilla izquierda hecha una lástima, hasta se le marcaban los dedos, ¡vaya bofetón!

—Chico, tienes el carrillo como un tomate, ¿cómo vas a hacer ahora?

—Psch... total... Quien podría vérmelo no me lo ve, y los demás no me importan nada. —Le temblaba la mandíbula, al hablar. Luego añadió, como para sí—: ¡Hijo de p...! ¡Mulato!

Al llegarse a su madre para saludarla, la ciega quedó un momento inmóvil, muy seria, con una mano puesta sobre el sitio del bofetón y con el revés de la otra tocándole la mejilla derecha, comparando, supongo, como si estuviese avisada, ¡qué cosa enorme! Luego se inclinó y lo besó en la parte caliente, un beso muy largo, rozado, sin decir palabra.

Cuando Roque vino a sentarse con nosotros, traía los

ojos arrasados de lágrimas y los dientes metidos en el labio. Apenas cenó.

No bien terminamos, me fui al excusado y desaté el nudo del pañuelo. ¡Me quedé sin acción! Tenía siete monedas grandes, de oro, y un papelito doblado. El papel decía así: "No puedo dejarte más, es muy difícil, ya comprendes. Ayer te esperé y no viniste y eso me hace sufrir. El jueves baja ella a A... y podemos vernos en el otro sitio que es mejor, ya me entiendes. Te espero, sin falta, a las once. Cuidado con lo que haces en el folión, ya sabes lo que te quiero decir".

Estaba escrito en papel fino y con buena letra.

CAPÍTULO XIII

Casi sin darnos cuenta se nos vinieron encima los barullos de la fiesta patronal. Los chicos no habíamos pensado en ello (al menos no habíamos hablado) porque maldita la gracia que nos hacía aquella alteración de la vida de la casona, que era aburrida, eso sí, pero mil veces preferible al escándalo e incomodidades que traían consigo los invitados y que todo lo echaban patas arriba.

También me enfadaba mucho aquel aspecto de mansa sublevación que aparentaban los criados y las otras gentes de la casa; desde unos días antes, todos andaban como si fueran extraños y nadie hacía nada a derechas.

Ya en la víspera del folión, se les ponía cara de dueños, de invitados o de gente que *andaba por allí*. A veces, había que gritarles o sacudirlos para que despertasen de aquella excitación que los traía, más que desobedientes, atolondrados.

Durante el par de días que duraba aquel jolgorio, además de perder nuestra libertad, teníamos que apechugar con las mismas estupideces y farsanterías, con las mismas caras y los mismos gestos, que nos resultaban inaguantables, asquerosos, durante el resto del año en nuestra vida familiar de la ciudad.

Pero no eran sólo los huéspedes, que llegaban de A..., sino que la fiesta en sí me aburría. La aldea dejaba de ser aldea sin ser otra cosa, y los aldeanos también. Era como un carnaval sin gracia en el que todos parecían no hacer otra cosa que esperar las horas de comer. Porque todos, ricos y pobres, paisanos y puebleros, tragaban hasta quedar idiotas de hartazgo y de bebida; pero más de comida, como si se emborrachasen con ella. Y, además, en nuestra casa, después de aquella invasión y aquel estruendo, la final rebatiña...

La abuela que, a pesar de su energía despilfarrada y de su mando decorativo, era una comodona, también entraba (de mal humor, supongo) en aquel vértigo general de los preparativos. Desde unos días antes, se convertía en un capitán de barco, dando órdenes a un lado y a otro, con gritos y ademanes de estiba o zafarrancho.

Los coches y los "propios", iban y venían entre el pazo y la ciudad, trayendo vituallas en enormes cantidades de las que luego sobraba la mayor parte.

Los aldeanos jóvenes aparecían, ya desde la víspera, afantochados y tiesos con sus trajes, comprados en los "ropashechas" de A... Perdido el garbo de su fachenda natural, desfigurados por los ternos acartonados y desmedidos (regalo de la abuela), parecían sobrevivientes de algún desastre, vestidos apresuradamente por las autoridades.

También sufría mengua la gracia fresca y tranquila de las mozas. Lo que semejaba nueva compostura y recato bajo el traperío festival, no era otra cosa que el encogimiento impuesto por el disfraz pueblerino y por la limitación que imponía a su firme y natural andar el aprisionamiento de los pies en los zapatos *de estreno* y el cómico desnivel de los tacones altos.

Menos mal que unos y otras, encontraban la manera, aunque involuntaria, de disimular la traición de las ropas: ellos, con la fulgente camisa de lienzo casero, sin corbata, la vara recién cortada en la mano y la flor montada en la oreja; y ellas, con el pañolón de seda, a la cabeza o al cuello, con sus colores y dibujos amigables, salvados del mal gusto imitativo por la insistente tradición.

También solían verse (cada vez menos) algunas parejas

de viejos que llegaban, a misas y procesiones, desde lejanas comarcas montañesas, fardados con la severa ropa típica: los linos blanquísimos, los paños y terciopelos encarnados y negros, bajo el prudente brillo de los abalorios.

* * *

Conque, la víspera de San Pedro, a la hora que habitualmente se dedicaba a la siesta, empezaron a llegar los invitados más íntimos (los otros venían sólo para la comida del día siguiente).

Aparecieron con su algazara tonta, sus risas sin causa (como si tuvieran que reírse por obligación), y sus pasmos sin motivo, por cualquier cosa, porque sí, como si acabasen de desembarcar en un país recién descubierto.

Los peores resultaban los forasteros, los que no eran de la región, generalmente funcionarios y militares que caían a A..., al azar de traslados y permutas.

Eran unos pelmazos y gorrones de marca mayor, con su acento teatral y su falso señorío. Todo lo encontraban "pintoresco" (¡vaya unos idiotas!); hablaban con los paisanos en tono asombrado y un poco receloso, como si se tratase de zulús, y las jovencitas preguntaban si se les podía tocar a los becerros recentales (¡ni que fueran leopardos!).

A mí todo aquello me fastidiaba hasta lo último, y aún más el tener que ponerme la ropa dominguera de la ciudad, el antipático traje de terciopelo azul, con su maldito cuello vuelto almidonado.

Además me quedaba sin los primos. Los primos, por la índole de sus padres, supongo, estaban más domesticados, llevaban mejor la pantomima (yo creo que les gustaba, aunque Diego dijese que no) y se les veía, muy sociales y seriecitos, dando la mano a todo el mundo: Diego con aquel traje de *homespun* (reventado de calor) que le había impuesto el babión de su padre "como de última moda entre los chicos de Madrid", y Rosa Andrea (en verdad, guapísima), con el vestido blanco, de batista bordada, ahuecado por los almidones de la tía Cleofás (la tía Cleofás lo almidonaba todo), una gran lanzada de seda rosa a la cintura y, caído a la espalda, su hermoso pelo melado.

Los convidados iban apareciendo, muy seguidos, en la explanada del palacio, bajándose de los coches cascabeleros, cubiertos de polvo; ellas con velos de gasa sobre los sombreros *aéreos*, sombrillas multicolores, los guantes agitados en saludo y sus risitas de sorpresa, como si no hubiesen visto a la abuela desde hacía siglos.

Yo no sabía dónde meterme para no dejarme pescar o, al menos, para ponerme a salvo de la primera arremetida, con sus pellizquitos en la cara, sus "ay, qué crecido y qué moreno", y los besos de las señoras, untadas de crema Simón... Pero, claro, a la larga me pescaban y no había sino aguantar las caricias de aquellas damas, apestando a esencias y a sobaquina.

Las Presamarcos, instaladas en el rellano de la escalinata exterior (precisamente en el centro), todas agitadas de dijes y perendengues, remegiéndose y abanicándose sin cesar en medio del cotarro, adelantaban dos pasos para recibir a las visitas, como si fueran las dueñas, sin darse cuenta, al parecer, de los frecuentes desaires; pues la gente bien educada las dejaba con la mano tendida y se iba a buscar primero la de la abuela o la de la tía María Cleofás.

Adelaida estaba también allí, aunque un poco atrás, con su sonrisa más boba y permanente, los grandes ojos inútiles, muy abiertos, perdiéndose en *miradas* circulares, como queriendo atrapar algo con ellos. Estaba muy distinguida, con un vestido de gro azul marino, el pelo blanquísimo, muy estirado, y una larga cadena de oro (se la había prestado la abuela) para el abanico. Muchos de los que la saludaban (no eran todos) lo hacían con un gesto frío, exageradamente cortés; aunque de vez en cuando, algún caballero le retenía largamente la mano entre las suyas, y una que otra señora la abrazaba, con verdadero cariño, llenándole la cara de besos.

A su lado, aguantando el vendaval, estaba el hijo, absurdo con aquella americana cruzada, de paño inglés, el pantalón a media pantorrilla, cuello alto de hombre, con corbata de hombre (¡qué disparate!), mucho más flaco, mucho más dentudo al tener que forzar la sonrisa tanto tiempo, y con un aire provisional de niño bueno que no le pegaba ni con cola. Sólo, de tanto en tanto, volvía a su verdadero ser echando una mirada indescifrable (para mí no lo era) a los grupos que no los saludaban, o que lo hacían con una vaga condescendencia; y también para enternecerse cuando su madre acusaba, con el avance y el temblor de las manos palpando el aire, la presencia, entre el tumulto, de alguna voz esperada querida.

La abuela no perdía el compás, saludando a todos por sus nombres "Concha, ¡qué alegría me das! Espero que mañana venga tu hija..." "Aquí estoy, doctor Corona... Nunca creí tener el honor..." "Isabel querida, sube despacio, que ya no estás para esos trotes..." "¡Ay, Julia, qué bien quedas sin tu marido, mucho más joven..." "Por aquí, por aquí, José, Manuela (eran los criados viejos, de A...). Id a Barrabás que os dé un buen jarro del blanco. Venís aspeados. ¡También, esa cuesta!"

Sin dejar de dar cumplimiento a unos y otros, despachaba problemas de último momento en rápidos apartes con la servidumbre.

La tía María Cleofás estaba radiante, aunque algo impropia y mamarracha, con su falda color salmón, gran casaca gris, con pasamanerías negras, canotier de paja, con golpes de amapolas y espigas, y una sombrilla francesa con paisaje bordado. Se movía de aquí para allá, muy en gran señora, pero la excitación le hacía perder el donaire y se pisaba la saya con mucha frecuencia. Alguna vez, ella misma se daba cuenta de su nerviosidad y volvía a serenarse con cambio tan brusco que parecía haberse quedado triste de repente.

¡Y pensar que todo aquel rebullicio no era más que la víspera! Al día siguiente, llegarían nuevos huéspedes, con las mismas exclamaciones, parecidos aspavientos, iguales besos untados... Menos mal que, desde aquella misma noche, nos pondrían mesa aparte a los chicos, en la galería, y ya no tendríamos necesidad de fingir.

Se habían quedado en el rellano de la escalinata, esperando a Su Ilustrísima; todos juntos allí, con sus cosas, como en una estación de cambio de tren.

Formaba parte del ceremonial que nadie entrase en la mansión antes de su llegada (¡valiente idiotez!). Hacía un sol tan feroz que terminaron por callarse; sólo se oía el crujido de los abanicos al abrirse y cerrarse con golpes de impaciencia.

Por fin apareció el cupé charolado, con su tiro de mulas, enormes y negrísimas. Descendió acompañado de un canónigo gordo, que yo no había visto antes, y del familiar, un beneficiado relamidillo, alto y pálido, con hebillas de plata en las chinelas, a quien las gentes del común, en A... llamaban *la Carlota,* nunca supe por qué.

En otro coche, abierto, venía el capellán castrense (era uno de los del tresillo de la abuela) con sus mofletes cerrados de barba, fumando un puro; y, a un costado, como haciéndole escolta, el coronel Arregui, montado en un caballo blanco.

Los aldeanos se apeñuscaban en la reja de la entrada y algunos se habían subido a los muros para verlos pasar. La abuela y la tía María Cleofás descendieron solas, para recibirlos en el primer peldaño.

Su Ilustrísima (era navarro y tenía fama de mal genio) se encaminó hacia donde estaban y les dio a besar el anillo. Sin soltar la mano de la abuela, le dijo algo al oído, que la hizo sonreír.

A la tía, le rozó la mejilla con la punta de dos dedos, como si fuese una niña.

Subió la escalinata con paso ágil, cruzando por entre las reverencias exageradas y las sonrisas bobaliconas, sin tenerlas muy en cuenta; y luego de esperar que lo alcanzase la abuela, entraron juntos. Inmediatamente, entraron todos, con sus cabás y maletines, guiados a las habitaciones por los criados, desvaneciéndose, poco a poco, la algazara.

La abuela, que había estado impaciente por la tardanza del obispo, se puso en seguida a dar órdenes, y empezaron a pasar por los corredores las muchachas del servicio, reforzadas por jóvenes aldeanas, con las pomposas jarras de plata para los aguamaniles y toallas de alemanesco, que sólo se usaban aquellos días.

En las camas se habían tendido las ricas sábanas olorosas, de lino hilado a rueca, y las colchas de antigua suntuosidad que el palacio guardaba en sus armarios de castaño, acumuladas por generaciones poseídas de una afición doméstica y de un sentido de la hospitalidad que pronto habrían de desaparecer.

Después de la comida, que fue frugal (unos cinco platos y dos postres) todos se echaron a dormir la siesta.

A la tarde, luego del chocolate, se fueron, por huertas y jardines, desplegando su hablar infatigable y sus risas estúpidas, aturdiéndolo todo. Algunos llegaron hasta el *souto,* lo que acabó de enfurecerme, pues ni allí podría refugiarme.

La sociabilidad (¡tan tonta!) de Rosa Andrea y de Diego, me privó de su compañía el resto de la tarde, dedicados como estaban a "enseñarle todo" a un grupo de majaderitos nuevos que habían llegado con sus papás. ¡Por mí, ya podían reventar todos!

Antes de la novena, en la que el obispo echaba un largo sermón (¡vaya lata!) me metí en la cochera para poder pensar a mis anchas. Mejor dicho, para pensar... nada, para estar allí sin que nadie me chinchase, solo, callado.

Pero, a poco, apareció Lois quitándose la americana y arrancándose el cuello almidonado. A pesar de que quería estar solo, su llegada me alivió bastante. Se quedó un rato callado, liando un pitillo.

—¿Y tu madre?

—Anda con Castora, una amiga...

Estaba de muy mal talante, como yo. La llegada de los huéspedes parecía unirnos con vínculos nuevos, aunque fuesen provisionales. Dentro de nuestras desavenencias, nos reconocíamos en otro mundo que no era aquél, tan incómodo y postizo. La mala saña del encanijado y mi resentimiento, estaban más cerca entre sí que de aquel mundo cacareante, vano, hecho de palabras sin verdadero destino, de pasiones sin nobleza, de adulteración.

—¿Cuánto va a durar esto?

—¿Y no lo sabes? Igual que el año pasado, igual que siempre... Se marchan mañana, después de la comilona... Algunos se quedan a la merienda. Todos vienen a llenarse.

—Apuesto a que algunos se quedarán de pelmas varios días.

—No, no, la abuela es muy precavida. Muchos se quedarían de buena gana, pero ya saben que no.

—A tu abuela le gusta esto, la bambolla, la figuración.

—La revienta... ¡No la conoces...! Ya ves, en A..., no invita a casi nadie. Lo hace aquí porque se hizo siempre, por cumplir; lo hacen todos, hasta los aldeanos. ¡El día de San Pedro! ¡Je! Es como una especie de competencia a ver quién tiene más forasteros. Yo oí contar que en tiempos del abuelo, venían más de cien.

—¡Vaya trola!

—Más de cien, sí señor. Sólo de curas, unos veinte. Luego el obispo... No tienes idea de lo que es para la gente de aquí que tengamos un obispo. Somos los únicos que tenemos un obispo; ni los Fefiñanes lo tienen.

—¿Y por qué?

—No lo sé bien. Creo que es porque la abuela tiene derecho de presentación del párroco, algo así...

—¿Tú conoces de cerca al obispo?

—Es muy buena persona. No ríe nunca y casi no habla.

Se quedó un rato pensando, y dándole chupadas al cigarro.

—Podíamos hacer una gorda, con tanta gente aquí. ¿Qué te parece?

—No seas bruto...

—Eres un falso. Dime que no te gustaría ver a toda esa gente asustada, corriendo...

—¿Pero qué haríamos?

—Habría que pensarlo bien... Algo gordo que los asustase a todos a la vez, que se echasen a correr dando gritos... ¿Te imaginas al obispo corriendo, levantándose las sayas...?

—No seas bestia, tú...

—¿Qué es un obispo más que los otros?

—Pues... un obispo, ¿te parece poco?

—¡Bah!, un hombre como los demás, con dos brazos y dos piernas lleno de tripas...

—También tu madre es una mujer como las otras, con dos brazos y dos piernas...

—¡Deja en paz a mi madre, nunca tenéis otra comparación! ¿Qué tiene que ver eso?

—Pues claro que tiene. Somos iguales pero no somos iguales.

Se le enfurruñó la cara, como siempre que lo contradecíamos.

—Tú y yo, por ejemplo, somos iguales y no somos iguales. ¿Es eso lo que quieres decir?

—¿Pero quién habla de nosotros ahora, hombre?

—... porque tú eres rico y yo no, ¿verdad?

—¡Mira que eres idiota, con lo que sales! Qué voy a ser rico, ¿qué tengo yo?

—El dinero de tu abuela. ¿Es que no sabes que tiene mucho dinero?, y en oro, todo el mundo lo dice; y tú te llevarás la mayor parte, que también eso se dice.

—¿Y a mí qué...? Todavía puede vivir para gastarlo. ¡Ojalá! ¿Qué me importa el dinero...? ¿Y sabes lo que te digo? Que me daría vergüenza heredar, ya ves.

—Eso se dice, es muy fácil. Ya verás cuando seas grande y rico... Serás un cerdo y un egoísta, como ésos; ni me mirarás a la cara...

—Chico, lo dices de un modo... Parece que te diera envidia.

Lois se me acercó mucho, como siempre que iba a decirme algo importante o brutal. Pero esta vez no puso el gesto maligno, al contrario, hablaba en un tono que me impresionó, le temblaba el labio de abajo.

—Yo no te tengo envidia ni a ti ni a... ¡Pero qué...! Soy como todos, una basura. Ni ahora ni de grande, podré irme por ahí a donde nadie me conozca, a donde pueda...

Parecía bastante trastornado; se alejó un poco, luego volvió y me gritó de una manera terrible:

—¿No ves que estoy atado, me c... en..., atado para siempre?

—¿Pero qué dices, hombre?

—¿Te piensas que de grande voy a ganarme la vida en una oficina? ¿Crees eso de mí? ¡Dilo, atrévete!

Yo no sabía qué contestarle, estaba muy asustado. De pronto se me ocurrió algo que podría parecerle bien.

—Si es por tu mamá, no te preocupes. Ya ves cómo la quiere la abuela... Y si es cierto que voy a heredar, pues...

—Pues, ¿qué...?

—Pues..., vamos, que no le faltará nada.

—¡Métetelo en el c...! Psch..., sólo faltaba eso, mi madre viviendo de limosna.

Pero esto lo dijo en un tono que no correspondía a las palabras, como sorprendido. Se le había apagado el cigarro y lo volvió a encender. Fumaba paseando, como un mayor, a grandes zancadas. Yo quería cortar la conversación y marcharme, pero no sabía cómo.

Se paró al pasar a mi lado y se quedó mirándome de una manera rara, como si no supiese quién era yo, como tratando de reconocerme.

En esto empezaron a estallar las bombas anunciando

el folión y se oyó el primer repique (en esos días había tres) del esquilón, llamando a la cena.

Se puso la americana y empezó a luchar, diciendo palabrotas, con el cuello planchado para acomodarlo en la tirilla. Luego la emprendió con la corbata.

—Ayúdame, tú que sabes de esto.— Me puse a anudársela con mucho trabajo, pues tampoco sabía. (Era espantosa, de seda *liberty*, color nazareno.)

Mientras yo estaba luchando con el nudo, me dijo:

—¿Quieres fumar?

—No.

—¿Por qué, Mantequitas? (El "mantequitas" sin maldad, casi cariñoso.)

—Creo que me dará tos.

—Trago yo primero el humo, después sale más suave.

—¿Cómo?

—Así...

Aspiró hondo, me cogió por la nuca y me echó el humo en la boca, muy despacio, con los labios apretados contra los míos. Yo me atraganté, no sé si por el humo o de asco.

—¿Qué haces, hombre?

Se separó sin contestarme y levantó la barbilla para que terminase con la corbata. Respiraba muy aprisa, como si hubiera corrido.

—Enciende una cerilla, que no veo.— La encendió sin decir nada.

Con la luz, vi que estaba muy colorado, sudando. Cuando terminé, creí que nos íbamos a ir, pero no. Encendió un farol del fiacre y volvió a fumar, dando paseos. Desaparecía en la sombra y volvía a aparecer. Se detuvo otra vez frente a mí y me soltó:

—¿Es cierto eso?

—¿Eso qué?

—Lo de mi madre.

—Claro, hombre. ¿Qué tiene de particular? (Lo dije sinceramente.)

—¿La quieres?

—¿Qué falta hace querer para eso?

—¿La quieres o no?

—Pues... sí, la quiero. (No era verdad, supongo; pero ¿qué iba a contestarle?)

—¿Y por qué me tienes rabia a mí?

Aquella pregunta con voz ronca, temblorosa, casi pegado a mí, me dejó sin acción. Me puso las manos en los hombros, clavándome los ojos.

Se los cogía de lleno la luz del farol, y le brillaban. Por vez primera me di cuenta de que no eran azules, sino grises. Me pareció que iba a llorar.

En aquel momento asomaron el hociquillo unos chicos visitantes, que andaban de descubierta.

—¡Largo de aquí! —les gritó Roque con todo su vozarrón, haciendo ademán de coger algo para tirarles. Luego sin decir nada, echó a andar y salió.

Apagué el farol y me fui a calmar a los chiquillos que corrían asustados.

CAPÍTULO XIV

Cuando llegó la hora del folión no podía aguantar más. Daría no sabía qué por meterme en la cama o por irme a donde no hubiese nadie. Estaba furioso... La cena interminable, con todo el gentío; aquel ir y venir de las muchachas, el susto en la cara, con una prisa que no sentaba bien a su natural, llevando las grandes fuentes aferradas como si se les fuesen a caer a cada tranco (pasaban todas por la galería donde habían puesto la mesa para los chicos); el bullicio, talmente de feria, que llegaba del comedor, y los silencios repentinos, oyendo a alguno que seguramente contaba una majadería, seguidos de asquerosas carcajadas...

Nosotros comíamos casi sin hablar, de manera que el tiempo, entre un plato y otro, resultaba insoportable. Algunos de los bobitos convidados no hacían más que levantarse para ir a ver qué hacían los mayores. No fallaba, cada vez que se oían las risas, allá iban, a espiar.

Rosa Andrea y Diego quedaban lejos y se desvivían atendiendo a aquellos mastuerzos. Ni un momento me miraron.

Roque Lois, sentado junto a mí, se dedicó todo el tiempo a amasar migas, callado. Hacía las bolitas, muy serio, y las disparaba de un papirotazo, sin que nadie pudiese descubrir de dónde venían. No erraba ni una, y los chiquillos empezaron a sentirse molestos, pues eran todos eso que se dice "bien educados". ¡Valientes cursis, con el cuchillo y el tenedor cogidos por el extremo, cortando la empanada...!

Del otro lado, tenía a la sobrina de las Cardero, Adoración (¡vaya con el nombrecito!) una gorda, con tirabuzones renegridos, de unos trece años. La tonta se había compuesto el mismo aire importante que exhibían las culipavas de sus tías. Parecía estar muy agraviada porque no la habían sentado en la mesa de los mayores. Lois, en un *descuido*, le manchó el vestido por detrás, con la mano empapada en la salsa negra del estofado de liebre.

Al final de la cena (¡casi tres horas!) alguien insinuó "bajar un ratito al folión", como arriesgándose a proponer una peligrosa travesura. A mí aquello me daba mucha rabia, pues cada año sucedía lo mismo. Todos estaban deseando ir, pero hacían como que no se atrevían. Por lo general, la que se *atrevía* era una jovenzuela, supongo que ensayada.

—¿Y si bajásemos un ratito al folión?

—¡Qué barbaridad!

—¡Niña!

—Tienes unas ocurrencias...

—Si no hay más que aldeanos...

La abuela dejaba que gastasen un poco los escrúpulos y luego cortaba por lo sano.

—Podéis ir, que no se os pegará nada.

Ésta era la señal para que se levantase el obispo y su cortejo. Lo despedían, puestos todos de pie, con un reverencioso silencio (hipócrita, creo). En seguida emprendían la marcha con una mezcla de impaciencia y repulgos (todos los años igual), como disponiéndose a una excitante peripecia.

El folión, la fiesta nocturna con que los lugareños celebraban las vísperas patronales, se hacía en el claro de una espesa robleda, frente a la iglesia parroquial, a medio kilómetro del palacio.

La bajada a la aldea, resultaba siempre muy divertida porque, a pesar de los faroles, candiles y hachones de

151

paja, las señoras tropezaban en los desniveles del camino de carro y daba gritos que querían ser graciosos pero que eran de susto; algunas se caían de verdad, y esto, naturalmente, me alegraba.

De entre el bullicio, sobresalía la voz jovial y apaisanada de unos curas, cinco o seis, que habían llegado de las parroquias contiguas para las fiestas. No faltaban nunca, eran muy campechanos (algunos demasiado) y amigos de lo que allí se entendía por "sana diversión".

Tres de ellos llevaban botas de vino, y, de vez en cuando, se quedaban rezagados, cediéndose el turno para darle sus buenos tientos.

Nuestro capellán, el cura Brandao, llevaba a la abuela del brazo, con su fina cortesía portuguesa. Delante, alumbrándoles el paso, iba el sacristán, con un gran farolón (se veía que era el del Viático).

Como siempre, aquella remolienda de la paisanada consistía en un torbellino de gente brincando entre el polvo coloreado por los farolillos de vela. La dura luz de acetileno, en los puestos de comidas, bebidas y golosinas, enfriaba los colores volviéndolos espectrales. Hacía tanto calor como si fuese de día, y olía a aguardiente como si hubiesen regado con ella.

Nuestra llegada produjo un instante de aquietamiento y expectación. La charanga, insólitamente, atacó la Marcha Real, en compás de pasodoble, aplastando el sonido de la gaita que, con dulce voz de abuela, gemía en un borde del robledal.

Casi sin transición, sobrevino una tanda de valses, que resultó no tener fin. Sobre el estruendo de los metales, soplados por los valientes pulmones campesinos, los cohetes de lucería rasgaban el cielo abriéndose blandamente al final de su tallo de chispas. De vez en cuando, el estruendo de una bomba de palenque entrecortaba la respiración y se iba dando tumbos por los valles...

Todo aquello *pareció* gustarle a nuestros huéspedes, luego de quedarse mirándolo, durante unos minutos, con

152

un mohín de extrañeza y menosprecio (como todos los años). Luego (como todos los años también), se fueron *animando,* y algunas señoras, las más atrevidas, se pusieron a bailar, en las losas del atrio, con los maridos cambiados. Las restantes acabaron por *decidirse,* y, al final, quedaron solas las Cardero (¡las tres Cardero, santo Dios!) formando el retablo de la honestidad resentida y cargándose de murmuración para todo el año.

Junto a ellas, la vieja Presamarcos atiesaba un aire circunspecto que cambió por otro, entre airado y confuso, cuando descubrió a Ilduara valseando con un campesino de buen ver, aunque mucho más bajo que ella: el *boá* de plumas de avestruz coquetonamente caído, dejando al aire parte de la espalda monumental, y el paisanito allí, a la altura de los pechos, como subiendo por un árbol.

La abuela iba y venía, de un puesto a otro, charlando con los aldeanos y renteros, aceptando sorbos de anís escarchado y rosquillas, que apenas mordisqueaba. En uno de esos paseos, me pescó y me retuvo bastante tiempo, apoyándose en mi hombro, al parecer con cierto orgullo. Como yo estaba muy aburrido, me dejé llevar sin protesta.

También tuvimos que pararnos un momento con los curas juerguistas para oírles un orfeón que habían armado con cantos del país, muy melancólicos, que casaban mal con toda aquella bulla.

Los primos, sin separarse de sus podridos niñitos, andaban por allí, comiendo rosquillas con mucha seriedad. No sé cómo podían tragar aquella masa pegajosa de azúcar, llena de polvo...

A Lois lo vi dos o tres veces, observando con gran atención en un puesto donde se timbeaba "a las tres cartas", juego de mucho engaño que llevaban por las romerías unos truhanes de A... Después lo vi jugando muy entusiasmado. Algo más tarde me dijo, al pasar:

—Les cogí la trampa; ya les papé tres duros.

La tía María Cleofás andaba muy agitada entre el gentío, dando órdenes no se sabía a quién ni en qué consistían; un poco fantástica, como siempre, con un vestido de terciopelo malva y un velo, largo y rojo, de fino guipur.

En uno de aquellos ires y venires, se paró frente al Barrabás viejo, con aire de haber caído en la cuenta. Después de mirarlo un rato, lo sacó a bailar, y el otro aceptó con cara asustadísima. La tía bailaba como si lo hiciese sola, siguiendo el compás exageradamente, con movimiento flotante de los brazos y el velo, el busto echado hacia atrás, como "embriagada por la música".

Claro, empezó a llamar la atención. La abuela, que estaba en todo, hizo una seña a Barrabás y éste se la fue llevando hacia lo oscuro. Allí, la cogió de un brazo y la sacudió como si fuese una pequeña. Luego mandó a la criada Ludivina que la acompañase de vuelta a la casona.

Cleofás, en lugar de enfadarse, se despidió de nosotros con ademanes refinadísimos, como quien se retira de un sarao; lo que me pareció burla demasiado sutil para sus pocas entendederas, pero uno nunca acaba de conocer a la gente.

Nuestros huéspedes, al principio, no se decidieron resueltamente a beber; pero luego resultó que, con aquellas repetidas libaciones de punta de labio añadidas a las más francas y cuantiosas de la cena, comenzaron a achisparse y a salirse, cada vez más, de su falsía natural.

La vieja Presamarcos terminó bebiendo vasos de moscatel, sentada en la silla de una rosquillera, riéndose a carcajadas y subrayando con manotazos en los muslos su palique con los campesinos. La luz del carburo le daba de lleno en la cara, y se le veían color lila los pómulos, veteados por el corrimiento de las unturas.

Ilduara, ya en franca sociabilidad rural, seguía recorriendo mozos. No tardaron en imitarla las demás señoritas (y algunas señoras), menos, naturalmente, las tres Cardero. Éstas se mantenían aparte del "escándalo" (con aire de ir a echarse a correr), componiendo su retablo de estantiguas, metidas en su perpetuo hábito de no sé qué santo (un corazón de plata coronado de espinas, en el pecho), siguiendo el cotarro con implacable mirar de crónica futura.

A medida que avanzaba la noche, los caballeros, al amparo de la transgresión mutuamente consentida, ya iban atreviéndose a vaciar de un trago las copas de la recia aguardiente del país y a apretarse en bailecicos con las mozas agaceladas, de alto y duro busto, que los seguían con aprensión.

Algunos se habían ido a reforzar el orfeón de los clérigos, que seguían animando sus melancólicas polifonías con una cántara de vino puesta en medio, y otros aventuraban unos reales al juego de las tres cartas; entre ellos el coronel Arregui que, a muy poco, ya desangrado de varios duros, se puso a vociferar broncamente, como si quisiera ganar por razones jerárquicas.

Raúl Barrabás bailaba como si lo hiciera a destajo, pidiéndole la pareja a otro en cuanto le quitaban la suya. Finalmente se fue llevando a una mozancona forastera hacia el borde oscuro del folión hasta desaparecer.

En medio de la placidez que luego sobrevino, cada uno haciendo lo suyo y todos ya aflojados de la observación recíproca, se oyeron los gritos levantadísimos de la condesa (luego se supo que había empinado más de la cuenta) clamando por su hija, como si se tratase de una criatura perdida.

—¡Ilduara! ¡Ay, Ilduara!

La gente empezó a arremolinarse, en averiguación, y cuando iba para allá la abuela, apareció la extraviada, componiendo el paripé de la naturalidad y la extrañeza, aunque bien se veía que llegaba corriendo.

—¡Ilduara, hija mía!

—¡Vieja chiflada, estúpida!

Las Cardero, llegadas a la saturación final, le plantearon a la abuela, secas y unánimes:

—Nos vamos. ¡Oh!

Sin recoger el reproche les contestó, generalizando:

—Son más de las dos y ya está todo visto.

—Sí, *todo* visto—remacharon las rancias.

Pero no era verdad, no estaba todo visto. Sin saberse cómo, el paisanaje se partió súbitamente en dos bandos que empezaron a acometerse, al parecer sin mediar disputa anterior.

Se zurraban con la alegría de un juego inocente, antiguo y brutal, animándose con los nombres de sus aldeas. A poco, se generalizó tanto la zarracina que el coronel intervino dando voces que querían ser de mando. Como nadie le hacía caso, adelantó bizarramente hacia el jollín, y un músico se le vino encima, enarbolando su pesado instrumento (por cierto era el bajo, que allí se le llamaba "la vaca").

La abuela, que conocía bien los usos, avanzó a cubrirle la retirada.

—Déjelos usted que se desahoguen. Pelean sin armas, no llegará la sangre al río.

—Pero mi señora doña Zoe...

—Le ruego que los deje, sé bien lo que hago.

—Esto ocurre por no estar aquí la Benemérita (masculló, con voz de aparte). Se lo enrostraré al gobernador en cuanto llegue a A...

—Soy yo quien no quiero "civiles" en mis tierras... ¡Primero que se maten!

Las aldeanas jóvenes seguían la pelea con ansiedad (algunas se fueron a buscar piedras) y las viejas con aire tradicional, resignado y pasivo. En nuestro grupo, algunas señoras se pusieron a lanzar gallos histéricos, abrazadas a sus maridos que se atusaban en silencio el bigote.

Cuando empezaron a verse algunas caras ensangrentadas la abuela, con un "se acabó", dicho entre dientes, se metió en la batahola dando empujones, tirando de brazos y chaquetas y repartiendo alguna que otra pescozada. Sin intervenir en el fregado, iba detrás de ella Barrabás, con la dignidad y la inactividad de un guardia de corps.

A los pocos instantes, los bandos volvieron a sus posiciones primitivas, todavía inquietas y desdibujadas, pero con tendencia a nivelarse. Luego se fue a reagrupar a los de la charanga, que también habían contenido, y volvió con nosotros, un poco despeinada.

—Vámonos. Esto no da más de sí.

Cuando empezábamos a subir la cuesta, la banda desplegó por el aire una jota, como un tratado de paz. Al llegar a la casona, seguía oyéndose, por debajo del cornetín, el macizo compás del bombo. Era lo único que se oía.

* * *

El día siguiente fue bárbaro. El sol mordía ya desde el amanecer. Cuatro clérigos que llegaron "por la fresca", como refuerzo vocal para la función mayor, pidieron agua al descabalgar, cosa nunca vista. Por mi parte, casi no había dormido; en cambio, Diego se quedó como una piedra, fatigado por los trabajos de su asquerosa sociabilidad, supongo.

A las siete, ofició Su Ilustrísima en la capilla del palacio. Durante la misa (la despachaba con tal celeridad que enfurecía a las Cardero) había la "comunión general". La imponía la abuela con rigor castrense (y sin importarle nada, creo). El día del santo Patrón teníamos que "recibir" todos: familia, invitados, gentes de la casa, jornaleros, incluso los enfermos, con tal que pudieran andar, y aun a algunos les mandaba cabalgaduras, ¡vaya manía!

Después de la misa, la interminable confirmación a todo el chiquillerío de la parroquia... Y después el desayuno, chocolate con roscones y azucarillos, para toda aquella requitropa, con sus parientes colgados. Se daba en el gran comedor, y la costumbre exigía que lo sirviese la gente principal de la familia (lo que se criticaba mucho en A...); en este caso la abuela, la tía Cleofás y nosotros.

Yo lo hacía de buena gana (mis primos no) porque resultaba simpático. Los aldeanos se mostraban cohibidos pero tragaban sin fondo. Disimulándome, le serví cuatro pocillos a Crespiño (el canon eran dos) que, ya desde el segundo, me miraba con ojos de perro. Con el traje nuevo, y peinado, se le había puesto cara de murciélago.

También, como los otros años, ocurrió la misteriosa desaparición de los herejes Barrabás, que no se presentaron a la comunión ni a nada, y el mismo "gran disgusto" y los "esto se acaba ahora mismo" (tan poco convincentes) de la abuela, que mandó buscar a los desobedientes (segura de que no los encontrarían); y también los: "hay que cortar de raíz", igualmente inútiles y prorrogables, de Su Ilustrísima.

Después de la misa en la capilla privada, había que bajar a la "misa grande" de la parroquia. Allá fuimos — ¡qué solazo, Dios mío! — casi sin tiempo de lavarnos las manos.

La iglesia estaba llenísima, con la gente desbordando por el atrio. El olor a corambre de los paisanos, mezclado al de las azucenas, tan empalagoso, podía cogerse en el aire.

El señor obispo, sentado frente a nosotros en el presbiterio, en un alto sillón de veludo, sudaba la gota gorda y no le quitaba los ojos (más que ofendidos, burlones) a Ilduara, que se había aparecido con un escote de retrato y una mantilla blanca de madroños negros, igual que una cómica.

Aquella misa resultaba espantosa por su estrépito y duración, además del calor; se repetía siempre, que aquel "era el día más caluroso del año".

La misa la ejecutaba la charanga, en competencia con los cánticos de la robusta clerecía rural. Tales hazañas vocales, no causaban ninguna complacencia en Su Ilustrísima ni en los de su cortejo, pero eran muy admiradas por los aldeanos. Aquel año formaban la *capilla* nueve curas forasteros, descontando dos bajas causadas por el entusiasmo coral de la víspera.

Cuando el coadjutor de Campodavía empezó a echar los *kyries,* fue como si se destapase un volcán. (Los aldeanos eran muy aficionados a los *kyries,* los sabían de memoria, siguiéndolos con los labios, y los celebraban, mirándose entre ellos, como el número fuerte de la "función patronal".) De la vieja pugna entre el párroco de Miravales y el coadjutor de Campodavía, éste había quedado vencedor, hacía dos años, por su arte para alargar la fermata, con invenciones y adornos, casi interminablemente.

En cuanto el coadjutor empezó a blandir sobre la gente su bajo tremebundo, don Brandao, que oficiaba, puso cara de mal humor, y el familiar de Su Ilustrísima, el *Carlota,* que era uno de los diáconos, acusaba los calderones con dolorido enarcamiento de las cejas. Pero el fornido sacerdote sólo consentía en acortar su negro torrente de gorgoritos cuando el señor obispo le echaba un reojo por el borde de los espejuelos.

En el momento de la Elevación (también como todos los años) Pilar Cardero hizo plañir, en un "solo", el viejo armonio. Se equivocaba siempre, pero era igual porque, sin darle tiempo a lucirse, se le echaba encima el torrente colectivo del *Gloria* y arrasaba con todo.

El resto de la jornada fue igualmente horrible: la comilona eterna, la procesión lentísima, con los santos rurales, carnavaleros y repintados, cabeceando entre las viñas, bajo un sol de plomo; el "refresco" con que se obsequiaba, después de la procesión, a los propietarios vecinos...

Hasta que (¡al fin!), un poco antes de anochecer, se marcharon todos, con iguales aspavientos, el mismo jolgorio artificioso y las risas falsas con que habían llegado.

Como rastro de la horda, el jardín y la huerta quedaron peor que si hubiese pasado por ellos la más furiosa granizada. Se llevaron hasta la fruta verde y los pimpollos sin abrir...

CAPÍTULO XV

Nuestra vida recuperó, despaciosa, su andadura y todo volvió a su natural, a su rutina, mil veces preferible a aquel alboroto intruso, que no era siquiera divertido, y que cada año repetía el despliegue de sus complicadas tonterías.

El silencio y el vacío con que uno se encontraba al día siguiente, a pesar de ser también los mismos, me parecían siempre extraños. Era como si todo aquello: las personas, los animales, y hasta los árboles, el humo y el aire, quedasen desorientados antes de encajar nuevamente en su ser.

Los aldeanos parecían dormidos o como si anduviesen con los ojos vueltos hacia dentro. A veces me los encontraba (pasaban de largo) sonriendo, hablando a solas, o con las manos quietas sobre el quehacer, mirando hacia nada.

En la casa éramos echados de un lado a otro, por la gente encargada de restablecer el orden y la limpieza, después de la invasión. Esto duraba algunos días.

La abuela dormía largas siestas en el canapé del despacho; Ilduara se paseaba por los campos, denunciada, a lo lejos, por la brillante sombrilla de raso escarlata; la condesa bordaba en el jardín, soñarreando sobre el bastidor; a Diego le daba por estudiar su porquería de francés, y a Rosa Andrea por no separarse de María Cleofás que seguía ataviada de fiesta, metida en coloquios interminables consigo misma.

Sin embargo, aquel año algo ocurrió que vino a sacudir la modorra en plazo más breve. En realidad, los rumores empezaron antes de las fiestas y se habían cortado con su tregua o, a lo que parecía, sólo se mitigaron.

Las noticias del desasosiego nos habían estado llegando desde la aldea en las habladurías de jornaleros y criadas. Empezaron, como siempre, por cuchicheos de boca a oreja, en los sitios de reunión: la taberna, la fuente, el molino o el atrio, y luego se echaron a volar, hasta trocárse en una especie de comezón pública, y no se hablaba de otra cosa, día y noche (sobre todo de noche). Yo, algo había pescado en los lugares de labor del pazo, pero no le diera importancia.

Cada tanto tiempo, aquellos paisanos, sobre todo los viejos, ponían en marcha (casi diría en acción) algunas de las creencias tradicionales, abundantes en la comarca, obedeciendo a no se sabía qué periódicas leyes. Sin ninguna relación inmediata con el girar de las témporas, que allí establecían el diálogo (o la mudez) entre el cielo y la tierra, las leyendas se echaban a vivir, a andar, no se sabía desde dónde, ni originándose en quién, luego de haber estado dormidas (dormidas, pero no quietas) en el alma intemporal de aquella gente.

La abuela Zoe los llamaba consejas, supongo que para librarse de preocupaciones y explicaciones. Unas veces se trataba del cordero seguidor que, naturalmente, era siempre negro y nocturno; otras del trasgo, aposentándose en una casa hasta enloquecer a los habitantes con sus estruendos y risadas...

Cuando la abuela bajaba a la ciudad, dos o tres veces en el mes, yo me iba a la cocina de la casa de labranza, a pesar de los regaños y prohibiciones de la tía Cleofás. (Encontraba "exagerada y sin objeto" mi familiaridad con los aldeanos, que eran más de la casa que nosotros mismos.) Algunas veces, me quedaba a cenar con ellos.

Generalmente ocurría antes de la llegada de los primos, que también veían mal mi roce con criados y jornaleros. Y no me quedaba sólo por estar allí y oírles hablar, sino porque me gustaba la comida, rica y áspera, con sus ajos, sus rustridos y pimentones, o con sus sardinas (nunca se veían en nuestra mesa), que llegaban, ya algo "picantes", desde la lejana orillamar, pero que eran riquísimas, pellizcadas sobre la rebanada del pan de maíz, acabado de cocer en la piedra lar. Además me daban vino, todo el que quería, y sin agua...

Me apreciaban mucho, aunque me fastidiaba su manía de compararse con mi padre (¡valiente tipo, por lo visto!) que había dejado entre ellos fama de tratable y rumboso.

Más que con las palabras, siempre ceñidas a precaución, lo mentaban con la intención y la reticencia, por lo cual nunca me fue posible reconstruir la imagen de aquel hombre, tan próximo y tan lejano, como una leyenda más.

—Don Pedro Pablo, el nuevo... ¡ah!

—Era mucho señor...

—Aventuraría que más que el viejo, sin ofender...

—Dígase lo que se diga... —Pero no decían más aquellos raposos.

A los primos no los tragaban, supongo que sería a causa de los mamalones de sus padres. Por su parte, ni a Diego ni a Rosa Andrea les hacían ninguna gracia "aquellos ordinarios" (decían esto frunciendo el morro y pareciéndose a su madre)... ¡Algo habían de tener de malo tan excelentes y bellas criaturas!

En cuanto a Lois, no lo consideraban para nada, como si no estuviese viviendo allí. Y si alguna vez les soltó una impertinencia o una bravuconada, las pagó con un pescozón o un puntapié, como si se tratase de uno de los suyos; cosa bastante rara teniendo en cuenta la distancia respetuosa que guardaban con todos (y con *todo*) lo de la casa. Pero aquellos paisanos sabían siempre más de lo que semejaba.

A mí me gustaba muchísimo oírlos. En su manera

de referirse a las cosas, a las de este mundo y del otro, que en ellos siempre andaban mixturadas, se veía que aquellas viejas almas (que se manifestaban de modo tan tranquilo y socarrón), no siempre estaban en paz consigo mismas, ni parecían aceptar, como forma definitiva y total de su destino, el vivir y morir apegados al terrazgo. Su prolongación en los vivos a través de los muertos y su natural evasión hacia lo maravilloso, tal vez no eran otra cosa que el desquite de su anonadamiento, de su borrosidad, de aquel vivir casi vegetal.

Yo nunca supe si creían o no lo que contaban, porque tampoco pude nunca separar (ni ellos, creo), lo verdadero de cada cual, la certeza *personal* del relato, de la verdad superior que regía el conjunto de sus vidas a través del tiempo.

Los viejos eran los más afirmativos. Todos habían *visto* esto o lo otro. Pero los jóvenes no los contradecían ni se burlaban, como si aceptasen aquellos elementos para dar luego forma y sentido a su propia vejez. Más bien los escuchaban con atención y, a veces, con inquietud, aunque otra cosa quisieran aparentar.

Lo que andaba aquellos días en el rumor aldeano, era la aparición de un lobishome, de un "lobo de la gente", nada menos, por aquellas veredas y montañas.

En una misa anterior a los festejos, ya don Brandao (a quien oíamos como quien oye llover) se había referido al caso, "extendido por ignorantes, propensos a la condensación" y pidiendo que se acabase "con aquella vergüenza" lo más pronto posible.

Don Brandao, hombre fino y de muchas lecturas, era un canónigo portugués que se había acogido a A... (provincia fronteriza) junto con otros monárquicos, luego de una conspiración fracasada.

La abuela, obedeciendo a su afán de coleccionar tipos raros, supongo, le había asignado provisionalmente la capellanía del palacio y lo había metido, un poco a trasmano de la opinión jerárquica, a regir la parroquia vacante, prometiéndole el curato en propiedad. Pero al obispo no le gustaba. Un día, en casa de la abuela, le había oído decir: "Tiene ideas muy aparatosas y no estoy nada seguro de su piedad"; la abuela le contestó "que estaba harta de curas sebosos y con barraganas". Lo de barraganas me lo aclaró luego el pariente Lois.

En el púlpito era latoso, como todos ellos; pero en la conversación daba gusto escucharlo. Explicaba las cosas con calma y claridad (lástima que fuese tan largo); y aunque, a veces, no se le entendía bien al principio, después resultaba todo muy fácil, como quien acaba de armar un rompecabezas.

Cuando empezaron a andar por allí tales rumores, una tarde (de lluvia) durante el chocolate de la abuela, nos explicó que aquello de los lobos-hombres, eran casos de *licantropía* (nos hizo aprender de memoria la palabreja y nos dio razón de su origen). Sin tantos ringorrangos como usaba en el púlpito, nos dijo que se trataba "de una superstición" (no sé por qué, me dio rabia oírla nombrar así) "o, mejor dicho, de una manía", frecuente en muchos países, y al parecer, muy afirmada en el suyo y entre nuestros montañeses. También nos contó, muy entretenidamente, ejemplos que le habían llegado a la confesión, pero después se metió en complicaciones aburridas que no tenían nada que ver; me pareció que lo hacía para lucirse.

Aunque con más claridad y menos castigo, hablaba siempre con el mismo aire lejano y un poco artificioso de sus pláticas y sermones cuando se refería a los Misterios y a los Santos Padres, que era nunca acabar. Se veía que en esto no tenía arreglo... Además, aquello de querer explicar por qué la gente cree o por qué no cree, a mí me fastidiaba bastante. La gente cree o no, porque le da la gana, o porque no tiene más remedio que creer o no creer, supongo.

En cambio, los relatos que yo había oído, tantas noches, en la gran cocina feudal de la casona (nunca alcanzaban a llenarla la luz de los candiles ni las altas lumbres del llar), tenían un candor seguro, un acento de verdad ingenuo y amenazador, sin que nadie se lo propusiese.

La misma noche de la noble lata del padre Brandao, me escapé a la cocina, seguro de que el cuento del hombre-lobo andaría resonando entre aquellas sombras y cuchicheos, tan bien preparados (por nadie), como una escena de artificio.

Efectivamente, cuando llegué estaba hablando el viejo Martiño, como el de más autoridad, no sólo por años, sino por sus saberes agrarios. Hablaba a las caras sin cuerpo, pintadas por el farol, que rodeaban la mesa de escaños como una arcaica asamblea... Me quedé en un recanto de sombra por si mi llegada cortaba o desviaba el palique. Tan absortos estaban que ni el gozne les avisó de mi presencia. El viejo Martiño contestaba a alguien que parecía hablar de segunda mano.

—No, no; tú lo sabes de oídas, y esas cosas no basta con saberlas de oídas; hay que haberlas pasado. Yo las pasé y por eso puedo hablar.

—Otros las pasaron (insistió la voz joven), y otros más, incluso hablaron con los propios.

—¡Engaño! ¿Quién puede decir que oyó hablar a ninguno de ellos? Para empezar, el lobishome no se da cuenta de que lo es, y lo que hace de lobo no se le acuerda cuando vuelve a su condición de cristiano. Tú y yo, podemos llegar a serlo sin hacernos cargo, que nadie está libre de una maldición.

—¡Arreniégote! (Voz de mujer, asustada.)

Claro, uno se quedaba embobado oyendo al viejo. Yo creo que no era tanto por lo que aseguraba *haber visto*, sino por aquella certeza con que se manejaba entre el testimonio y la fantasía, entre *su* realidad y *la otra*; todo menos suponer que el tío Martiño mentía, ni siquiera que exageraba.

—¿Así que usted tiene visto uno? (Voz de Crespiño, trémula.)

—Como te veo a ti y como tengo de salvar mi alma.

—¿Y no lo ha de contar?

—Mil veces lo conté... No tiene mérito ni vale la pena, pues por mucho que uno diga, siempre es diferente del natural.

El viejo Martiño entraba en la narración como de mala gana, sin dramatismo, sin ninguna modulación en la voz, como hablando de sementeras y cosechas.

—Fue cuando servía en la casa de los Sánchez, allá por tierra de Manzaneda, en el lugar de Grixoa... Decís que son cosas de viejos... ¡je! Entonces era yo mozo y bien mozo, que ni llegaba a los treinta... Vi uno y traté con él, es un decir, aunque por poco espacio, pues ésos andan siempre así, como huidos... Pero aun siendo tan poco, me dio que cavilar para mucho tiempo, como aquél que queda algo trastornado y no puede dejar de volver siempre a lo mismo...

"Venía yo de vuelta para Grixoa, donde servía, como ya dije. Había ido al pazo de la Mata, por mandado de los amos, para aconsejar a aquellos señores sobre un resto de la cosecha que se les estaba picando. Yo, como nacido en el Ribero, entiendo de estas cosas, como sabéis, ya desde muy rapaz, que entre ellas me crié; que los de Manzaneda cosechan en Valdeorras por manos de caseros montañeses, que poco o nada se valen tratándose de vinos, aunque otra cosa supongan...

—Pero, yendo al caso... (Voz del cochero Ruas, perentoria, algo racionalista).

—Yendo al caso, el caso es que iba yo subiendo la cuesta, ya de mucho oscurecido, que era noche alta, con luna grande, que por eso no me quise quedar, pues las lunas de diciembre son como el día y dan para mucho, vamos al decir... Fue más de mediada la cuesta, que allí va honda entre los ribazos y no la coge bien de lleno la luna, cuando vi ir delante de mí una figura de hombre que antes no había visto, que aún me llamó la atención verlo aparecer así, tan de repente, como si hubiese salido de la tierra. Marchaba a buen paso pero sin correr, que era mucho andar para hombre que va a pie, cuesta arriba... A veces hasta semejaba no tocar el suelo, aunque yo lo apuse a que el resplandor de la luna hace ver esas figuraciones. Pero talmente como si no tocase el suelo... Se me apareció en el tramo donde va hondo el camino, pero sin revueltas, que aun la mula se me asustó, que no había razón para ello, pero en esto los animales saben más que uno, fuera el alma que en uno puso Dios.

"Pues el hombre, marchaba siempre a la misma distancia, por mucho que yo picase, y la bestia era de buena andadura, no despreciando la de nadie, castellana, de la sangre de las de Villalón, como eran todas las de los Sánchez, que Dios tenga en gloria. Y aún me pareció que el hombre podía andar más si quisiese, sin echarse a correr, por lo que empezó a parecerme que ya estaba siendo mucho el caso. Y así fuimos... De comienzo, yo iba tan tranquilo que ni me encomendé, y más curioso que asustado, como aquél que es joven y destemido.

"Al llegar al camino que corta para el planalto de Langullo, que es mucho más raso, me determiné a llamarlo, pues no era cosa de seguir así, y preguntarle que a dónde se encaminaba. Estaríamos a treinta o cuarenta metros. "¡Eh, tío bueno, aguarde ahí, *hom*, que somos gentes de paz y llevamos igual camino, a lo que semeja!".

"A las tres veces que le dije eso, o algo parecido, el hombre aquel, que era de buena estatura, aunque andaba algo encogido como el que se quiere disimular, empezó a ponerse más pequeño, más pequeño, a cada paso que daba, hasta ir quedando a ras del suelo, ya como siendo otra cosa que hombre... Hasta que, finalmente, se hizo animal de cuatro patas, aunque de poco grandor... Que fue ahí cuando empecé a percatarme de qué se trataba por haberlo oído contar.

"Conque, me santigüé y di espuela a la bestia, que se había puesto muy alborotada pero sin querer moverse del sitio... Cuando grité, con todo mi aliento, "¡arreniégote, quien quiera que seas!", aquel animal, que ya lo era del todo, se puso a aullar, pero no como los lobos, que los he tenido delante muchas veces, sino con un llorar de cristiano que espantaba el corazón y daba más tristeza que miedo. Eso, más tristeza que miedo... Pues ahí fue cuando la mula se alzó de manos y echó luego adelante como desbocada. Y pasé por frente al bicho, que se había subido a un bardal, y lo vi talmente, con la boca abierta y los ojos de fuego...

"Otros muchos los tienen visto, que no es ninguna novedad. Un cuñado mío, de la parte de San Cruz de Arrabaldo, vio uno, de muchacho, y quedó mal de las hablas, para siempre, que es visión que impone mucho cuando se los ve pasar de cristianos a lobos o al revés, que ahí está el caso; pues si se les ve de lobos o de cristianos, en su ser enterizo y natural, uno no tiene modo de percatarse...

—¿Y no le hizo nada, tío Martiño? (Voz, anticipadamente desencantada, de Pepa das Tres, partera y tejedora.)

—Como hacer no hacen nada, salvo el susto de verlos. Si tienen hambre, se van contra los animales pequeños, corderos o cabritos; al menos, eso dicen. Tampoco los lobos acometen a las personas si no andan algunos juntos, y éstos andan siempre solos... Por cierto, el que yo vi, resultó ser un vecino de aquellos lugares, tabernero muy pacífico y honrado, aunque dicen que daba dinero a usura, vaya uno a saber, que uno no es quién para estar en la conciencia ajena. Se vino a saber, cuando apareció muerto en el monte, luego de faltar tres noches seguidas de la casa, sin dar explicaciones más que para la primera. Pues éstos, aunque no saben el mal que tienen, sienten ganas de irse cuando les viene el ramo de trocarse en lobishomes, y buscan pretexto sin saber por qué. Tanto no lo saben, que éste que digo era de los que más se reían cuando se hablaba de ello. Lo conocieron, porque aún no se le habían cambiado las orejas ni el hocico... Ya veis, no hay que echar soberbias.

—¿Y será verdad que anda uno por aquí? (Voz desconfiada, mía.)

—De lo de ahora, no digo ni desdigo... Yo digo lo que vi y en la ocasión que lo vi, hace más de cuarenta años, allá por el setenta y tantos.

Ni que decir tiene, el relato me había impresionado mucho, aun sin creerlo. Por primera vez, luego de haber oído tantas historias semejantes, tocaba su *realidad*, o, al menos, la sencillez tremenda de su contradicción. El viejo Martiño era hombre cabal, muy respetado en la casa (el único a quien la abuela no gritaba). Pasaba allí largos meses, y era autoridad indiscutida en todo lo tocante a nuestros viñedos, no sólo los del lugar, sino los más ricos, del Condado y de la Fillaboa. Y *aquello*, lo había contado el viejo Martiño, que no daba muestras de chochera, con una seguridad de cosa vista que no tenía vuelta.

¡Un lobo hombre, un "lobo de la gente", nada menos! ¿No estaba ahí el miedo que buscábamos? Sí... Pero ¿no sería demasiado?

CAPÍTULO XVI

L A abuela había resuelto, aquella misma mañana, bajar a Auria, nadie sabía a qué ni ella tampoco, supongo. Siempre ocurría así. Le daba de repente la ventolera, interrumpía lo que estuviese haciendo, mandaba enganchar, a veces casi de noche, y se iba con la ropa que tuviese puesta.

En una ocasión me llevó. No vio a nadie, no hizo nada. Se paseó por entre los muebles enfundados del salón, echó un vistazo a los números atrasados de "El Eco de A...", y al amanecer del día siguiente, trotábamos de regreso por la carretera. Muchas veces he pensado si aquella especie de fugas, no serían ataques de invencible aburrimiento.

Sus ausencias relajaban la poca obediencia que allí se nos exigía; de manera que, no bien se largaba, nos poníamos a hacer lo que nos diese la gana.

Los pujos de mando que inmediatamente le daban a la tía María Cleofás, más bien nos hacían gracia. Ella misma se portaba de otro modo. Lo primero que hacía era ocupar en la mesa el lugar de la abuela. Esto no tendría nada de particular, pero en seguida se ponía a echar refunfuños a todo el mundo y a dar órdenes disparatadas.

—Este flan está crudo. Que hagan ahora mismo tres.

Ludivina dejaba el flan, como si no hubiese oído, y Cleofás se ponía a hacer las raciones como si no hubiese hablado. Nadie respetaba el plazo de las sobremesas, pero ella se quedaba lo mismo.

Por la noche, mandaba encender los candelabros del salón noble (que, pasadas las fiestas, nunca se abría) para que fuésemos allí "a tomar los licores, como en tiempos de sus padres y tíos". Y sin esperar a que la siguiesen (nadie la seguía), ella misma encendía un par de velas, de las muchísimas que tenían los candelabros, y se sentaba, sola, en una butaca del estrado, tomando su infusión de tilo y malvela. Parecía un fantasma en aquella penumbra, recortada contra las grandes figuras del tapiz...

Aquella misma noche, me reuní con los primos (a Roque Lois seguíamos teniéndolo a distancia) y les conté lo que se decía entre los paisanos sobre la aparición del lobishome, incluso el relato del tío Martiño, como refuerzo testimonial. Creo que cargué un poco las tintas.

Rosa Andrea, que no era nada miedosa, temblaba al preguntar por los detalles, y yo me ensañaba suministrándoselos a fuerza de imaginación. Diego, que al principio me oía con sus hermosos labios entreabiertos, los fue cerrando hasta quedar con la boca apretada y los ojos quietos, todos pupila negra, casi invisible la franja de azul clarísimo.

—Pero... ¿anda ya por aquí? — tartamudeó la prima.

—Eso dicen... Algunos dicen que lo han visto. (No era verdad, nadie lo había dicho.)

—Bah, todo eso se arregla con una escopeta y buena puntería — sentenció Diego, queriendo volver a su natural.

—Sí, pero matas a un hombre.

—Pues es verdad.

—Me voy, me están llamando — dijo de repente Rosa Andrea. (No la llamaba nadie.)

Desde el comedor a la saleta de juego donde estábamos había un pasillo de poco andar, alumbrado por un farol pitañoso. Se oía el cotorreo de las Presamarcas, que prolongaban la velada en torno a los anisetes. Rosa Andrea se quedó en el umbral, indecisa.

—¿No te ibas?

—Ven conmigo hasta allá.

—A mí no me llamaron, me quedo aquí con éste.

—Ven y vuelves en seguida.

—¡Así que tú eres la que andas buscando el miedo...!

Diego se levantó, con cara de burla, y se la llevó cogida por los hombros. Volvió en seguida, pero no a su paso normal sino casi corriendo.

—Aquéllas están hablando de lo mismo... Oye, ¿pero es verdad? ¿No son exageraciones tuyas?

—¡Qué quieres que te diga! Algo habrá... De lo del tío Martiño, estoy seguro, segurísimo. Es hombre muy formal.

—Pero eso fue hace no sé cuántos años. Yo digo lo de ahora. ¿Quién lo ha visto? ¿Quién empezó a correr el cuento por ahí?

—No sé, no sé... Siempre empiezan así, habla que te habla, y al final todos *han visto* algo. Cuando se apareció la "lumia da noite"...

—¿Y eso qué es?

—Lo sabe todo el mundo, un dragón con cara de mujer, por lo visto muy guapa. Vuela de noche...

—¡Caray!

—... pues resulta que todos la vieron, según me contaron. La diferencia era que unos decían que tenía la cara blanca y otros que azul. La tía María Cleofás, dijo que era la misma cara que cambiaba de color. Yo casi no me acuerdo, pero se habló mucho y nadie quería salir de noche. Se contó que la abuela había ido sola al pinar, con un catalejo, y volviera diciendo: boh, boh, boh, como siempre que no quiere dar explicaciones.

Diego quedó un largo rato en silencio. De vez en cuando quería sonreír, pero no le salía bien.

—Total, no hace más que aparecerse, ¿no?

—¿Qué más quieres? ¡Pues no es nada la cosa! Figúrate que tú, ahora mismo, te echas a andar y, a los pocos pasos, empiezas a encogerte, cada vez más pequeño, más pequeño, luego te sale un hocico, te llenas de pelos...

172

—¿Quieres callarte?

Por primera vez veía al primo asustado. No hacía nada para disimularlo, y yo me sentía, también por primera vez, dueño de la situación. Quizá para acentuar esta ventaja me vino una idea. Saqué el pañuelo y dejé caer las monedas de oro, que tintinearon sordamente en el paño de la mesa de juego.

—¡Chico! Pero ¿qué es eso?

—¡Y esto!

Leyó el papel sin mover las pestañas, casi pegadas a las cejas.

—Se le cayeron a Raúl Barrabás el día que nos peleamos con él. No digas nada. Desde que las encontré, me muero por contártelo, pero a lo mejor se lo decías a Roque.

—¿Por quién me tomas? ¡Nosotros somos nosotros!

—Claro, tú eres tú—dije, emocionándome sin saber por qué.

Diego me cogió la mano y me sonrió con aquel gran cariño que tenía siempre guardado en sus labios gruesos, en sus ojos hermosos, y que soltaba muy de cuando en cuando. Sólo *aquello,* valía más que cien secretos y era como un secreto entre nosotros. Estaba alegre por habérselo dicho.

—¿Y qué será esto, tú? ¿Quién habrá escrito el papel?

—Ahí hablan de verse el día que no esté *ella,* que es la abuela, naturalmente... O sea, hoy, a las once.

—Falta una hora escasa.

—Sí, pero ¿dónde?

—Nos despediremos para ir a la cama y lo recorreremos todo. ¿Vamos?

—Vamos.

Cuando entramos en el comedor, Ilduara ya no estaba y la vieja salía en aquel momento, con su farol. Dormía en el ala poniente del palacio, que era la que caía más lejos de los corrales y del patio de labor; pues, como decía la abuela, tenía "el sueño venático".

Ilduara ocupaba una habitación en la parte posterior, sobre la solana que daba al jardín. Al lado, sala de baños por medio, estaba la de la tía María Cleofás y Rosa Andrea. Seguía a la de Ilduara un antiguo cuarto de vestir, que entonces se destinaba a armarios para vajilla y ropa blanca. Este cuarto tenía un alto ventanuco de ventilación que daba a la alcoba.

Nos fuimos al jardín, esperando que se despejase el campo. Nos daríamos cuenta por las luces. Las de los parientes Lois y la de la tía y Rosa Andrea ya estaban apagadas. La de Ilduara no se sabía, porque tenía cerradas las contraventanas.

Decidimos esperar un poco más. Para dar empleo a la impaciencia, nos pusimos a conjeturar. La letra y el papel, resultaba evidente que no podían ser de alguna de aquellas zagalonas. Estaba después lo de las monedas. Por cierto, nos planteamos el grave asunto de qué hacer con ellas. Ni por un momento se nos pasó por la cabeza apropiárnoslas (¡qué bonitas eran!); no teníamos idea de su valor, pero fuese el que fuese, ¿para qué?

Después de deliberar también sobre cuál sería el lugar de la cita, acordamos que tendría que ser dentro de la casa, pues de otro modo quedaba sin sentido la alusión a la ausencia de la abuela.

Empezamos por el desván. Llevábamos fósforos y una torcida de cera de las que se usaban en la capilla para encender los cirios.

Entramos por el granero y avanzamos, a rastras, entre los sacos de nueces y castañas. Vimos que salía luz por la gatera de la puerta que daba paso al desván. ¡Allí estaba la cosa! Nunca hubiésemos creído que iba a resultar tan fácil...

Pero no era prudente entrar por allí. Si se veía tan fuerte la luz, sería porque estaba cerca. Dimos un rodeo para encaramarnos a las vigas del tejaván por donde apoyaban en la pared maestra; luego había que gatear hacia arriba. Las vigas eran muy anchas, podían encubrir el

174

cuerpo de un hombre. Desde allí se dominaba un buen trecho, pues los tabiques de tablilla, que habían sido levantados para separar unas cosas de otras, eran de poca altura.

Efectivamente, la luz que se colaba por la gatera, que ya nos había parecido demasiado fuerte para ser de un candil o de un quinqué, venía de dos velones de ocho mechas cada uno, todas encendidas. Estaban puestos simétricamente sobre unos antiguos maceteros de mayólica (dos negros, terminados en cornucopias de remate plano). Los maceteros eran muy altos y estaban colocados en un espacio libre que dejaban tres enormes armarios puestos en escuadra, como formando una habitación. El piso aparecía cubierto por una alfombra de colores brillantes, nueva o como si la acabasen de limpiar. Entre los maceteros, había un sofá, tapizado de raso verde, y un espejo de pie, ovalado, de cuerpo entero. No se veía a nadie.

De pronto, rechinó la puerta de uno de los guardarropas (ya nos había llamado la atención que estuviese entreabierta) y salió la tía María Cleofás suntuosamente ataviada, con un vestido del tiempo de Maricastaña, de *moiré* amarillísimo, sobrefalda de blonda negra, formando recogidos, y cola larga con polisón de ondas. ¡Casi nos caemos de la viga! Parecía veinte años más joven, muy bien pintada, ágil, graciosa, con una diminuta sombrilla de encajes sobre el hombro y un gran ramo de rosas blancas, apoyado en el otro brazo.

Se paseó lentamente (¿de dónde sacaba aquel andar majestuoso?), mirándose y remirándose en el espejo *psiché*. En medio de uno de los paseos, se detuvo con un gesto de atención. Creíamos que nos había oído cuchichear, pero no fue así. No miraba hacia donde estábamos sino a la puerta de la gatera.

Pasado un instante, se fue hacia allá sonriendo y componiendo aún más los gestos ceremoniosos. Hizo ademán de abrirla y se apartó como dejando paso.

—Oh, entren ustedes. ¡Por Dios, que se han hecho

esperar! Pasen, pasen… Yo misma quise salir a recibirlos. ¡Oh, es favor que me hacen! (Se miró al espejo, como si alguien se hubiese referido al vestido.) Me lo trajo papá de Lisboa, está hecho por la modista de la Corte… Para el baile me pondré otro; éste.

Dejó el ramo en el canapé y sacó de un armario otro de aquellos adefesios, de un rojo ofensivo. Luego dejó también la antuca, tiró del cordón de una campanilla imaginaria y gritó hacia una puerta que no existía.

—¡Pronto, los refrescos! Los pasteles, servidlos en las bandejas de oro que me trajo papá de América. ¡Que no las vea Zoe, que me las robará! Luego dirá que las robó mi Paco… ¡Paco, Paco! —llamó por una *ventana*, mirando hacia abajo. Abrió de nuevo la sombrilla y dijo a los *visitantes*, con una gran sonrisa—: Se está batiendo. ¡Siempre se está batiendo! En uno de esos duelos, me lo matarán.

Cerró de golpe la sombrilla y se puso a llorar, sentada en el canapé. Volvió a levantarse en seguida, muy animada; se fue a otra *puerta* y se quedó allí haciendo girar la sombrilla en el hombro, como impaciente.

—Decidle al señor que acabe de vestirse de una vez. ¡Que venga el mayordomo inmediatamente! ¡Que enciendan las luces, todas las luces! (Esto último lo dijo de un modo ya frenético.)

Volvió a entrar en el armario y salió con un macferland negro, de dos esclavinas, puesto sobre el vestido, y un sombrero de copa en la mano. Se puso a hablar con voz gruesa, en un susurro apresurado.

—Nunca comprenderás… ¡Perdóname, mi vida! (dio un beso en el aire). ¡No te interpongas! Se trata de un caso de honor, te lo juro… ¿Qué haré para que comprendas…?

—¡Ay de mí, ay de mí! —gemía Cleofás, con su voz.

Volví la cabeza buscando los ojos de Diego y nos pusimos a gatear al revés.

Bajamos la escalera a tientas y no nos dijimos nada

176

hasta llegar al corredor principal, donde había un farol encendido toda la noche.

Nos miramos con gran tristeza, sin dar con las palabras. Lo que al principio pareció cosa de risa... ¿De modo que la tía Cleofás, con sus golpes de mando pueriles y sus repentinas alegrías, estaba loca, *era* una loca? Ya me parecía a mí... aquel modo de tratarla la abuela, como a una criatura, no consultarla nunca para nada...

—¿Qué hacemos? — preguntó Diego, desanimado.

—Después de esto, no tengo ganas de seguir. Si quieres, sigue tú solo.

Hablábamos al amparo del quicio de una de las tres puertas acristaladas que daban acceso al comedor, para poder colarnos si alguien venía, precaución injustificada a tales horas. Pero no tan injustificada.

Por el fondo del largo corredor llegaba Rosa Andrea, en camisón, siguiendo nuestro mismo camino, descalza como nosotros, muy apresurada, casi corriendo. Nos metimos en el comedor, que estaba apagado, pero ella asomó llamándonos en voz baja.

—Diego... Peruco...

—¿Qué haces tú aquí?

—Os vi arriba, pero no pude salir tan pronto. Creí que no os encontraría. ¡Callarse, que ya baja! Ya estaba llorando, que es como termina siempre. ¡Llora de un modo...!

—¿Pero tú sabías?

—¿Y no duermo en su cuarto? Lo hace siempre, cuando se marcha la abuela. Cree que estoy dormida y sale. Lo sé desde el año pasado que la seguí una noche. A veces lo hace en el jardín y resulta mucho más triste porque es a oscuras y sin vestidos.

—¿Cómo no dijiste nada?

—¡Pobre tía Cleofás! — añadió, como una explicación —. Hacía mucho que no la seguía, siempre hace lo mismo y dice las mismas palabras. Pero hoy me dio miedo quedarme sola por lo que contasteis. ¡Ahí viene!

La prima echó a correr hacia la solana y se oyó el golpe suave de la puerta de entrada al gabinete que antecedía a la alcoba. ¡Así que era por allí el lugar de sus escapatorias...!

Se oyó muy cerca el taconeo de la tía María Cleofás y apareció en seguida, al comienzo del corredor. Avanzaba con una dignidad que nada tenía que ver con sus pobres y aturdidos gestos cotidianos.

Cruzó frente a nosotros, erguida la cabeza, pinzando con los dedos, muy alhajados, los delanteros del peinador para despejar el paso, como si fuera un vestido de gala. Llevaba al brazo el ramo de flores y dejaba un rastro de olor a rosas y a *peau d'Espagne*.

—¡Vamos ya!

—Espera un poco.

—¿Esperar, qué?

Con los ojos acostumbrados a la oscuridad, percibíamos débilmente el interior del comedor al reflejo del farolón del pasillo. Nos llegamos a la mesa, donde había quedado un resto de tarta y nos pusimos a comer, sin ganas, por hacer algo. Luego bebimos un trago de anís por la botella. No sé a qué venía aquello, pues ni a Diego ni a mí nos gustaban los licores. Terminamos sentándonos en el suelo.

Yo sentía un gran desánimo, como cansado. Lo de la tía Cleofás me había desarmado la decisión y nada me quedaba de la curiosidad con que había empezado la aventura. Creo que a Diego le pasaba lo mismo. No sé qué nos detenía allí, pues estaba deseando salir para poder hablar en voz alta de todo ello.

Iba a decírselo, cuando entró por la solana un bulto de hombre. Apenas nos dio tiempo a meternos debajo de la mesa. Menos mal que aún tenía puesto el mantel.

Cruzó el comedor y, al llegar a la parte más iluminada, cerca de las puertas de cristal, nos dimos cuenta que era Raúl Barrabás. Llevaba la escopeta al hombro, como siempre, y siguió por el corredor. Diego, sin pararse a pensarlo, se echó, a gatas, por el camino de alfombra y se quedó espiando en el quicio. Volvió sin levantarse y me sopló al oído:

—¿Sabes dónde entró?

—No.

—En la habitación de Ilduara.

—¡La hostia! (Se me escapó, sin querer.)

—Vamos ya.

—Espera un poco, hombre.

Me silbaba la respiración. Diego me cogió la mano y noté que temblaba.

Como todo en aquella casa, el cuarto de armarios estaba sin llave. Por la alta tronera que daba a la habitación de Ilduara, pasaba alguna luz. No iba a ser muy fácil encaramarse, sin hacer ruido, al armatoste que allí había, para poder alcanzar el ventanuco. Lo conseguimos poniendo una silla sobre una alta cómoda inglesa. Al pisar en la cima del mueble, crujió terriblemente. Nos quedamos quietos. Ya se oían las voces, nada precavidas por cierto.

El tragaluz, labrado en la ancha medianera de piedra, formaba una especie de nicho y era un lugar estupendo para observar. Podíamos estar los dos tendidos, aunque un poco apretados. El único inconveniente es que había que sacar algo la cabeza para ver.

Abajo estaba Ilduara, en bata, sentada en una cama grandísima, el pelo suelto. Delante de ella, Raúl, en mangas de camisa y con la gorra puesta. Había un quinqué de globo, con la luz rebajada por una mantilla, o algo así, puesta encima, pero se veía perfectamente.

Ilduara, que estaba fumando sin parar de hablar, separó el salto de cama y apareció toda desnuda, ¡tía puerca! Parecía mucho más gorda que vestida, y los pechos eran tan grandes que yo nunca creía que pudieran ser de aquella manera.

Luego de estar así un poco, se levantó y se fue hacia Raúl, queriendo abrazarlo; pero la echó de mal modo y se volvió a sentar en la cama, recogiéndose la bata muy arriba. ¡Vaya un asco! Se le veía todo, las piernazas tremendas y aquel sitio tan negro, como si allí le faltase la carne. Luego se tapó y se puso a gimotear.

—Tú sólo me quieres por egoísmo... Debí haberme dado cuenta desde el principio. Por egoísmo, sí...

—¡Que no es eso, coño! ¿Cómo te voy a decir que perdí el dinero? ¿Te exigí algo mientras me duró el otro, eh?

Se sentó al lado de ella, le apartó la bata y se puso a sobarle los pechos de un modo muy ordinario, como si quisiera lastimarla, ¡qué barbaridad! Luego se quedaron con las bocas pegadas mucho tiempo. Diego me cogió la mano y temblaba aún más que antes. Creo que yo también.

Sin separarse, se fueron dejando caer, así como estaban, a lo ancho de la cama, ella con las piernazas colgando, separadas. Raúl se le puso encima...

—Vamos, tú.

—Espera un poco.

—Tengo miedo.

Era verdad, yo tenía miedo, un miedo como no había sentido nunca. Algo iba a ocurrir allí que... Metí la cabeza entre los brazos y me vino a la boca un eructo, como si fuese a marearme. Diego tampoco miraba...

Cuando volvimos a asomarnos, el tipo se estaba abrochando y la cerda allí, toda despatarrada, con los brazos bajo la cabeza y aquellos montones de carne, brillándole con el sudor.

—Di ahora que no te quiero... —La otra se puso a arreglarse los pelos. Barrabás le dio su cigarro en la boca y siguió hablando—. Tengo que comprar la escopeta nueva y hacer un viaje.

—¿Cuándo?

—No te preocupes, después que os vayáis... Te juro que lo he perdido. ¿En qué iba a gastar dos mil reales sin salir de aquí? Porque tú sabes, tan bien como yo, que no salí de aquí. —Ilduara se puso otra vez a gimotear—.

¡Eres tonta o te haces! ¿Qué contestas? Tú, todo lo arreglas llorando.

—Hay que esperar unos días, que vuelva a marcharse. Es una gran infamia que hago por ti...

Raúl Barrabás la levantó de un tirón y se quedó pegado a ella besuqueándola el pescuezo.

—¿Verdad que me lo vas a conseguir, nena?

—No sé, no sé... — Raúl se apartó otra vez y se puso a pasear. Ilduara seguía lloriqueando—. Es muy descuidada, pero tiene que acabar por darse cuenta.

—¡Si no sabe lo que tiene!... — Luego se paró en seco y le gritó—: Bueno, dime que no de una vez, ya me jode a mí tanto suplicar...

La fachosa, después de gemir otro poco, dijo en voz baja, sin separar las manos de la cara:

—Haré lo que pueda.

—¡Así se habla, pichona! Estaba seguro. ¿No ves que te quiero? ¿No lo ves? Ya sabía yo que eres mujer de cumplir.

La tumbó de nuevo en la cama, y esta vez fue él quien le echó a los lados el peinador. Tiró la gorra lejos, se quitó el cinto y se puso a sacar el pantalón, como si lo arrancase... Ella allí, otra vez, con las piernazas abiertas, con aquello negro...

Bajamos sin preocuparnos del ruido, y salimos corriendo, sin saber a dónde íbamos. Llegamos, de una carrera, al final del jardín. Allí tuvimos que pararnos porque a Diego se le aflojó el vientre y yo me puse a vomitar.

CAPÍTULO XVII

Yo no tuve la culpa de lo que vi; más me hubiera valido no haberlo visto, ya lo sé, porque aún después de muchos días con sus noches, sobre todo de noche...

Aquella tarde había ido yo al *souto*, como otras veces, pero no a *estar*, sino para pensar. Quería pensar en todo lo que estaba sucediendo, de modo que me fui allá tomando precauciones porque me fastidiaba la idea de que alguien pudiera venir a estorbarme. En la casa, ya se sabe, uno no puede ponerse a pensar sin que alguien venga a interrumpirlo; aunque sea pasando por delante de uno, sólo con eso ya se desvía la cavilación.

Quería pensarlo todo y pensarlo bien seguido; esto resulta muy difícil en medio de la gente aunque no esté con uno. Si uno no está solo, la cavilación se rompe aquí y allá y hay que andar luego juntándola otra vez, lo que da mucho trabajo; y, a lo mejor, no es ya lo mismo que se quería pensar al principio.

Por eso, para que nadie me viese ir, no cogí el camino de siempre, que era salir por la cancela final de la huerta, junto al colmenar, y bajar el ribazo por allí. Cuando se descendía el ribazo al descubierto, lo veían a uno, tanto desde abajo como desde arriba. Así que me fui dando un rodeo por el camino de carro, que pasaba pegado al paredón de la finca, para salir a la aceña vieja, mucho más lejos de donde Crespiño llevaba los puercos. Ese día, ni con él quería verme.

Conque, en vez de cruzar el riacho por los pasales, me descalcé y pasé por el agua. Luego, agachándome por detrás del largo talud cubierto de cañas, fui a salir al lugar que me había propuesto, que era donde el soto de castaños entramaba su espesor más tupido. Terminaba el soto en un pequeño pastizal rodeado por un seto bajo de avellanos nuevos, que cortaba la visión, de modo que el lugar quedaba aislado, y aunque pasasen por fuera, no lo veían a uno.

En medio del prado había un nogal solo (gigantesco) que daba sombra azul. Por la parte más despejada, que se abría al riacho, había también una cerca de poca altura (de piedras amontonadas), cubierta de zarzas.

Era un sitio de primera para echarse a pensar, pues el silencio era grande pero no tanto que estorbase. Cuando el silencio era completo (como de noche, en la alcoba de uno) yo me distraía y no podía pensar bien, lo sabía por experiencia. En cambio allí el nogal hacía unos ruidos en la cima y parecía que pasaba gente bisbiseando; cada tanto, un estallido de la madera o un roce, como si se abriesen puertas desusadas, y luego otra vez el rumor de gente (como una procesión) bisbiseando, arrastrando los pies. Eso hacía el nogal.

Bueno, me eché de bruces en la hierba y me puse en seguida a querer pensar con toda mi fuerza, pero resultó que no podía. Claro que, al principio, casi nunca podía; era como si uno quisiera ver cosas enteras en un espejo roto.

Como tampoco quería hacer nada que no fuese pensar, me dejé estar así, esperando que las cosas acabarían por juntarse en la cabeza, que esto no tardaba en venirme si me quedaba quieto, con los ojos cerrados (mejor aún, tapados); después podía pensar en ellas como si estuviesen allí, inmóviles, puestas en fila.

Llegué con un calor pesadísimo de media tarde. Era tanto, que el nogal parecía todo de madera, quieto, las hojas también. Mejor dicho, en las últimas daba el sol de refilón y parecían de cristal, tan claras y paradas como de cristal, qué barbaridad.

Cuando me puse boca abajo, me di cuenta de que, a lo lejos, se oía (seguida) el agua, desbordando de la presa de la aceña. El agua también me distraía, porque el ruido era siempre el mismo, no como el del nogal, que cambiaba.

Igualmente se oía, mezclado al agua, el tiruliru de la flauta de Crespiño queriendo sacar tonadas conocidas, *muiñeiras* y eso. Cuando no le salían se ponía a inventarlas, y era mejor. A veces, el mirlo le hacía burla, y él se enfadaba mucho, como si fuera una persona remedándolo.

A poco, me di cuenta de que si no podía cavilar en todo, era porque sólo me venía lo de Ilduara y el otro, con tanta porfía que no me dejaba pensar nada más. Lo pensaba entero, y cuando había acabado, me venía otra vez. Fue lo primero que me vino y ya no lo pude apartar. Lo veía todo, patente, así que no era pensar sino volver a ver; todo, hasta lo que creía no haber visto, lo que sacó Raúl Barrabás, tan grande y así, como una cosa distinta de su cuerpo, y la bruta cogiéndoselo con la mano, y luego... (La misma noche había tenido la idea de preguntarle a Diego si a nosotros nos crecería tanto, ¡qué misterioso!, y tener que llevar siempre aquello, como distinto de uno, como otro cuerpo pegado al cuerpo; pero no me atreví, además porque se había puesto malo, con algo de fiebre. A lo mejor, tampoco lo sabía, aunque de esas cosas sabía más que yo, creo; sería una lástima.)

Con la cabeza sin salir de esto, sin querer salir, pues yo quería pensar en otras cosas *también*, me di cuenta de que el tiruliru de Crespiño se había ido acercando. Es decir, me di cuenta cuando lo oí al otro lado de las zarzas, o mejor dicho, en el momento que lo dejé de oír.

¿Qué andaría haciendo por allí, tan apartado de sus cerdos? A lo mejor me había visto y andaba rondando para que lo llamase, no sé para qué, para jorobar la paciencia, pues no era tipo de meterse a espiar (yo tampoco, si no se trataba de los mayores). Bueno, que rondase, total

184

no iba a conseguir nada. Sabía yo muy bien que si no lo llamaba, no se me juntaría. En eso, sí, era prudente porque era listo, supongo.

Pasó un rato bastante largo y no se volvió a oír la flauta ni tampoco el silbo, qué raro, pues cuando estaba solo siempre tocaba o silbaba; también cantaba, pero le salía voz de monaguillo, mucho más fina que en el habla.

Bueno, pues el caso es que, con aquello de qué andaría haciendo por allí, no me venía el pensar seguido. Quise desentenderme y no pude, valiente pelma. Para peor, me vino luego la curiosidad, desde hacía un rato largo, pues no se le oía ni de cerca ni de lejos. Cuando andaba con los animales, les daba un grito de vez en cuando, aunque estuviesen tranquilos. Gritaba por gritar, para no estar solo, creo, o para sentir el mando. Cuando se echaba al agua, también metía bulla, resoplando, gritando, como tres o más, cambiando la voz. Ahora nada, ni silbos ni gritos, como si se hubiera hundido.

Tal como estaba (no me había movido desde que llegara) me fui arrastrando por la hierba hasta el cerco de zarzas y piedras vivas. Asomando por encima se abarcaba mucho, hasta más allá de la aceña vieja. Había que hacerlo con cuidado para que no le viesen a uno.

Cuando llegué al pie del cerco, seguí arrastrándome para llegar hasta donde había una higuera del otro lado que algo amparaba, pues repartía las ramas hasta el lado de acá. Iba pegado al cerco, arrastrándome con codos y rodillas.

Al llegar a la higuera, oí un quejido saliendo de la maraña. Primero me pareció, luego lo oí claramente; repetido, como a compás. Era una *a* larga y una *i* corta, mejor dicho, cortada, así: aaa-i, aaa-i...

Puse el pie con cuidado en las piedras (sueltas y cubiertas de musgo) para poder subir y separar las varas altas y flojas del zarzal sin hacer ruido y sin pincharme, y poder ver del otro lado. Lo conseguí...

Por eso dije antes que no tuve la culpa. Quise ver (eso es cierto) dónde andaba el rapaz, pero no qué estaba haciendo.

Supuse, primero, que había ido a hacer de cuerpo, que siempre lo hacía escondiéndose mucho. Esta idea se me fue cuando vi que tardaba tanto, pues los chicos lo hacíamos en seguida (no como los mayores, que a mí me llamaba la atención que estuviesen tanto tiempo en el retrete; el tío Buey hasta llevaba periódicos, e Ilduara libros, que en esto me había fijado mucho).

Conque, subí. Del otro lado, estaba Crespiño, acostado. Tenía la cabeza hacia donde yo miraba, de manera que no me podía ver. Estaba, como quien dice, desnudo, o sea, sin la camisa y con una pierna al aire. Tenía el pantalón muy bajo, embrullado en la canilla; luego le dio un tirón con un pie para sacar la otra pernera, y se quedó esparrancado. Estaba boca arriba, a la sombra de la higuera (con aquel color corteza, más caliente aún en el césped tan claro). Lo veía entero, como desde una ventana baja.

Iba a darle un susto, a tirarle algo, a decirle "buuu" de repente, pero vi que tenía la... muy agarrotada en la mano. Yo también lo hacía algunas veces, en la cama, para sacarle cosquillas, pero no apretando así. Le pasaba la mano o me la restregaba contra el vientre, pues si no, me dolía en lugar de cosquillas. También vi que la tenía diferente a Diego y a mí; era como una ciruelita encarnada, en cambio la nuestra remataba como la punta de un cucurucho. Claro que si yo tiraba, me salía (era bastante asqueroso, parecía despellejada) pero me hacía daño.

Luego de estar un rato así, cerró los ojos y se puso a mover la mano muy aprisa. Paraba un momento, luego otra vez, muy aprisa, diciendo ay, ay. Cuando le daba más fuerte, cruzaba las piernas, se doblaba, le temblaba la piel en muchos sitios, como cuando yo le tocaba para hacerlo temblar. Ahora era él quien se tocaba con la otra mano, se cogía la carne, aquí y allá, se la pellizcaba como si no fuese suya, qué animal...

En una de ésas, dio un vuelco, sin soltarla, y se quedó culo arriba, moviendo las caderas, quejándose; se habría hecho daño, claro, con aquellos sacudones. Pero no, porque volvió a darse vuelta y siguió más aprisa, la cara diferente, como quien quiere llegar a un sitio corriendo y no puede. Estaba descolorido, no era su cara de siempre, los labios secos, la boca abierta, y ay, ay. El cuerpo era el mismo, color tostado, y más en la hierba tan verde y húmeda, pero los músculos tiritando, menos en la parte del estómago, quietos, amontonados, como quien hace fuerza.

De repente dijo un ay más largo; se le saltaron aquellas gotas, le cayeron encima. No era como lo otro, seguido; eran gotas, lo vi bien; saltaban a golpes, separadas y de otro color. Luego más despacio, más despacio y se quedó quieto.

No me dio rabia verle hacer aquello; quizá susto, pero rabia no. Algo de asco a lo último, cuando se le cayó encima. Pero no me dio rabia, aunque supongo que debió dármela y parecerme muy asqueroso todo lo que hizo, pero no.

Se quedó tumbado, con la mano abierta, también pringada, luego la frotó contra la hierba. De allí a poco, se levantó, cogió hojas de la higuera y se limpió la barriga y el pecho. Tenía la cara triste. Después se puso los pantalones, los ató con el cordel; todo con cara *triste*, de mal humor o de cansancio, no sé bien, y se marchó andando despacio. Todavía lo oí gritándole a los cerdos, cada vez más lejos, como si ya los anduviese juntando para irse.

Después de esto ya me resultó imposible ponerse a pensar, no podía quitarme de la cabeza lo que había visto hacer a Crespiño; ahora esto podía con todo lo demás, más terco que lo de Ilduara y Raúl, que todo; sería porque resultaba más mío, y no porque lo hubiese visto yo solo, sino porque podía hacerlo, creo que sería por esto.

Entonces me puse a pensar nada más que en aquello. Lo que pude sacar en limpio fue que lo de *los otros,* me diera vergüenza. Lo de Crespiño, no. Creo que fue porque lo hizo solo. Pensaba yo que para que esas cosas den vergüenza, tiene que haber otros, supongo, porque nadie la tiene de sí mismo. Claro que si él hubiera sabido que yo estaba allí, se hubiera muerto de vergüenza. Por eso no le dije nada, ¿para qué?

* * *

Diego quería dormir, pero yo estaba desvelado. No me contestaba, sólo gruñidos y "¡cállate!". Pero se despabiló cuando le hice la pregunta, y de qué modo...

—¿A qué edad se empiezan a hacer esas cosas?

—¿Cuáles?

—Lo de Ilduara y Raúl.

—¡Vaya pregunta!, cuando se es grande.

—¿Cuántos años?

—Yo no sé, a los veinte o así, cuando la gente se casa, y aunque no se case. ¡Mira con lo que vienes! Déjame dormir.

—Sabes menos que yo.

—Lo que sé es que de chicos no se hace. Una vez pescaron a la hija de nuestra cocinera con uno de catorce, un hijo del relojero de la calle del Tejedor. Los encontró mi padre en el zaguán, al volver del casino. Se armó un escándalo. La madre lloró muchos días, todo le salía mal, y a la muchacha la mandaron con las Adoratrices, encerrada. Después oí a los chicos que era porque los habían pescado "haciendo las cochinadas", que es hacer eso.

—¿Pero duele o da gusto?

—¡Mira qué idiota! Tiene que dar gusto, si no, no lo harían.

—Pues la cara que ponían aquéllos era como si les doliese. ¡Vaya con la cara que ponen, como si fueran a morir! Cuando se hace solo, también.

Diego no contestó. Oí que respiraba más de prisa, que se movía. Como habíamos apagado el quinqué no podía verlo, pero lo oía.

—¿Quién te dijo que se hace solo? —preguntó, al ver que yo no seguía.

—Vi a uno que lo estaba haciendo.

—¿Quién era? —continuó, ansioso.

—No te lo digo.

—¿Por qué?

—Porque sería una vergüenza para él.

—¡Anda!, ¿así que si no dices el nombre, ya no es vergüenza?

—Claro, vergüenza es cuando se hace con otro o cuando nos ven.

—Sí, pero tú viste a ése.

—Pero él no me vio, así que no es vergüenza.

Nos quedamos un rato callados. Luego le pregunté de repente:

—¿Tú no lo hiciste nunca?

—¡Estúpido!, ¿no sabes que es pecado?

—¿Y cómo lo sabes tú?

—Me lo dice el cura, en la confesión. ¿No te lo dice a ti?

—A mí, no; nunca tuve que confesar eso.

Diego quedó callado y quieto, como cogido en una trampa. Luego saltó de la cama y avanzó unos pasos en la oscuridad.

—¿Me vas a decir quién fue o no?

—No, aunque me pegues.

—Pues quiero saberlo y me lo vas a decir.

—Sólo te digo esto: tú no fuiste.

—¡Ah!

Oí que volvía a la cama y que se arrebujaba, como tapándose la cabeza. Luego dio unos revolcones y se durmió.

Yo tardé mucho, casi no dormí. Oí los primeros gallos, los segundos...

Tenía miedo de tocarme allí (antes, no). Cada vez que me tocaba, al ir a quedarme dormido, despertaba de un salto. Así, casi la noche entera, hasta que oí los primeros rebuznos.

Durante todo el día siguiente, Diego no me habló.

CAPÍTULO XVIII

L A abuela nos trajera de la ciudad un montón de libros del colegio; nadie les hizo caso; nos sirvieron, en cambio, para estar más horas en la cochera, con el pretexto de que allí hacía más fresco para estudiar.

Roque no nos hablaba; era claro que andaba jugando a quién resistía más, como otras veces. Estaba mal acostumbrado; casi siempre éramos nosotros los que hocicábamos porque no sabíamos hacer nada sin él. Pero ahora, con todas aquellas cosas... Por mi parte, estaba deseando que llegase el momento de echárselas encima, para que viera que las más importantes habían ocurrido sin él. Me aguantaba porque así lo conviniéramos con los primos.

A Rosa Andrea, desde que la abuela volvió de Auria, le daba por ir al rosario y por no separarse de los mayores, día y noche. Sobre todo de noche. En vez de hacerse la remolona, para quedarse un poco más después de la sobremesa, se iba a la cama pegada a María Cleofás. Supusimos que aún le duraba el miedo y no le dijimos nada.

Una tarde que estábamos Diego y yo en la cochera, cavilando cómo haríamos para no ir a una excursión (al monasterio, nada menos) que sería el día siguiente, apareció la prima toda sofocada, con la cara echando lumbre y las piernas sangrando. Entró corriendo y se abrazó a Diego. Nos asustamos tanto que yo salí a ver si alguien la seguía.

—¿Pero qué te pasa, tú?

—¿No está ése?

—Ya ves que no. ¿De dónde vienes?

—Me lastimé al atravesar las *silvas* (las silvas eran las zarzas).

Cogió un poco de aliento entre los sollozos, y soltó:

—Vi al hombre lobo...

—¡Estás chiflada!

—Ahora mismo, allá abajo, a la orilla del río.

—¡Pero si de día no andan, pamplinera!

—... cerca del remanso grande. Lo vi desde arriba, menos mal. El viejo estaba junto al fuego y llegaba olor a carne quemada. ¡A lo mejor era de un niño! — disparató, llorando a gritos. Diego, sin hacerle caso, inquirió, serio:

—¿Y qué pintabas tú, allí, tan lejos?

—¿Qué iba a pintar? Buscando... ¡Fue un castigo de Dios por ir sola! Me vio y me llamó, ¡qué va a ser de mí...!

—¡Despierta, loca! — gritó, sacudiéndola. La cogió otro sofocón de llanto y se abrazó a mí. Le di un beso y me puse a limpiarle la sangre de los rasguñones, más que nada para distraerla. Pero siguió con el tema.

—Es horrible, con la barba blanca... Se puso a llamarme: Niña, niña, y cada "niña" se oía tres veces en el aire. Fue lo que más me asustó, ¡como si me llamasen muchos!

—Claro, allí es el sitio del eco.

—¿De qué eco?

—Del eco, babiecona... Allí gritas, desde el ribazo, y se oye varias veces.

Esta explicación pareció calmarla.

—Entonces me eché a correr por entre las *silvas*, que era lo más cerca. ¡Mira el vestido...! (Lo tenía hecho jirones.)

—Buena te van a poner... Escóndelo.

—Tenía el lobo junto a él.

Diego y yo nos miramos.

—¿Cómo el lobo, papanatas? ¡No entendiste nada...!

No es un hombre *con* un lobo, sino un hombre que *se vuelve* lobo. ¿Te enteras?

—Eso no lo vi, vi al viejo con el lobo.

Diego la llevó al grifo de la cochera y le refrescó la cara con el pañuelo mojado.

—Voy con ésta para inventar algo y que no la riñan. Volvió en seguida.

—Qué...

—Nada. La miró y movió la cabeza sin hablar, pero no creo que se escape del ruibarbo... ¿Qué piensas de todo eso?

—¿Tú lo crees?

—Hay que ir a ver. Mi hermana exagera pero no miente. Es como yo, tampoco sabe inventar. Por lo que dijo, algo habrá. ¿Te animas? Hay que ir a buen paso para estar de vuelta a la hora de la merienda.

—¡Que se joda la merienda!

Yo estaba excitadísimo, y con todas aquellas cosas, las malas palabras me iban saliendo más naturales. Quizá fuese el modo de empezar a ser valiente. "¡Mantequitas!"

Cruzamos el soto y seguimos el curso del río desde lo alto del ribazo hasta llegar a la vuelta grande, mucho después de los molinos. Por la otra orilla, formaba cauce la montaña, y del lado de nuestras tierras el suelo bajaba por una lenta escarpadura que no se nivelaba hasta muy lejos. Era un lugar solitario y nos asombraba que Rosa Andrea hubiese llegado sola hasta allí.

Antes de abarcar el remanso grande, vimos que salía humo de entre unos abedules. Para no ser descubiertos, descendimos por una veredilla de cabras y fuimos avanzando entre los juncos, con cuidado porque eran muy espesos y no se veía nada. Nos dimos cuenta de que habíamos llegado, por el olor a lumbre y a comida.

Alguien estaba cantando una canción con voz afinada y apacible. Semejaba una de aquellas dulces melopeas del país, pero, al acercarnos más, resultó ser un canto de iglesia, en latín. La voz, aunque el que cantaba lo hacía por lo bajo, era bien timbrada y fresca, de ningún modo podía ser de viejo. Nos detuvimos y la voz nos pasó muy cerca para alejarse luego.

—¿Qué te parece?

—Rosa Andrea no lo inventó todo, por lo menos hay alguien.

Asomamos entre los juncos con precaución. Se veía un descampado de hierba esponjosa, lleno de margaritas, que se extendía unos veinte o treinta pasos más allá, hasta los abedules.

Allí estaba el hombre aquel, el *miedo* hallado por la prima. Lo vimos un instante de perfil, luego continuó trajinando, de espaldas a nosotros. Era un tipo estrafalario, sin duda; y, en efecto, resultó ser un anciano alto, un poco encorvado, con una barba, larga, blanquísima, muy limpia.

No sé por qué, al menos a mí, aquella barba me tranquilizó. Buscamos con la vista al que cantaba y era él mismo, ¡con aquella voz tan fresca, como de muchacho! Estaba cociendo algo en una lata. No había que pensar otra cosa sino que era un mendigo, o más bien un vagabundo forastero de aquellos que de vez en cuando cruzaban la comarca.

Sin volverse, gritó con voz benévola:

—Acercarse, acercarse, que ya sé que andáis por ahí... Venid, que no me como a la gente... ni Pascual tampoco...

Aquel modo de llamarnos, de espaldas a nosotros, y, al parecer, sin habernos visto, nos asustó mucho. Mi primera intención fue echarme a correr, pero la voz del viejo no me dejaba tener miedo, ¡qué cosa tan rara!

—Ya sabía yo que la niña iría con el cuento, ¡al fin, mujer!... Acercarse, acercarse...

El tono era jovial, agradable, y hablaba el castellano con propiedad.

Salimos al raso y el viejo se volvió en aquel mismo

instante, como si estuviese observando nuestros movimientos.

—¡Vamos, hombre...! Venid, que os enseñaré a Pascual. Ya no debe de estar lejos. Sin Pascual, la visita no tiene objeto.

Y se echó a reír. La risa ya no me gustó tanto; a Diego le pasó lo mismo, se lo noté en la mirada, pero igual nos fuimos aproximando.

De cerca era más feo; es decir, era muy feo, horrible. Tenía la cara roja, como de ladrillo, y un ojo con el párpado inferior muy caído, dado vuelta, que no le paraba de lagrimear. Pero no daba miedo ninguno... Tal vez cuando reía. La risa parecía de otro, no le quedaba bien, era así como desvergonzada.

—¿Qué os trae por aquí, caballeritos? A ver, a ver —continuó, haciéndonos abrir las manos y palpándonos los bolsillos (ahí tuve algo de miedo)—. Así me gusta, que vengáis sin palo ni piedra para el viejo Benitón. Así ha de ser el señorío. Los señores tienen que serlo desde pequeños, tranquilos, valientes y además, limpios, limpios de alma y de cuerpo.

—Sí, señor.

—¡Muy bien, muy bien! Claro, "señor", claro que sí. Algo me anda en la sangre, aunque desviado, muy desviado. (Se echó a reír de nuevo). Eso es, muy desviado, pero me anda; y, a veces, me estorba. La sangre se desvía pero no cesa; parece que se fue y, en un repente, se nos aparece con toda su memoria...

De pronto nos pegamos un susto bárbaro. Por entre los juncos apareció un animal con el hocico lleno de sangre. Se quedó allí, parado, con las orejas tiesas. Parecía un perro, pero no lo era. Diego y yo retrocedimos y el viejo se echó a reír por lo alto, como falsete.

—¡No os asustéis, hombre! Los señores se conocen en el no asustarse nunca; o, al menos, en no dejarlo ver. Éste es Pascual, que tampoco hace daño a nadie, ¿verdad, Pascual? Ven, son gente tranquila, al menos por ahora...

Los señores matan con arma, limpiamente, de una vez...
No son como los patanes, de palo y piedra, que hacen la
muerte larga, larga y triste. ¿No es así, Pascual?

Diego soltó un guijarro que había cogido. El hombrón
se puso a rascarle el jopo al bicho y se fueron acercando a
nosotros.

—¿Ése es el lobo? —preguntó Diego, con una voz que
quería ser firme pero que no le salía bien.

—¿Qué lobo, hombre? ¿También tú crees esas patrañas? No hay que creer en patrañas, no es cosa de señores.

—No lo digo por eso, digo que si es un lobo, porque
yo nunca los vi.

—Pascual es un zorro. También de los zorros dicen
patrañas los mentecatos, ¿verdad, tú? —El animal se re-
fregaba contra su pierna, con caricia de perro, y nos miraba con ojos suspicaces pero sin hostilidad—. A Pascual
le mataron la madre a palos. ¿Qué os parece? ¡A palos!
Menos mal que yo conocía el tobo y sabía que el hambre
los haría asomar... Apenas abrían los ojos. Los otros se
fueron muriendo y éste dio trabajo, mucho trabajo, que,
a veces, hasta tuve que ordeñar burras. Pero ahí está, tan
campante, ¿no es eso, Pascual? ¡Acercarse, hombre, y pa-
sarle la mano!

—Sí, pero esa sangre...

—¡Ah! ¿No te manchas tú con las ricas salsas o con
el chocolate del señorío? Pues él también... Viene de buscar su compango, que al que Dios no se lo da de suyo en
mesa servida, tiene que buscarlo con el trabajo o con la
maña. ¿Verdad, Pascual? Ahí donde lo veis, es animal delicado, mucho más que vuestros cerdos y gallinas. Come
maíz tierno y uvas cuando las hay, y carne viva, y aun ésa
apenas la toca cuando abunda y hay facilidad. Se contenta con la sangre... Sólo una vez comió carne muerta
y volvió apestando a carroña. Lo llevé a donde estaba la
prea y le di una buena tunda de vergajazos. No volvió a
hacerlo... Claro que era aún pequeño y andábamos por

la sierra, con una invernía muy dura... Sí, fue cuando tuve que irme de la ribera, porque me apusieron la muerte de un rapaz, una muerte por mal de ojo, que así son los patanes. El único mal de ojo que tengo, es esta llaga que no tiene cura; eso es, que no tiene cura. —Para enseñárnosla, se bajó aún más el párpado sanguinolento.

Aquel hombre parecía uno de esos viejos que leíamos en los cuentos cuando éramos más chicos. El brujo bueno, ¡qué gracioso, allí, a nuestro lado, hablándonos!

Pascual se había acercado y nos olfateaba las manos. Diego empezó a ponerse nervioso.

—Nos tenemos que ir, nos va a coger la noche.

—Como queráis. Si queréis podéis quedaros un poco más. Por donde yo os encamine, llegaréis en la cuarta parte del tiempo. Los señores no lo saben todo porque andan sus tierras a caballo o las ven desde las balconadas... Por donde yo os encamine, llegaréis en un santiamén.

—Gracias, pero lo mismo nos vamos.

—Bueno, bueno... Tenéis miedo, ¡qué se le ha de hacer! Es miedo de niños, no de señores, ya lo sé. Si es miedo de miedo, está bien, allá vosotros. Pero si es por el lobishome, podéis andar todas las tierras del mundo sin dar con él. Yo las ando, de día y de noche, y nunca lo vi, y si lo viese tampoco lo creería. Los únicos lobishomes y lobicanes, son esos brutos de las aldeas y lugares... que si hubiera Dios en el cielo como no lo hay...

—Nos vamos, nos vamos, tenemos prisa.

—Ya, ya; ya lo comprendo. Los señores siempre tienen prisa, siempre de aquí para allá, siempre yendo a algo, ¡qué se le va a hacer!... Vamos, Pascual, hazle la *gracia* a estos caballeros, que tienen prisa—. El animal alertó aún más las orejas y arregañó los dientes. —¡Hala, te digo! —y levantó la mano como para pegarle.

Pascual soltó una especie de carcajada muy graciosa. Nos echamos a reir y repitió la *gracia*. Cada vez que nos reíamos volvía a hacerlo, como si nos imitase.

—Ya veis, os cogió pronto la simpatía. Cuando no le

coge a alguno la simpatía, ya puedo molerlo a palos que no lo hace.

—Se lo agradecemos... Volveremos mañana. ¿Quiere que le traigamos alguna cosa?

—No, no; mañana ya no estaré aquí. En cuanto sepan que ando por aquí, vendrán con cantazos y garrotes.

—¿Pero por qué?

—¡Ja! Lo preguntáis porque sois pequeños y porque sois señores. Pero ya lo sabréis, ya lo sabréis... Sólo os pido una cosa, sé que la cumpliréis si me dais palabra. ¿Me la dais?

—¡Pues claro!

—No contéis a nadie que me habéis visto, que habéis visto a Fray Benitón, o al Renegón, o al Frade, que con todos esos motes me han de mentar si les decís que me habéis visto... Venid que os encamino. Id adelante, por aquí...

Nos llevó por un predio de lino que no conocíamos. Descendía, en declive hacia una depresión legamosa, cubierta de berros; la bordeaba una vereda tan estrecha que había que ir en fila. Subía después hasta unos campos despejados que tampoco recordábamos.

Desde allí nos volvimos para despedirnos del viejo, pero había desaparecido, como tragado por la tierra. Apenas llegamos a lo alto, unos pocos pasos más, nos encontramos en el camino real, tan cerca de la casa que podríamos distinguir a alguien que estuviese en la ventana del torreón. Parecía increíble.

—¡Qué tipo más raro! Me quedaría horas oyéndolo.

—Yo también, pero decía cosas muy tristes.

—¿Quién será?

—No sé.

Había anochecido cuando entramos por el patio de labor para evitar el encuentro repentino con la abuela. Estaba allí el viejo Barrabás, en medio de un grupo de criados y jornaleros jóvenes. Hablaban todos con mucha agitación. No callaron al vernos, como solían hacer; con tinuaron con la disputa como si nuestra presencia los hubiera enardecido aún más.

Por lo que oímos, el caso del lobishome acababa de tener una comprobación concreta, casi dramática, para aquella gente. Habían aparecido dos corderos y un cabrito con la garganta abierta, devorada a medias.

—¡Está patente! Los lobishomes no los comen, no hacen más que chuparles la sangre.

—¡Que os digo que no es eso, coño! —aplacaba Barrabás, a gritos. —¡No seais animales! ¿De dónde sacáis que los lobos bajan en el rigor del verano?

—Pues eso es lo que decimos, señor Marcial, que el lobo de verdad no procede así.

—Hay que coger una determinación y hablar menos.

—¡Qué oscurantismo, señor, qué oscurantismo! —machacaba Barrabás.

—Eso vos pasa porque no leeis el periódico —sentenció el Barrigas.

CAPÍTULO XIX

Roque me tenía atenazado con sus largos dedos de hierro, tan pegado contra el pino que sentía las salientes de la corteza clavadas en la espalda.

—¡Canta, mantecoso, o te rompo el alma aquí mismo! —Estábamos casi en la cima del monte del Relámpago y era inútil dar gritos. —¡Vamos, cobardón, traidor, habla! ¿De dónde sacaste las monedas? Habla o te...

La maldita desgracia de habérseme caído del bolsillo de la blusa al dar un salto... Todo me salía mal desde que tenía encima aquel condenado dinero. Debimos haberlas enterrado, como le propuse a Diego, y guardar el secreto para siempre.

—Habla o te juro por mi madre que no sales de aquí con vida. ¡Ladrón!

Se le habían puesto los ojos atravesados y estaba como loco. A cada palabra me clavaba más las uñas.

—Te digo que las encontré. ¡Suéltame! ¡Ay...!

—No te suelto. Tú robaste esas monedas y quiero saber dónde.

—No.

—Las robaste, sí, las robaste.

—Te digo que las encontré.

—¿Cuándo? ¿Por qué no me lo dijiste, traidor?

—¡Suéltame!

Le tiré una patada a la canilla que sonó como una caña rota. Se frotó un momento la pierna. Luego se enderezó y me hizo rodar de un bofetón. Esperó a que me levantase y me hizo tambalear con otro. Cogí una piedra, pero me contuvo el brazo en el aire y me lo retorció hasta que la solté. Me eché de nuevo a él con toda mi alma, con una furia que nunca había sentido, con una fuerza de la que no tenía idea, pero inútil; a cada arremetida, me rechazaba con un golpe en la cara, en el pecho, en el vientre...

Ya no sentía el dolor, sino la humillación de que me pegase una y otra vez, casi siempre en la cara. A mí nunca me había pegado nadie en la cara, y aquellos chasquidos secos, escandalosos, casi alegres, me hacían arder la sangre.

Cuando ya no pude más, me quedé sentado en el suelo, con la cabeza entre las manos, aturdido. Tenía ganas de llorar pero no lloré. Ni tuve que contenerme; parecía que las lágrimas se me secasen al llegar a los ojos...

Juré allí mismo que lo mataría, que no viviría más que para matarlo. Con aquel bicho maligno no había más que eso, matarlo.

Se apartó un poco y yo me quedé boca arriba, calmado de repente, gozándome en aquella idea, la única que sentía, como si me hubiese quedado sin otra cosa en la cabeza. Apreté los dientes hasta que me dolieron y metí los puños en los ojos. En aquel momento se volvió, se echó encima de mí de un salto, clavándome la rodilla en el pecho, y me quitó las monedas. Luego, se largó a correr monte abajo.

Entonces, sí, me eché a llorar.

* * *

Los días siguientes fueron los peores de mi vida. Aquel mala bestia me tenía en sus manos. Hacía conmigo lo que le daba la gana, era su esclavo. Se lo conté a Diego y resolvió que había que darle una paliza "o tirarle un escopetazo, de noche". Pero el maldito no se separaba del grupo de los mayores o de su madre, sino en los momen-

tos en que podía pescarme solo, dos o tres veces al día.
"No está terminado el asunto". "O lo papillas todo o se
lo digo a la vieja". Otras veces: "Ahora que está tu
abuelita en el despacho... me voy allá y...". Y otras,
simplemente: "¡ladrón!", al pasar por mi lado.

Llegó un momento en que ya no pude aguantar más.

—¿Y si te lo digo, qué vas a hacer?

—Te devuelvo la mitad y me quedo con el resto. Te
conviene. Conmigo no vas a perder nada si te portas bien.

La cosa me pareció menos grave de lo que suponía.
Aquella misma noche se lo dije al primo; tenía mis dudas,
no fuese una trampa más. Diego, con su manera fácil de
resolver, me contestó:

—Díselo.

—¿Y si luego lo cuenta?

—No dirá nada. ¿No ves que así lo tienes cogido tú
también? ¿Cómo va a decirle a la abuela que te las pidió,
suponiendo que eran robadas? Las quiere para gastarlas
en sus vicios, está claro como el agua.

—Si ya tiene las monedas, todas... ¿Para qué quiere
saber también lo otro?

—Como supone que las robaste, quiere saber dónde,
para coger más. ¿Cómo no pensaste eso?

—¡Qué tío cabrón!

Dejé pasar otros dos días, aguantando, pero ya resultaba imposible. No comía nada, me despertaba a cada
momento. Además de lo que me decía cuando me tenía
cerca, a las horas de comer se ponía a jugar con las monedas haciéndolas rodar por el mantel, con el riesgo de que
se le cayese una, y adiós...

—¿De dónde sacaste esas monedas? — le preguntó Rosa
Andrea, cuando se las vio por primera vez.

—¿No ves que son de chocolate? ¡Muerde...!

Aquella tarde me decidí, porque ya era intolerable.
Cuando estaban todas sentadas en el jardín, se puso a
pasar por detrás de la abuela haciendo brillar una moneda
sobre su cabeza. Hasta la tiró al aire, ¡criminal!

Diego, al ver mi desesperación, me dijo, casi ordenándomelo:

—Acaba de una vez. Díselo ahora mismo, yo voy contigo.

—No, no quiero que estés tú. Si se arma un lío, no quiero que te metan a ti. Tú no sabes nada, sólo sabes que las encontré, y si quieres, ni eso. Vete, que si nos ve juntos no se acercará.

Lo llamé por señas y nos fuimos a la cochera. En cuanto llegamos, le solté sin preparativos.

—Se le cayeron a Raúl Barrabás, aquí mismo, el día que nos peleamos con él.

Se quedó impresionadísimo y se puso a tragar saliva. Nunca creí que iba a hacerle tanto efecto. Luego dijo, sacando el labio y estirando las palabras:

—¿Así que fue ese hijo de perra? — Se quedó un momento concentrado, frotándose las manos muy despacio.

—¿No me das la mitad?

—A la noche. No las tengo aquí, sólo tengo estas dos, con las que te hago rabiar. No soy tan idiota como tú, andar con todas encima.

Como, en realidad, no me interesaba el dinero, no insistí. Pero a la noche no me las dio, ni al día siguiente, ni al otro. En cambio ya no me hacía cosas, no me amenazaba, ni me tenía en cuenta. Andaba muy preocupado y, al parecer, también muy interesado en el caso del "lobo de la gente" que tenía revuelto al paisanaje.

Hablando de todo ello con Diego, llegamos al resultado que lo único que le interesaba era quedarse con el dinero, y que se hacía el tonto para no darme lo convenido. Yo estaba contento. Al fin me veía libre de tal podredumbre.

* * *

Algunas de aquellas noches frescas, que ya anunciaban de lejos el otoño, la abuela armaba un tresillo con el párroco y otros señores vecinos, que mandaba avisar por un propio. Llegaban a caballo, después de la cena y se iban muy tarde.

Adelaida, las Presamarcos y la tía Cleofás, se quedaban también, aunque no hasta el final, parloteando, y dale que tienes con el ganchillo o las agujas de sus interminables labores.

Resultaban unas veladas muy simpáticas, animadísimas. Todos hablaban en voz alta y bebían ron y anisetes. El único algo latoso era el señor de Altamirano, que no hacía más que hablar de la guerra ruso-japonesa, metiendo en la conversación nombres raros. Quedaban muy chistosos porque los decía con mucha seriedad, aun siendo tan cómicos, algunos parecían ladridos.

A los chicos nos permitían trasnochar, una de nuestras felicidades, y quedarnos en la saleta, con la condición de no hacer bulla ni acercarnos a la mesa de juego. A la abuela la enfurecía que le mirasen las cartas.

Aquella noche, Ilduara se había retirado, casi al comienzo de la reunión, con una jaqueca que ya empezara a sentir durante la cena. ¡Menuda jaqueca! Rosa Andrea pespunteaba, muy seria, en un bastidor, y nosotros entrábamos y salíamos, disfrutando de la trasnochada y del moderado desorden que se nos consentía.

En una de aquellas salidas (era noche de gran luna) Diego me llevó al jardín, y allí me propuso fumar a medias un cigarro que le diera, ya liado y pegado, el cochero Barrigas. Yo no tenía ganas de probar, no me atrevía. Aquella vez con Lois, me había dado asco. Diego estaba más decidido.

—¿Por qué vamos a ser menos que el cojitranco?

Diego encontraba siempre (no sé si era porque le quería mucho) las razones justas para convencerme con la menor cantidad de palabras.

—¿Lo pegó con escupe? —dije, queriendo aún defenderme.

—¿Con qué iba a ser, con cola? Al arder, se le va todo.

—Vamos hasta el muro, lo fumamos allí.

Fuimos andando, despacio, por el veredón del parral. Las hojas se recortaban contra la gran luz blanquísima, los bordes parecían de luz... Ya estábamos llegando al lugar de mi descubrimiento de aquella noche. El misterio había resultado ser el de aquellos dos marranos. Me vinieron ganas de contárselo a Diego. Mi silencio ya no tenía razón de ser, además resultaba una deslealtad. Lo había sido siempre; pero la idea de tener algo que fuese únicamente mío, que sólo yo supiese...

Al llegar cerca del muro, nos sentamos en el suelo y encendimos el pitillo. Le dimos una chupada cada uno, luego otras, sin toser. No resultaba tan importante como decían. Ardía un poco la lengua y nada más. También habíamos oído que el primero emborrachaba, ya veríamos después.

—¿Te acuerdas aquella noche que salí a buscar el miedo?

—Sí —contestó Diego, muy seco, creyendo, supongo, que iba a insistir en las mismas fantasías.

—Ahora te digo la verdad, no llegué más que hasta aquí. Llegué hasta el muro y subí por el laurel, eso es cierto.

—¿Y qué?

En esto oímos un ruido detrás de nosotros. Alguien venía, a campo traviesa por la viña, se notaba por el ruido fofo de los pasos en la tierra escardada. Nos levantamos de un brinco y apareció Roque Lois con un cigarro a medio arder en el canto de la boca. Era tanta la claridad como si fuese de día.

—¿Qué hacen aquí los príncipes? ¿De juerga, eh?

—A ti que te importa —le gritó Diego en las narices. —Ya me tienes harto. ¡Largo de aquí!

Por si acaso, yo había tirado el pitillo. Diego lo levantó y se puso a darle ostentosas chupadas.

—¿No se puede preguntar qué andáis haciendo? —insistió Lois, con menos jactancia. Le contesté:

—Estoy en casa de mi abuela y hago lo que me da la gana, lo mismo éste. Sólo ella puede preguntarnos. ¿Qué más?

El canijo, más sorprendido de mí que del otro, se azorró y quiso transar.

—¡No os pongáis así, no es para tanto!

—¡Pues claro! ¿Te preguntamos a ti qué andas haciendo? — remachó el primo.

—Este mierda nos anda espiando.

—Calla tú, Mantequitas, no te crezcas. Tengo cosas más importantes que hacer que ponerme a pelear con críos — añadió, recobrando su tono, pero sin demasiada altanería.

—Menos críos, eh, menos críos… — se engalló Diego.

—Lo que os digo es que sois unos falsos y malos compañeros. Pero que conste que no me mamo el dedo… y que sé tanto como vosotros.

—Claro, porque te lo dije yo.

—Dejemos eso. Ahora tengo que pediros un favor. ¿No vísteis pasar por aquí a Raúl Barrabás?

—No.

—¿Ni a nadie?

—No.

—No os da la gana de decírmelo, pero ya os pesará. Adiós.

Se fue trenqueando por el camino del parral. El cigarro nos había puesto muy valientes. Diego reaccionó y quería alcanzarlo para zurrarle.

—Voy a cogerlo por el pescuezo y… ¡Déjame!

—Espera, hombre, que te voy a aclarar todo.

—¿Por qué tiene que andarnos siguiendo ese basura?

—No es por nosotros, ya verás.

Le conté mi encuentro misterioso y estuvimos de acuerdo en que no podían ser otros que Ilduara y Raúl, que era allí donde se veían de noche, ¡indecentes!, no siendo cuando la abuela se iba a la ciudad. Resultaba patente que Roque sabía algo y les andaba los pasos. Si resultaba así ¡qué catástrofe, con el odio que le tenía!

Volvimos a la casa. Continuaban enfrascados en la jugueta. La abuela se había pegado parches de diaquilón en las sienes. Desde hacía unos días, se quejaba de dolor de cabeza, y se ponía colorada o pálida de repente, aunque estuviese callada o quieta.

Roque no estaba allí. Desde la ventana, vimos que en el patio de labor estaba, como otras veces, reunido el conciliábulo de los mozos. Dieran en juntarse todas las noches para calentarse los cascos con la conseja del lobishome.

De allí a poco, se les vio encaminarse hacia la salida que daba a la huerta. ¡Lois estaba con ellos! Se detuvieron frente al alpende de los aperos y se quedaron hablando allí, en la parte sombriza, con mucha resolución. Casi no los veíamos pero se oían las voces.

—Voy a ver qué pasa.

—Yo también.

—Mejor uno solo, menos bulto. Espérame en la saleta, por si viene ése que no se dé cuenta que faltamos los dos.

—Que no te vean...

—Claro.

Diego tardaba en volver y yo estaba muy intranquilo. Volvió pasada la media noche; traía cara de cosas importantes. No habíamos tenido tiempo de decirnos nada cuando entró Lois, pisándole los talones. ¿Pero sería posible? Diego trató de serenarse y yo lo mismo.

—¿Hace mucho que llegásteis?

—Una media hora. ¿Y tú?

—Anduve por ahí papando aire, solo. Me aburre ver jugar a los viejos, y yo...

—¿También sabes el tresillo?

—¡Bah!

Se notaba que no había visto a Diego en el patio. Le hablábamos con naturalidad porque no queríamos ponerlo sobre aviso con algún desplante.

—¿Salís a fumar?

—No. Yo me voy a la cama, estoy cansado — dijo Diego, con un bostezo fingido.

—Yo también. Adiós...

—Abur... y no os perdáis por ahí, pues ya sabéis que siempre os encuentro.

—Sí, eres muy listo.

Fuimos callados hasta la habitación. Diego corrió el pasador y encendió el quinqué. Siempre nos quedábamos un rato largo en la ventana con la luz apagada, hablando, trasnochando.

—¿Te vas a acostar ya?

—No, pero como ése no nos pierde de vista, si no hay luz creerá que andamos por ahí. ¡Te digo que le tengo unas ganas...! ¿Sabes que anda tramando? Ha convencido a Ulpiano, el capador, ¡con lo bruto que es!, y a un jornalero montañés, también muy animal, de que Raúl Barrabás es el lobo de la gente. Les pidió juramento de no decir nada; de eso estaban hablando, en un aparte, los tres. A Ulpiano le sacó Raúl una novia y no se lo perdona, y con el jornalero también tuvo cuestión, no sé en qué romería. Parece que se hace el bravo con la escopeta y todos le tienen odio... Los otros mozos hablaban de dar una batida, una de estas noches, pero no nombraban a Barrabás chico; se ve que es cosa de ellos tres.

—¡Qué bestia!

—Tendrías que ver cómo les contaba que había seguido dos veces a Raúl, y cómo iba quedándose pequeño, pequeño, hasta salir lobo al otro lado del maizal. ¡Parecía verdad, chico!

Aquella enormidad era demasiado para poder hablar de ella. Yo no sabía qué decir. Diego también se calló, preocupado. Seguía viéndose luz en la saleta de juego. Nos tumbamos vestidos en la cama.

—¿Qué hacemos, tú?

—No sé...

Me desperté con el fresco del amanecer. Había un

fuerte olor a tufo del quinqué. Diego seguía lo mismo, vestido, con la cabeza debajo de la almohada. Me levanté, le puse la cabeza en la almohada y le di un beso. Luego lo desperté. Nos pusimos el camisón, sin decirnos nada, y nos volvimos a acostar.

CAPÍTULO XX

Diego, que se había levantado antes que yo, vino a avisarme y volvió a salir corriendo. No lo entendí bien. Habló atropellándose, pero es que la cosa resultaba tan increíble...

Salí a medio vestir; poniéndome la blusa. En el corredor alto, me encontré a las Presamarcos gesticulando en un balcón. Me asomé y vi que estaba llegando mucha gente a la explanada. La vieja me cogió de un brazo.

—No vayas, Pedro Pablo, ¡qué escándalo, qué ludibrio!

Según lo que pude entender, se había presentado la guardia civil (una pareja y un sargento) para llevarse a la abuela. ¡A la abuela...! Con ellos venía un oficial del juzgado. Recordaba ahora (esas cosas se oyen como si no se oyesen) que no había hecho ningún caso de un pleito que le pusieron los renteros de la Arnoya; no había nombrado defensor, y las dos o tres veces que estuvieron allí gentes de justicia, las había mandado echar de mal modo por Barrabás, sin ofrecerles siquiera un vaso de agua.

La encontré en el despacho, con las criadas Obdulia y Ludivina, volviendo de un sofocón que le había dado al saber lo de los civiles; estaba recostada en el sillón (muy colorada) dándose aire con un pañuelo.

—¿Qué pasa, abuela?

Alrededor de ella giraba Ludivina, con un vaso de ron en la mano como no sabiendo a quien entregárselo. De

210

vez en cuando, detenía sus vueltas de peonza y lo olía largamente. La vieja Obdulia estaba en un rincón, con las manos bajo el mandil y su cara de masilla, mucho más quieta que de costumbre. Fuera se oían voces.

Apareció Barrabás, le dijo algo al oído y volvió a salir.

—¿Quieres decirme qué pasa, abuela?

Tampoco me contestó, pero como si mi presencia le devolviese los ánimos, se levantó, bebió un sorbo de ron y salió apartándome. Yo me fui a buscar a Diego.

La gente, mucho más que la que vi desde arriba, se había agrupado frente al palacio. Todo en un instante, como si hubieran estado esperando tras las puertas; incluso aparecieron los jornaleros que debían estar lejos, en las labranzas. Fuera de la portalada, entre los dos cipreses, había un coche alquilón de los de A...

Barrabás iba y venía entre la casa y el grupo, casi corriendo. El señor de negro, agitaba los papeles señalando la casa y farfullando. Diego y yo, frente al grupo del personal, seguíamos aquellos movimientos cogidos de la mano.

En uno de los regresos de Marcial Barrabás, no sé qué le dijo al señor de negro que se puso rabioso y habló con los guardias. Éstos encasquetaron el ros y se colgaron los fusiles.

Cuando Barrabás iniciaba otro viaje, apareció la abuela en lo alto de la escalinata. En torno a ella, como un moscón, volaba Ludivina queriendo acercarle algo a las narices. En uno de los pasos de danza, madama Zoe le arrancó de las manos el frasco de sales y lo estrelló contra las losas. Luego gritó hacia Barrabás, como continuando:

—... y diles que nunca ha entrado por estas puertas gentuza de cárceles, ¡y que no van a entrar mientras yo tenga alientos!

El chupatintas dio unos pasos, tratando de aplacarla con buenos modales. La abuela bajó dos escalones, los brazos cruzados sobre el pecho. Estaba tan colorada que parecían sangrarle las mejillas, una más que otra.

—No dé un paso más o suelto los perros. (En realidad decía *pegos*. Las erres le habían quedado atragantadas desde sus años de educación con unas monjas de Montpellier, y volvían a pegársele cuando se emocionaba).

—Doña Zoe, nosotros somos mandados... Recapacite...

—Ni un paso.

—Si la ofenden los agentes de la autoridad, los retiro. (La abuela bajó otro escalón). Puede evitarse lo peor, si Ud. se da por notificada. Póngase en razón. No es caso de afrontar la rebeldía y el desacato...

Sonaban extrañamente las palabras del curial en el gran silencio campesino, como sin gente allí; apenas los pájaros y el rumor de la arboleda, a lo lejos. Parecía un sermón de misión rural.

La abuela lo dejó con la palabra en la boca y volvió a entrar en la casa asentándose, con cierta gallardía, la pelerina sobre los hombros.

Barrabás la siguió y nosotros con él. Nos quedamos en el pasillo. Se pusieron a discutir, la abuela a gritos y Marcial con el susurro de siempre. Pudimos entender que recibiría al rábula, siempre y cuando los civiles se largasen de allí y esperasen fuera de la verja, en el camino, lo más lejos posible.

Salimos tras Barrabás y nos fuimos de nuevo al grupo de los aldeanos. Le dijimos al Barrigas lo que se había tratado y lo hizo correr entre el paisanaje.

En las ventanas altas, asomaban, yendo de una a otra, las caras ansiosas de María Cleofás y Rosa Andrea. Las Presamarcos habían desaparecido.

Al ver que el señor de negro se encaminaba al palacio con Marcial y que los guardias no se movían de donde estaban, los aldeanos empezaron a murmurar y algunas mujeres levantaban el gallo.

Cuando llegaron, la abuela abrió de par en par las ventanas del despacho, y nuestro grupo dio unos pasos adelante, ojeado de mal modo por la guardia civil, que también se adelantó.

La abuela hablaba con la misma altanería de siempre,

y el farsante se puso a gritar, golpeando el legajo con la mano, acercándoselo a la cara. Cuando lo hizo por segunda vez, se lo quitó de un tirón y lo arrojó por la ventana.

Los civiles, luego de mirarse rápidamente, echaron hacia allá, con las carabinas cogidas por el caño. Subieron la escalinata a saltitos y entraron.

Hubo un impulso en la gente para seguirlos, y apareció Barrabás, alzando los brazos y moviendo su boca de rendija, pero no se le oyó hasta que estuvo cerca.

—No os mováis, puñeteros, si no queréis que se arme aquí la de... Los hice parar en la puerta del despacho y allí quedan. Vos digo que no entrarán.

—Eso no fue lo tratado.

—Calla tú, coruja.

Algunos hombres se fueron al alpende y volvieron con horquetas y estacas de carro. Se pusieron a repartirlos, incluso a las mujeres y a los rapaces. Crespiño se nos acercó y nos dijo (a Diego y a mí):

—Al Faramontaos lo encerraron, pero yo sé dónde tiene los cuchillos de la poda. Si queréis...

—Ve por ellos.

—Ya los traía aquí...

A Roque Lois lo veíamos andar por allí, sin acercarse. Se frotaba las manos y parecía muy alegre, con su risita de conejo. Rosa Andrea apareció en el despacho y se abrazó a la abuela, que la apartó de buen modo.

La abuela estaba de espaldas en el vano de la ventana; era muy baja y se veía todo. Gritaba cada vez más y la gente se iba impacientando. Barrabás entraba y salía, dando noticias y tratando de calmar, pero ya nadie lo escuchaba.

En esto, se vio que la guardia civil había entrado en el despacho, lo que provocó mayores voces de la abuela. El chupatintas asomaba de vez en cuando, blanco como la cal, mirando hacia los paisanos, que estaban quietos y callados, pero sin quitar ojo de lo que ocurría dentro.

Resultaba claro que todo era inútil con la abuela. Seguían oyéndose sus insultos, una palabras tremendas (a veces muy graciosas). Nunca creí que fuese capaz de decirlas, pero que en aquel momento me gustaban, ¡ojalá fuesen peores! Se movía agilísima con Rosa Andrea abrazada a la cintura, como formando parte de su cuerpo. Cada vez que intentaba apartarla, la prima daba un chillido de ratón y se cogía más fuerte.

—Por Dios, mi señora de Razamonde, considere...

—No contesto nada, ni firmo nada, ni voy a nada. Dígale a ese frangollón de Pastrana, que me cisco en él y en sus papeleríos, ¡Andando, salga de aquí!

—Pero madame Zoe, si no se trata más que de...

—Que empiece él por pagar los pufos de su mujer y sus boquillazos en el casino.

—¿Pero qué culpa tiene usía?

—¡Tramposos!

—Los hechos procesales...

—¡Puferos!

Los tricornios aparecieron, afantochados, en el vano, muy cerca de ellos.

—¡Largo de aquí, sayones, si no queréis que os eche la gente encima! Y a esa patulea de la Arnoya, voy a mandar que les arranquen las cepas... y los ojos. ¡Fuera de aquí, digo!

El sargento, todavía de buen modo, retiró a la abuela de la ventana, y asomó la pareja montando las tercerolas. Hubo un movimiento en la gente, pero nadie retrocedió. Se oyó la voz del oficinista, dejando el tono hipócrita.

—No tolero más desmanes. ¡Procedan!

Los guardias cogieron a la abuela por los pulsos, pero se les escapó y empezó a tirarles todo lo que había encima de la mesa, el tintero, el reloj de bronce... Rosa Andrea la ayudaba. Las mujeres se pusieron a vociferar y los hombres se consultaban en rápidos apartes.

En esto surgió María Cleofás por detrás de la gente.

214

Traía puestos el macferland de esclavinas y unas botas de montar. Se abrió paso, apuntando con una escopeta de dos cañones. Antes de que pudiesen detenerla, disparó, con gran estruendo, dos tiros de munición que hicieron saltar los vidrios de media galería. Los civiles respondieron con una descarga al aire y los paisanos llegaron al pie de la escalinata. Diego y yo quisimos adelantarnos pero no nos dejaron. Con gestos bruscos (no parecían los mismos) nos fueron pasando de unos a otros hasta dejarnos atrás, con las mujeres y los chicos.

Cuando los aldeanos empezaban a subir, apareció en el portón de la entrada don Brandao, acompañado de unos cuantos caballeros vecinos, montados y con armas. El ruido de los cascos en las losas de la explanada, daba una sensación de seguridad.

En cuanto echaron pie a tierra, Diego y yo nos fuimos con ellos. Entramos todos al palacio. Don Brandao que iba al frente, se puso a hablarle al funcionario, con rostro grave y seca autoridad, respaldado por los otros caballeros, que también se manejaban con decisión frente a la sorprendida brutalidad de los civiles.

De allí a poco, salieron los guardias, con el cagatintas en medio, mirando esquinado hacia los paisanos, y se fueron a coger el coche.

Cuando iban cruzando la explanada con andar lento, simulando tranquilidad, asomó de nuevo la abuela.

—Decidle a ese c... consentido, que le voy a quemar la casa y el juzgado... Decidle que...

El capellán la quitó de allí, con una mezcla de energía y ruego. Pero salió otra vez y se puso a gritarle a nuestra gente:

—¿Qué hacéis ahí, pasmones? Cada uno a su trabajo... ¡Hala!

Las voces eran las mismas, pero no la intención. Tampoco la mirada. Era como si se le fuesen a saltar las lágrimas.

Llamó a Barrabás y mandó darles vino a discreción, como en el día de la fiesta patronal. Luego se empeñó en que aquellos señores se quedasen a comer. Se quedaron casi todos. Durante la comida no habló nadie del asunto, como si nada hubiera sucedido, que así era la vieja y valiente cortesía del país.

Tampoco la gente de escaleras abajo hizo bambolla de su intervención. Lo único de que murmuraban (de muy mal talante), sobre todo los mozos, era de la ausencia del Barrabás chico. Había aparecido, como si tal cosa, a la hora de comer, con un par de conejos despanzurrados, colgados al cinto. Alguien aseguró haberle visto largarse cuando llegaron los civiles.

Las Presamarcos no bajaron a comer, con disculpa de jaqueca, pero haciendo el burdo mohín de ofendidas. (¡Ofendidas aquéllas, con lo que sabíamos!). En cambio la parienta Adelaida estuvo encantadora, luciendo todo el tiempo su bella voz, contando cosas, con palabras muy escogidas y sociales, a aquellos hidalgos, que se las celebraron mucho. Don Brandao estaba a su lado, y de vez en cuando le ponía la mano en el hombro; siempre me pareció que era el que más la quería. Roque Lois, con el que no cambiamos palabra, durante la comida, seguía aquellas escenas con ojos duros y resentidos.

A pesar de los esfuerzos que hacía, la abuela no estaba como siempre, ¡qué iba a estar! Al hablar, le temblaba el labio inferior y se le desordenaban las manos; además estaba tan encarnada que parecía borracha.

Se quedaron bastante tiempo de sobremesa, tomando cafés y muchísimas copas, como si se tratase de un convite formal. La abuela había mandado servir lo mejor de la bodega, y los señores alababan, con muchos extremos, cada botella que traían, leyendo en voz alta la etiqueta.

Al marcharse, lo hicieron sin ofrecerse, sin aludir para nada a lo sucedido, como si se retirasen de una fiesta.

Cuando íbamos por el pasillo, a lavarnos las manos,

Diego alcanzó a Roque Lois, que marchaba unos pasos adelante, como siempre. Lo paró, cogiéndolo de un brazo.

—Así que ésa es tu valentía, ¿no?

—A mí no me va ni me viene la vieja. ¡Que se joda!

—¡Asqueroso! —Y le escupió en la cara.

CAPÍTULO XXI

A la tarde siguiente, (cosa rarísima) la abuela nos mandó llamar a los tres primos y nos retuvo en el gabinete, como si fuéramos visitas. Enseguida percibimos que no era por nada especial, sino para que estuviésemos con ella.

Nos trató con mucho cariño y nos dijo que "uno de aquellos días" bajaría a A... y volvería "con un coche cargado de cosas para aquellos nietos tan guapotes y tan valientes". Nunca la habíamos visto así y nos mirábamos con algo de susto.

—¿Valientes por qué, abuela?

—Ésta no se movió de mi lado. Y vosotros... Crespiño vino a devolverme los cuchillos que le quitásteis a Faramontaos... Me pareció bien. Con la gente de cárcel, cualquier cosa...

Tomamos el chocolate sin movernos de allí. Estaba contenta (algo nerviosa) y nos hablaba como a personas mayores. Ni siquiera reprendió a Rosa Andrea, que le gustaba el chocolate ardiendo y tenía la costumbre de sorbetcar.

Lo único que nos extrañó fue que no mandase llamar a Adelaida, pues siempre la tenía a su lado. Y aún nos extrañó más cuando le contestó a la vieja Obdulia, que vino a avisarla para el rosario:

—¡Bah, bah! Rezad vosotras si queréis. ¡Tanto rezar...!

Ya había anochecido cuando apareció Barrabás, con

las rendijas muy contraídas, casi una careta, pidiéndole un aparte. Se fueron al despacho y quedó la puerta abierta. Después de unos minutos de conversación en voz baja se oyó claramente la de la abuela.

—Pues si tanto te aflige lo ocurrido, lía los petates y te largas; tú y el golfón de tu hijo. Aquí nadie es indispensable, ni yo misma.

Toda la tarde se había quejado de dolor de cabeza. Al parecer, le iba en aumento; de vez en cuando se quedaba callada, apretándose las sienes.

Casi de noche, tomó de una pócima que allí tenía. La bebió a tragos, por el gollete, sin medirla en copa ni cuchara. Luego encendió el quinqué y nos dijo que nos fuésemos. ¡Nos besó a los tres! Se quedó escribiendo en el despacho hasta la hora de cenar. Hubo que avisarla varias veces.

Las tarascas llegaron un poco antes y se empezó a comer en silencio. Adelaida intentó reiteradamente pegar la hebra, pero nadie le contestó. La tía María Cleofás, que era la que siempre hablaba, aunque no le hiciesen caso, estaba magullada en la cama.

¡Qué cosa tan fúnebre, todos callados, hasta nosotros, en aquel inmenso comedor! La abuela (yo no la perdía de vista) apenas pasó bocado. Tampoco comió postre, pero tomó café tres veces con dos copas de ron. De vez en cuando se apretaba la frente y, a pesar del ron, estaba más descolorida que a la tarde.

Rosa Andrea, Diego y yo, la mirábamos y nos mirábamos, y tampoco comimos bien.

Roque Lois estaba muy inquieto (supuse que por lo del salivazo) pero tragó como si tal cosa, quizá más que otras veces.

Cuando la abuela, mucho antes que de costumbre, se puso a doblar la servilleta (que era la señal para poder marcharnos todos), Roque, desde el extremo de la mesa donde estábamos, dijo en voz alta, casi gritando:

—¡Espere, doña Zoe!

Miraron hacia nosotros, sorprendidos por el tono, supongo. Roque se acercó despacio y arrojó las monedas (todas juntas) que sonaron escandalosamente al caer en una bandeja de plata. Se levantaron las cuatro, casi de un brinco. La abuela cogió una y la miró con los impertinentes. Luego dijo, demudada:

—¿De dónde las sacaste?

—Se le cayeron a Raúl Barrabás. Se las dio ésa (señaló a Ilduara con la barbilla). Aquí está el papel. (Me lo había robado el gran canalla).

Ilduara se puso a gritar, queriendo arrebatarle la carta. La abuela, sin terminar de leer, cayó de rodillas apoyándose un momento en el borde de la mesa, para quedar luego estirada en el suelo.

Las Presamarcos salieron chillando y la ciega palpaba el aire con las manos temblorosas.

—¡Hijo, hijo!

* * *

A eso de las dos de la mañana, salió de la alcoba don Ciprianito, el médico de la villa. Se veía bien que no podía esconder su preocupación. Le preguntamos y contestó con vaguedades. Mandó preparar nuevos sinapismos y habló de intentar una sangría. Luego le dijo a don Brandao que saliese alguien, a uña de caballo y sin esperar el día, a buscar a nuestro médico de A...

Estábamos aplastados, con la terrible sensación de habernos quedado solos en una casa desconocida, en la que acababa de instalarse el miedo como un humo frío que brotaba de todas partes, que se nos metía por la piel.

En medio de todo, fue una suerte que la gravedad de las cosas no hubiese salido de entre nosotros; de haberse extendido, ya no se podría estar allí, ni pensar nada, ni siquiera llorar bien, con el barullo de impetraciones y llantos por aquellos corredores. De todos modos, tenía que llamar la atención que hubiese luces a aquellas horas.

Don Ciprianito, precaviéndose, había ordenado a Obdulia decir, si alguien preguntaba, que era "una indisposición de poca monta". Recuerdo claramente la mirada de la anciana (nunca la vi con los ojos tan abiertos) venteando la desgracia a través de la serenidad profesional del viejo médico.

Dentro se oía la respiración entrecortada, trabajosa, de la abuela. Andábamos como sombras, nos cruzábamos sin hablar. Obdulia movía los labios en interminable rezo y se le caía todo de las manos.

Cuando nos dejaron entrar, la abuela seguía sin conocimiento. Parecería muerta, si no fuesen aquellos temblores en la mejilla y el funcionamiento de los labios amoratados. Claro, nos echamos a llorar.

A los pies de la cama estaba Ludivina, como de piedra, los enormes ojos pasmados y las blancas pestañas largas, como si le hubieran crecido. No entendía lo que le mandaban ni quería apartarse de allí.

Adelaida le frotaba la mano derecha (la tenía helada cuando se la besé) como si quisiera darle vida con las suyas. Era la única que mostraba una disposición valerosa y resuelta, como empezando una lucha. Cuando se levantaba para hacer algo, sus movimientos eran tan seguros como si hubiese recobrado la vista.

Nosotros no sabíamos qué hacer. Rosa Andrea salía de vez en cuando al pasillo para poder llorar alto.

—¡Se muere mamá Zoe, se muere, se nos muere!

Por si lo que ocurría fuese poco, a eso de las tres de la mañana, Obdulia vino a decirnos que se veían hachones de paja encendidos hacia el final de la huerta, y que "había oído gritos".

Cuando Diego y yo nos asomamos por la solana, no se veía ni se oía nada... Pero en aquel mismo momento, vimos que Marcial Barrabás, el Rúas y algún otro, cuatro o cinco, iban hacia allá, con faroles.

Desde aquel momento, nuestra atención se repartió entre la solana y la alcoba. Intranquilos, íbamos y volvíamos sin saber por qué. Muchas veces se producían alarmas así, a causa de los zorros que andaban en las viñas o en el maíz, o por algún trashumante que rondaba los corrales... Pero aquella noche algo parecía andar en el aire... Diego, con su pachorra y con su manía de razonar, lo atribuía a nuestro estado de ánimo. Diego era inteligente para todo menos para lo que se percibe de otra manera. Mi contacto con los aldeanos, me daba sobre él la seguridad en la sospecha, la certeza del presentimiento.

Los faroles se dispersaban y volvían a reunirse (los hachones dejaron de verse). Subían y bajaban como buscando algo entre las cepas. Finalmente, se juntaron todos y se oyeron exclamaciones. Dos de ellos corrían hacia la casa, y un poco después los otros avanzaron con más lentitud. No se veían más que las luces en el aire.

Bajamos a esperarlos. Eran Crespiño y el Rúas, que llegaban demudados, casi sin poder hablar. Nos dijeron todo de una bocanada y subimos a avisar a don Ciprianito.

Tuvimos que aguardar a que saliese de la alcoba; no era cosa de ir allí con una nueva calamidad. Cuando estábamos en el gabinete, desesperados de impaciencia, pasó la vieja Obdulia y se nos quedó mirando, levantando y bajando la cabeza, como si ya supiese... ¡qué barbaridad!

Al fin, salió el médico. Lo cogimos de las manos y lo hicimos correr. Al pie de la escalinata tenían a Raúl Barrabás, privado de sentido, tendido entre los faroles. Se le veía una atroz descalabradura en la frente. La sangre le cubría la cara y el pecho, como desollado.

—¡Ay, qué desgracia, Dios mío, qué malvados! —gemía el viejo Marcial, arrodillado junto a su hijo.

Don Ciprianito mandó, con el gesto, que acercasen un farol. Se quitó la levita, se ajustó los quevedos y empezó a remangarse.

El Rúas, luego de haberse quedado un momento tumbado sobre Raúl, dijo con buen ánimo, limpiándole la cara de sangre, con el pañuelo:

—No desespere, don Marcial, que aún alienta.

—¡Ay, qué desgracia, qué gran desgracia! Salvajes, criminales...

Verdaderamente, era para volverse locos.

CAPÍTULO XXII

Desde el día siguiente, la explanada volvió a llenarse de carruajes. Venían de A… parientes y amigos, para enterarse (para curiosear). Los que eran, o se suponían, más íntimos, se quedaban a comer, y otros también a dormir. Se los encontraba por todas partes, agrupados en remusmús de mal agüero, como si fuese ya caso de pésame.

Apenas llegaron, varios de ellos se pusieron a dar órdenes y consejos, aumentando la confusión en aquella casa sin gobierno de nadie, pues Marcial no se apartaba de su hijo que seguía entre la vida y la muerte.

Los hombres de la casa, andaban por allí, mal acomodados con su holganza pero sin atreverse a salir a las faenas. Las mujeres rezaban, día y noche, en la capilla, en los corredores, en las escaleras.

Las Presamarcos habían desaparecido la misma noche de los sucesos, sin saberse cómo, cuándo, ni quién las había acarreado. Luego, se supo que no habían llegado a la ciudad.

A la tía María Cleofás, no bien llegó el doctor Corona, nuestro médico, la mandó llevar a Auria, cuidada por Ludivina y por el sensato Barrigas, adormecida con narcóticos. ¡Pobre…! Parecía un fardo, tirada en el fiacre, envuelta en un cobertor amarillo…

Nosotros tres, andábamos como sombras; no nos separábamos ni para dormir lo poco que podíamos. A Roque Lois apenas se le veía. Entraba en la alcoba, se quedaba un momento con su madre, sin mirar a la enferma, y volvía a desaparecer, horas enteras. No se le notaba triste ni preocupado. Andaba con la cojera más dura y algo más pálido, eso sí.

Menos mal que entre don Brandao y el señor de Fefiñanes (nuestro vecino más rico y respetado, que en aquel trance se portó muy amistosamente a pesar de tener viejas rencillas con la abuela) fueron poniendo un poco de orden en todo aquello. Con suave autoridad (y, al mismo tiempo, indiscutible), lograron convencer a los que habían llegado del pueblo (y a los que aún seguían llegando) de que regresasen, haciéndoles notar, con las mejores palabras, que de lo único que servían allí era de estorbo.

Por si todo esto fuera poco, el tercer día, muy de mañana, aparecieron dos grupos de gentes de justicia, uno para entender en el lío de la abuela con los renteros, y el otro en el de Raúl. Los que venían para lo de la abuela, al cerciorarse de su estado, pegaron la vuelta, sin más.

El resto de la canalla procesal, con sus escribas y civiles, se quedó hasta la noche; preguntaron a todo el mundo, comieron como puercos y escribieron innumerables papeles. A la tarde siguiente, volvió la guardia civil y se llevó a cuatro mozos; exactamente a cuatro que no habían tenido nada que ver con la tremenda paliza, que ni siquiera estaban en la casa aquella noche.

Del tropel que llegara de Auria, sólo quedaron don Blas, el viejo notario de mamá Zoe, y el doctor Corona, con lo cual la casa se sosegó... quizá demasiado. Uno no sabía qué hacer ni qué pensar, si tener gente allí, si no tenerla...

Crespiño se presentó, uno de aquellos días, muy lavado, con el traje nuevo.

—Te venía a hablar.

—Tú dirás.

—Si es caso y pasa algo... aquí me tienes.

—¿Para qué?

—Pues aunque no más sea... para llorar. Se llora mejor juntos, ¿sabes? Yo lo sé por lo de mi madre. Cuando solo, era una cosa; cuando juntos, era otra... Madama Zoe es buena, ¿sabes? y, aquí, todos nosotros...

—Gracias, ya te avisaré.

—Dios quiera que no me tengas que avisar.

En cuanto a la pobre Adelaida, no se desnudó en tres o cuatro noches; allí, al lado de la abuela, tocándole a cada instante la cara con los dedos, casi sin roce; secándole la fluxión del ojo (aquel espantoso medio llanto), palmoteándole la mano yerta, horas y horas, apretándosela, como queriendo llamar la vida hacia aquel lado de la carne sin respuesta.

* * *

Al cabo de una larga semana, volvió mamá Zoe de la extrema gravedad de su mal, pero tullida del costado derecho. La boca apretada, derruida por un lado; el brazo inmóvil, colgando, como algo ajeno; un ojo casi cerrado del que caía el agua seguida, sin redondez de lágrima... ¡Qué gran tristeza...!

Por aquellos mismos días, se aparecieron los tíos Couñago; muy envarado el figurón, de ropa oscura, con falsa cara de pena; y la novelera de su mujer, moqueando en el pañuelo desde que echó pie a tierra, preparando la gran escena del encuentro.

El médico y el notario, en cuanto fueron advertidos, se marcharon *a pasear* por la viña. Yo me encerré en el gabinete de la abuela.

Don Brandao, que conocía bien los intríngulis de la familia (por la confesión, supongo), se plantó en la puerta de la antealcoba y no los dejó pasar.

Desde el gabinete yo oía lo que hablaban. Creo que, en todo aquel tiempo, fue la única vez que tuve ganas de algo así como reír.

—Usted no puede impedirme ver a mi madre en su

lecho de dolor—hipaba la farfantona, con voz prepara-
da, al lado de la masa muda de su marido.

—Pues se lo impido, señora—contestó el cura con
seca resolución, apenas suavizada por su dulce prosodia
portuguesa.

—¡No estoy dispuesta a tolerarlo!—alboroto la mema.

—Pues no tendrá usted más remedio.

—Sólo faltaría eso… en esta casa.

—No se trata de *esta casa*, se trata de que hay una
enferma grave, y es orden de su médico, del doctor Corona. Lamento que no esté aquí para que se la reitere. No
tardará. Si quieren ustedes esperarlo…

La farsante pareció aliviada con el ahorro de la escena. El figurón, con su jeta carnosa casi inmóvil, sacó el
habla hueca, como remontada desde la barriga.

—Fuimos informados de que hubo importante sus-
tracción de fondos, precedente al… accidente.

—Creo que les han informado mal.

—… y también de que mi señora madre política testó,
en forma ológrafa, unas horas antes de caer en su lamen-
tada dolencia.

—Pues saben ustedes más que yo, que no me he movido de aquí desde que llegó madama Zoe.

—De todas maneras, y velando por los intereses que
nos son comunes a mi esposa, a mis hijos y… a mí…

—Les advierto (reaccionó el capellán, con tono desa-
brido) que la señora doña Zoe de Razamonde, no sólo no
está muerta, sino que se recupera con venturosa celeridad. Es de esperar, y tal es la opinión de su médico, que
no han de sufrir alteración sus facultades mentales. Por
tanto no creo del caso, y si ustedes me perdonan, ni lo
juzgo de buen gusto, hablar de intereses en estos momentos.

—Me parece que está usted metiéndose en lo que
no le compete—alboroto el Buey, perdiendo la flema.

—Doña Zoe (persistió el cura, sin tomar nota), sigue
muy delicada, pero fuera de peligro, y Dios nos la conser-

vará muchos años. Por lo demás, tengo orden de que nadie entre y nadie entrará. Es todo lo que puedo decirles. Espero que me disimulen esta severidad... No es culpa mía.

Una hora después, casi de noche, partían hacia A... ¡Se llevaban a Rosa Andrea y a Diego! Ni nos dejaron despedir.

El cielo se me cayó encima cuando dejó de oírse, a lo lejos, el alegre cascabeleo de las colleras.

* * *

Desde el día siguiente, Roque Lois se puso a extremar sus astucias buscando la reconciliación (¡él tenía la culpa, toda la culpa, él!) aunque sin comprometerse mucho, como hacía siempre, temiendo un desaire o algo peor. Pero yo le tenía tanta rabia, tanta, que me daban ahogos cada vez que se me ponía delante. Era un odio de morderme, de clavarme las uñas. Se me metía en la cavilación, en el sueño; no me dejaba vivir.

Además me daba cuenta de que lo había odiado siempre, aunque no hubiese hecho lo que hizo; que lo odiaba por nada, porque sí, por ser él.

La ciega percibía el aislamiento de su hijo y no me lo nombraba. Y también, de algún modo, tenía que darse cuenta de aquel odio que me quemaba; que me quemaba de cierto, por dentro y por fuera, como una lumbre de verdad. Y más ahora. Sin la compensación del cariño de Diego, yo no sentía más fuerzas dentro de mí que para odiar a aquel escorpión.

CAPÍTULO XXIII

Con esa terquedad, tan frecuente en los enfermos, que quedan disminuidos en sus medios vitales, mamá Zoe se aferró a Adelaida, como si fuera la única persona que le quedaba en el mundo.

Cuando el doctor Corona ordenó que dejara la cama por una butaca, lo hizo apoyándose en la ciega, sin consentir que nadie más las ayudase. De ella recibía alimentos y remedios. Cuando tenía que dar órdenes, era a través de ella. Pasadas unas semanas, se empeñó en ir hasta un sillón de la galería, y Adelaida la llevó casi en vilo. Luego me contó que cuando la llevaba, le había dicho (¡genio y figura...!), con su lengua trasposa y su media sonrisa:

—Como en el cuento aquel del cojo y el ciego, tú me prestas las piernas y yo te presto los ojos... Mejor dicho, el ojo, pues éste...

Yo creo que tal empeño se debería a que la humillaba menos ser ayudada por otra inválida, que así era de orgullosa.

También fue la parienta Adelaida la primera en entender lo que decía, la que me aclaraba aquel tartajeo que tanto me hacía sufrir. ¡Pobre abuela! Verdaderamente no era justo ni...

Yo estaba más que triste, furioso. A veces, se me venía a la boca el *gran juramento* del encanijado.

—¿Usted cree que Dios manda estas cosas? —le había preguntado un día al cura Brandao.

229

—Dios manda todo.

—Ésa es una contestación estúpida.

El cura se inclinó y me besó en la mejilla.

* * *

La abuela empezó a pasearse por el jardín — ¡qué gran tristeza, carajo! — apoyada en *mi* bastón de monte: la cara vacía, arrastrando el pie, torcida la boca, la mano muerta entre las de Adelaida...

Aquello me resultaba insoportable. Fue entonces cuando me di cuenta de cómo la quería, a qué asquerosa soledad me vería condenado si me faltase.

Para no verla así, casi nunca estaba en casa; ni siquiera a las horas de comer. Comía cuando tenía hambre, cualquier cosa, cogida en cualquier parte.

Crespiño me vino un día con sus babosadas y lo mandé a la... Todo lo que se me ocurría, era marcharme solo, en largas caminatas, hacia el molino grande, por los montes, a lugares desconocidos, lejos...

Mamá Zoe parecía no ocuparse de mí. Creo que me esquivaba porque le daba vergüenza que la viese de aquel modo.

Un día de lluvia, no salí y me fui a su despacho. Estaba allí, hundida en el sillón, con las piernas envueltas en una manta y un brasero cerca, aunque no hacía frío. Sostenía con la otra la mano muerta sobre el rescoldo, agarrotada. Le temblaba la cabeza con un movimiento ridículo, como diciendo "no" todo el tiempo. Había enflaquecido y parecía mucho más pequeña. ¡Aquel castillo de mujer...!

No le dije nada; me senté en el sofá y abrí un libro. Sentía su mirada fija en mí, clavada; el ojo sano muy abierto, sin pestañear.

—¿Por qué no me miras? — tartamudeó, con voz ronca, violenta —. ¡Qué asco! ¿Verdad?

Tiré el libro y me eché a su regazo. La besé en la cara,

en el pelo, en la boca torcida, en el párpado crispado. Le besé la mano yerta, se la mojé con la saliva caliente de mis labios, abiertos por los sollozos. Yo nunca había estado en el regazo de nadie. La abuela me apretaba con su brazo útil, me buscaba las lágrimas y me las esparcía por la cara. Nos quedamos con las mejillas juntas, mojadas.

—¡Mamá Zoe, te quiero mucho, mucho! Es que yo no lo sabía...

—Yo, sí.

—¿De veras, abuela?

—Por eso no me dejé morir.

* * *

Algunas veces, durante mis paseos, veía a Roque Lois, muy de lejos, apareciendo y ocultándose en los claros de los bosques, en las montañas. Supuse que me andaría siguiendo y no me importó nada, ni siquiera me alegró aquella aparente expiación.

Un día lo encontré en el pinar del Realengo. Salió, de pronto, de tras un árbol, a lo fantasma, como si hubiera salido del árbol mismo. No me asusté pero me dio rabia. Eran sus viejas tretas para imponerse, pero ya no me hacían efecto. Seguí de largo, sin mirar. A poco, estaba a mi lado.

—Quiero que hablemos, tú.

—No tengo nada que hablar.

Me cogió de un brazo y me separé, de un tirón.

—Tienes que estar conmigo en lo que hice... Tenía razón, lo sabes igual que yo.

No le contesté y siguió andando a mi lado. Unos pasos más allá, volvió a hablarme. La voz era pesarosa, cansada, como si no quisiera decir lo que decía, como si lo hubiera dicho muchas veces.

—Porque yo sólo te quiero a ti; a mi madre y a ti, nada más... Antes creía que era envidia, pero ahora sé lo que es, desde hace tiempo... Ya sabes lo que se habló de tu madre y de mi padre. (Yo no sabía nada, pero el odio no me dejaba pensar. Creo que en aquel momento ni entendí lo que decía.) Si resultásemos hermanos, creo que me volvería loco de alegría... Tú sólo quieres a Diego.

¡Qué asco! ¿Cómo podía decir tales cosas el bicho aquel, con aquella voz cerca de las lágrimas? Para demostrarle que no me importaba nada, hablé de otra cosa.

—¿Para qué hiciste lo de Raúl? ¿Y si hubiera muerto?

Cambió de repente, y contestó con la voz llena de furia.

—Me pegó... ¡Nadie me había pegado en la cara!

—¿Y tú a mí? En la cara, aquí mismo. Ahí, junto a ese árbol.

No contestó en un largo rato. Luego volvió al tono quejumbroso.

—Es diferente... Yo te quiero. Todo lo hacía por eso. ¿Entiendes o no?

Se me puso delante, casi tocándome. Se le oía silbar el resuello.

—¿Quieres pegarme? Me atas con el cinturón y me pegas, en la cara, en la barriga, donde te dé la gana, hasta que te canses, hasta que no puedas más... Si no me quieres atar, da lo mismo. Te juro por mi madre, que me quedaré quieto.

Lo empujé con las dos manos en medio del pecho, y trastabilló.

—¡Sal de ahí, me das asco! —Era verdad, un asco amargo, en la boca.

Seguí y me alcanzó pronto. Se me adelantó, algo desviado, sin mirarme, como si hubiese quedado solo. Iba armando un cigarrillo y se paró a encenderlo. Yo acorté los pasos. Continuó hasta la cima, hasta el barranco del socavón, el lugar de sus anteriores hazañas, de sus desprecios, de mis humillaciones.

Mitad del cielo estaba cubierto por un humo inflamado que venía de la banda del río grande.

Como otras veces, se puso a andar por el borde de la

cornisa pavorosa. Yo también, como siempre, me quedé unos pasos atrás, recostado en *el mismo* pino. Luego me levanté y seguí.

Pero Roque Lois no hizo burla de mí, no se volvió a mirar, como si estuviese solo. Tampoco paseaba jactanciosamente. Andaba, nada más; con las manos en los bolsillos y el cigarro en la boca.

¿Qué hacía yo allí? Una repentina certeza de que sería capaz de llegar hasta aquel sitio me hizo quedarme, liberado de las anteriores desazones. Me pareció que nunca había tenido miedo.

Avancé un poco más. El humo se estrechaba en su base sobre una zona de llamas; parecían blancas contra el rojo del atardecer. Ardía el pinar del monasterio.

Roque Lois estaba de espalda, mirando fijamente a lo lejos. Luego se sentó en aquella peña saliente, casi desprendida (esto no lo había hecho nunca), con las piernas colgando. Sentí un vacío en el estómago, como una náusea.

Se quitó la blusa, luego la camisa y quedó con medio cuerpo desnudo. Aquellos huesos tristes...

De repente, me vino la idea. Fue como un golpe en la cabeza, luego un zumbido. Quise echarme a correr, huir monte abajo, pero no pude. La idea me tenía envuelto como una red, atrapado, apretándome. Dentro de mí había como una gran vociferación, como si gritasen muchos. El miedo estaba en mí pero no contra mí. Era miedo de aquella repentina libertad sin límites, desatada, a mi antojo, sin lugar para la vacilación, como algo que se desploma.

Quise cogerme a las palabras, encontrarme en su fiel sentido, reconocerme en ellas. Ninguna estaba en el tumulto. Temblaba en poder de una tremenda fuerza ajena, gozosa. Había allí como un gran muro transparente que nos separaba, pero yo podía atravesarlo, con nada, sin quererlo siquiera, con dejarme ir. No había más que acercarse, acercarse... Un empujón en aquellos pobres huesos llenos de malicia, de tremenda expresión, que estaban allí provocándome con su desamparo, con su insufrible tristeza, con su seguridad.

Resistí todo lo que pude, y cuando no pude más...
Con paso lento y tranquilo...

Aquí queda trunco el relato del malogrado escritor Luis de Valdouro.

No me molesté revolviendo de nuevo los montones de papeles para buscar una poco probable continuación. La escritura se interrumpe a media carilla, con puntos suspensivos, y debajo otra línea de ellos, según quedan puestos en la presente transcripción.

Es de suponer que, al igual que con las palabras, le hayan acometido dudas insuperables al tener que escoger un desenlace; pues, según es sabido, el hábito de la vacilación estilística, acaba contaminando al propio meollo de la materia literaria. Todo menos pensar que no halló ninguno. Aun para un profesor de Letras, las soluciones se presentan fáciles y variadas, como podemos ver inmediatamente, sin apartarnos de la mera consecuencia deductiva: Primera (sentimental): El protagonista se vio detenido en su conato al representársele la imagen de la madre, ciega, desamparada, etc., etc. Segunda (la más lógica, técnicamente hablando): Lois se vuelve a tiempo y se burla, una vez más, de "Mantequitas", ahora metido a asesino. Y tercera (la más deseable para la preferencia de muchos lectores, entre los cuales me cuento): el empujón.

Claro que... Según pude colegir, comparándolo con sus otros trabajos, éste parece tener mucho más fundamento autobiográfico. Por ejemplo, hay una nota al pie de uno de los primeros capítulos, tan confuso de escritura que parece un borrador, donde dice: "Dejar bien aclarado que la abuela *no era* francesa. La llamaban "madama" porque de niña cuando volvía, en las vacaciones,

234

de su colegio de Montpellier, a todas las aldeanas viejas les decía *"madame"*.

Por otra parte, en la primera carilla del manuscrito, aparece, trazado con aparatosa caligrafía: ¡*Novela póstuma!*, a pesar (según la fecha) de haber sido redactada cinco años antes del trágico fin de su autor: lo que también puede llevarnos a deducir que ya, desde muy joven, tenía el humor póstumo; por algo sería, aunque hay muchos así.

Además, y sin que ello signifique pensar aviesamente, ese suicidio, bastante menos justificado que unos cuantos que uno conoce; esa melancolía, al parecer sin causa, patente en todos sus trabajos, y luego esa "Reflexión sobre el asesinato", tan hábil, tan trabajosamente apologética... En fin, nunca se sabe...

Este libro se acabó de imprimir en
Edigraf, Tamarit, 130-132 (Barcelona)
en el mes de septiembre de 1989